生命，因阅读而美好！

森欣文化

黑 水 浒

吴闲云揭秘水浒传

吴闲云◎著

民主与建设出版社

图书在版编目（CIP）数据

黑水浒 / 吴闲云著 . —北京：民主与建设出版社，2014.6

ISBN 978-7-5139-0349-3

Ⅰ . ①黑… Ⅱ . ①吴… Ⅲ . ①《水浒》研究 Ⅳ . ① I207.412

中国版本图书馆 CIP 数据核字（2014）第 092659 号

出 版 人：	李声笑	
责任编辑：	赵振兰	
封面设计：	仙境设计	
出版发行：	民主与建设出版社有限责任公司	
电　　话：	（010）59417747　　59419778	
社　　址：	北京市海淀区西三环中路 10 号望海楼 E 座 7 层	
邮　　编：	100142	
印　　刷：	长沙鸿发印务实业有限公司	
开　　本：	787 毫米 ×1092 毫米　1/16	
印　　张：	18.25	
字　　数：	163 000	
版　　次：	2014 年 6 月第 1 版	
印　　次：	2018 年 7 月第 2 版第 2 次印刷	
书　　号：	ISBN 978-7-5139-0349-3	
定　　价：	38.00 元	

注：如有印、装质量问题，请与出版社联系。

古今天下第一豪书

人生看起来有着许多选择，
其实大多都是"被"的结果。
宋江在宋江的江湖里，身不由己。
施耐庵在施耐庵的江湖里，也身不由己。
而我们在我们的江湖里，又何尝不是！

中国人向来喜欢读古书，古书中深藏着社会的冷暖、人性的明暗，像是一面镜子。

《水浒传》是中国几千年历史的一个缩影，是中国社会各阶层人物的写真。

从小说的字缝里，读出重重玄机，揭开梁山社会的一幕幕真相，再现别样精彩！

为什么少不读水浒？《水浒传》的意义究竟何在？我们今天该如何认识这部书的价值？

在充分肯定《水浒传》价值的同时，也应看到其中存在的非理性思想与非人道行为。

前　言

《水浒传》讲的是什么故事

《水浒传》是我国古代最优秀的长篇小说之一，流传极广，对后世的影响也很大。那么，《水浒传》究竟是一部什么样的书呢？"水浒"二字，到底又是什么意思呢？

"水浒"这两个字，出自《诗经·大雅》：

> 古公亶父，来朝走马，
>
> 率西水浒，至于岐下。

这四句话说的是，周文王的祖父古公父在开创周王朝基业之前，骑着马，沿着西边的水滨，来到岐山脚下。

水浒，就是水边的意思。这是最早的典故出处。

因此，单单只从字面上讲，水浒传，就是"水边传"（国外有译本作《水边发生的故事》）。"水边传"多难听，所以应该叫"江湖传"才比较恰当。

水浒传，就是"江湖传"。从逻辑上讲，应该只有这种解释，才是最符合题意的。而作者施耐庵先生最先为该书所取的原名即是《江湖豪客传》。

但是，作者对这个书名不满意。因为太具象了，反而失去意境。于是，作者将书名含糊其辞地换作了"水浒"。这样一来，你就很难知道它究竟具体指代什么了，怎样理解都是可以的。

"水浒"这两个字，是很有艺术性的，因为越是"抽象"的词汇，就越是包罗万象，就越是空泛朦胧，就越是容易众说纷纭，就越是会给人留下很大的想象空间。

　　那么，"水浒传"的作者究竟要表达一种怎样的观点立场呢？他同样还是含糊其辞地不肯说清，让你自己去想去猜。

　　有说是讲英雄传奇的，有说是讲兄弟情的，有说是讲侠义的，有说是讲忠义的，有说是讲农民起义的……真的就是这样吗？

　　这些都是后人主观加上去的，当然不足为信。

　　作者的本意虽然难以揣度，但在所有可能性中，也无非只有褒、平、贬这三种，下面，我们不妨分别揣度之：

1.　周文王的祖父在水边建立了周朝的基业。宋江等人也是在水边建立了自己的政权，与封建皇帝对着干。所以"水浒"是一部讴歌赞美农民起义闹革命的小说。

2.　宋江等人，栖身水泊，并不是想要造反，而是在等待时机，接受招安，好成为朝廷的栋梁之材。"溥天之下，莫非王土，率土之滨，莫非王臣。"水泊也是"王土"，好汉皆是"王臣"，故名"水浒"。

3.　水浒，就是水边的意思，水边，就是扔垃圾的地方。"率土之滨"就是王土的边缘，水的那一边，也就是被王所抛弃了的地方。宋江等人，为躲避官府制裁，逃往梁山，就像扔在水边的垃圾一般。《水浒》中的一群好汉，也就好比是被社会所扔弃在水边的一堆垃圾。

　　究竟是哪一种，就让我们从小说的原文来细细品读吧。

目录

第一 **鲁达篇** —————— 001

- 01 当好汉遇到美女 / 002
- 02 金翠莲与郑大官人的情感纠结 / 005
- 03 鲁提辖究竟为何打死镇关西 / 008
- 04 鲁达为何出家当和尚 / 012
- 05 大闹五台山 / 016
- 06 鲁智深为何不肯落草为寇 / 019
- 07 混江湖之行为准则 / 022

第二 **林冲篇** —————— 027

- 01 尊严与饭碗的权衡 / 028
- 02 从潜规则看林冲买宝刀 / 031
- 03 林冲究竟是个怎样的人 / 035
- 04 林冲为何要休妻 / 038
- 05 《水浒传》中卖友求荣的小人是谁 / 041
- 06 跑龙套的好汉『洪教头』/ 045
- 07 快意恩仇的难言之隐 / 048
- 08 解读《水浒传》里的"投名状"/ 052

第三 **杨志篇** —————— 057

- 01 『生辰纲』的秘密 / 058
- 02 杨志为何会有好运 / 062

03 七星聚义 / 065

04 《水浒》惊天大案之始作俑者 / 068

05 究竟是谁出卖了杨志 / 071

06 鲁智深如何制服杨志 / 075

第四 宋江篇 ——————————— 081

01 宋江为何要私放晁天王 / 082

02 宋江真是晁盖的心腹兄弟吗 / 086

03 王伦如何不能容人 / 088

04 林冲为何杀王伦 / 091

05 《水浒传》里的『强盗分金』/ 095

06 揭秘『送金门』背后的大阴谋 / 098

07 梁山好汉为何不近女色 / 102

08 杀二奶血案是如何酿成的 / 105

09 《水浒》中的『无间道』/ 109

10 宋江为何对武松一见如故 / 113

11 揭谜宋江的名气究竟是怎样炒作的 / 116

第五 武松篇 ——————————— 121

01 武松打虎 / 122

02 奔走在喝酒吃肉的道路上 / 125

03 潘金莲是怎样变成淫妇的 / 129

04 武松究竟有没有爱上过潘金莲 / 133

05 《水浒传》中最变态的摧花狂魔是谁 / 137

06 好汉的第二副面孔：谁说武松不好色 / 141

07 揭谜《水浒传》里『好汉』二字究竟指什么 / 145

08 武松醉打蒋门神 / 148

09 解读武松：我自打他，干你什事！/ 152

第六　李逵篇 ——————————————— 159

01　宋江如何拉花荣下水 / 160

02　宋江如何拉秦明下水 / 164

03　《水浒》里『出场即结束』的一条好汉是谁 / 168

04　宋江究竟为何死活不肯上梁山 / 172

05　天真大儿童黑旋风的出场 / 175

06　《水浒传》里最脑残的一条好汉 / 179

07　揭秘黑老大如何教唆青少年犯罪 / 183

08　《水浒传》里被『文字狱』陷害的好汉 / 096

09　揭秘《水浒》『劫法场』中的大阴谋 / 191

10　108 好汉中真正的『智多星』是谁 / 195

11　业务能力最强的梁山好汉 / 199

 第七　晁盖篇 ——————————————— 203

01　揭秘宋江晁盖兄弟情下的太极推手 / 204

02　宋江为什么要三打祝家庄 / 208

03　美女扈三娘为何要嫁龌龊下流的王矮虎 / 211

04　梁山好汉残忍杀害四岁儿童事件 / 215

05　逼上梁山何其多：富豪柴进的悲催 / 219

06　晁天王离奇死亡之谜 / 222

07　晁盖遗嘱之谜 / 226

08　晁盖究竟死于谁人之手 / 229

09　你知道宋江是哪路神仙下凡吗 / 232

第八 招安篇 ————————————————235

01 揭秘《水浒传》里隐藏的一段同性恋 / 236

02 解读《水浒》：『梁中书』之谜 / 240

03 宋江为什么要走招安路线 / 243

04 揭秘《水浒传》中最神异的"玄女下凡"事件 / 246

05 破译《水浒传》里最神秘的『天书』之谜 / 249

06 朝廷为何要『招安』/ 253

07 解读《水浒》：看宋江如何做思想工作 / 255

08 梁山 108 好汉的排名究竟有何玄机 / 258

09 《水浒传》究竟说什么 / 261

10 读《水浒》：不可思议的招安之路 /264

11 人在江湖，身不由己 / 267

附一

梁山 108 好汉结局一览表 ————————————271

附二

读《水浒》，要有正常、健全的头脑 ————————276

后记 ————————————————————279

第 一 鲁 达 篇

01. 当好汉遇到美女

02. 金翠莲与郑大官人的情感纠结

03. 鲁提辖究竟为何打死镇关西

04. 鲁达为何出家当和尚

05. 大闹五台山

06. 鲁智深为何不肯落草为寇

07. 混江湖之行为准则

01 当好汉遇到美女

《水浒传》中的头号"豪客"鲁智深，是大家比较熟悉的一个人物形象。他的原名叫鲁达。

鲁达最先是在渭州小种经略相公手下做提辖官。提辖是军官，大概相当于现在的营长、连长之类的级别。古今官职的换算，只能大概而言。总之，他是一位"部队干部"。

话说那一天，这位部队干部鲁达先生去茶馆里喝茶时，有个叫史大郎的小青年过来问路。

茶馆里的人叫他去问鲁达。"只问这个提辖，便都认得。"

这一句话，就像蜜糖一样，让鲁达心里的舒服劲陡然而升。这个地方上的什么人他都认得，这就是面子。

于是，鲁达的心情非常愉快，虽然素不相识，但只看了史大郎一眼，便认定对方"像条好汉"，理由非常简单，只因为那史大郎长得

"长大魁伟"。

鲁达很够朋友，当时便定要请他到街上去吃杯酒。

话说这史大郎是个刚杀了人的在逃通缉犯，杀的是官府的人，官府正在悬赏捉他归案，所以流窜到了此地。

现在，鲁达这位"部队干部"却说他是一条好汉，既然你是史大郎史进，我久闻你的大名了。便硬是挽着他的手要去喝杯酒。

路上，遇到一个练摊杂耍卖膏药的，名叫李忠，是史大郎的开手师父。鲁达也习惯性地看了他一眼，几十岁的人了，还在卖大力丸，这个人，混得好差好差！心中便有些瞧不起他。

瞧不起归瞧不起，但面子、派头还是要要的。所以鲁达就看在史大郎的份上说："既是史大郎的师父，来和俺去吃三杯。"

李忠说："待小子卖了膏药，讨了回钱，一同和提辖去。"

他叫鲁达等他，一起去。鲁达就不耐烦了，你个卖狗皮膏药的，不给我面子是不是？！要老子站这儿等你？！

喝道："谁奈烦等你！去便同去。"要去，便一起去。没说出来的词是：你不去，不勉强，本来也没打算要请你吃饭的。

可那李忠不识趣，居然说："小人的衣饭，无计奈何。提辖先行，小人便寻将来。"你们先去点菜，等我生意做完了，再过来寻你们。

那不行！鲁达恼火了，不给老子面子，你还想再跟过来白吃！

书上写道：鲁达焦躁，把那看的人，一推一交，便骂道："这厮们挟着屁眼撒开！不去的酒家便打。"说着，就打了一个无辜的看客。

李忠是敢怒而不敢言，还得赔笑道："好急性的人！"只得收了摊。

鲁达把他们带到"一个潘家有名的酒店"。有名的酒店，用现在的话说，就是"上档次""高级"的酒店。请注意：先前离开的那个茶馆，书上交代明白：是一个"小小茶坊"。

黑水浒

因为这几个人中，鲁达混得最好啊，营级干部啊，当然要找个上档次的高级酒店。否则，那多没面子啊。

三人上到潘家酒楼上，拣个济楚阁儿里坐下。"济楚阁"，就是包间、雅座的意思。安静，又在楼上，不会有人打扰，挺上档次的。

酒保问鲁达吃什么下饭。鲁达道："问甚么！但有，只顾卖来，一发算钱还你。这厮只顾来聒噪！"

你看，问都不许问。这就是鲁达的逻辑。有什么好吃的，都上上来！这就叫面子。

但是现在，偏偏有人不给他面子了，偏偏有人在他旁边啼啼哭哭，打搅他吃酒。

你说鲁达气不气？老子千挑万选，找到这个雅座里来，却碰到这种晦气事，还有面子吗？于是，鲁达再次焦躁，"便把碟儿盏儿都丢在楼板上"。

摔了餐具之后，酒保慌忙上来解释，又叫正在啼哭的金老汉、金翠莲都过来相见。

当鲁达遇到金翠莲的时候，态度就出现了180度的大转弯。

眼前站着一个十八九岁的妹妹。

也只在一刹那间，书上原文却把鲁达看金翠莲时的那种眼神，描写得格外细致：

看那妇人，虽无十分的容貌，也有些动人的颜色。但见：蓬松云髻，插一支青玉簪儿；袅娜纤腰，系六幅红罗裙子。素白旧衫笼雪体，淡黄软袜衬弓鞋。娥眉紧蹙，汪汪泪眼落珍珠；粉面低垂，细细香肌消玉雪。若非雨病云愁，定是怀忧积恨。大体还他肌骨好，不搽脂粉也风流。

这一段细节描写，说的是什么呢？

说的是鲁达正在看那个女的，看她的长相如何。

长得也有些动人的颜色。从头上的发髻、玉簪看起，一直往下看，看到纤腰、看到白衫、看到红裙、看到雪体……最后一直看到了她穿着淡黄色的软袜子和缠着小脚的弓鞋。

呵呵，古代妇女的小脚，属于身体的敏感部位，是不能随便看的哟。鲁达把她从头到脚全都看了个遍。恩，大体还好，也算个风流的女人。

这最后一句："不搽脂粉也风流"，就是不打扮也风流，就是天生本性风流。再结合"虽无十分的容貌，也有些动人的颜色"来分析，基本上可以断定：这金翠莲应该是属于长相只在中上，但媚劲儿特别大的那种女人。

那么，当鲁达遇到像金翠莲这样的特别会媚的女人之后，究竟又会发生些什么故事呢？看官莫急，且听我下回慢慢道来。

02 金翠莲与郑大官人的情感纠结

当时，鲁达问金翠莲，为什么啼哭？

金翠莲就把自己的遭遇说了一遍。

大体情况是：他们是东京人氏，流落在此，此间有个财主，叫做"镇关西"郑大官人，出了三千贯钱，娶金翠莲为二奶。

金翠莲说："谁想写了三千贯文书，虚钱实契，要了奴家身体。"也就是说郑大官人写了合同，却没有给钱。现在，不仅把金翠莲赶了出来，而且还找她追讨三千贯钱。

如果金翠莲所说的完全属实，郑大官人就是在搞合同诈骗了。

鲁达不听则已，一听火冒三丈，便想去打死那郑大官人。

表面上看，很英雄。

实则不然。因为那金翠莲其实根本就不恨郑大官人，金翠莲也更不希望鲁达去打死郑大官人。金翠莲从内心深处，是渴望回到郑大官人身边去的，渴望继续做郑大官人的二奶。

看官莫要惊讶。我们来看金翠莲说的原话：

"……要了奴家身体。未及三个月，他家大娘子好生利害，将奴赶打出来，不容完聚，着落店主人家，追要原典身钱三千贯。"

金翠莲做郑大官人的二奶，还没享受到三个月，就过上了悲惨的生活。是什么原因造成的呢？是大太太。"他家大娘子好生利害。"

怎样厉害呢？厉害有三：

1. 赶打出来；

2. 不容完聚；

3. 追要钱财；

因此，逼迫金翠莲的人，是郑家的大娘子，金翠莲痛恨的人，是郑家的大娘子。

"他家大娘子好生利害"，把金翠莲赶打出来，不容她与郑大官人完聚。

这"不容完聚"，就说明金翠莲是怕大娘子的，是渴望回到郑大官人身边的，是希望能容她完聚的。

金翠莲对大娘子抱有一肚子的冤屈，恨死这个八婆了。

人家明明恨的是大老婆，而鲁达呢，他竟然跑过去，不问青红皂白，就直接把人家男人给打死了！

那么，郑大官人又是个什么样的人呢？

郑大官人，就是卖肉的郑屠，他手下请了有十多号人做买卖，生意做得挺大的。他待人如何，书上有详细描写：

鲁达恶狠狠地来到郑屠的摊位前。

郑屠见是鲁提辖，慌忙出来唱喏道："提辖恕罪。"又搬了条凳子来，"提辖请坐。"

此时，郑屠还不知道鲁达是来干什么的。他的这两个动作、两句说话，都表明了他是一个很谦虚、很讲客气的商人。

鲁达坐下后说，奉着经略相公钧旨，要十斤瘦肉，切做臊子，不能有半点肥的在上头。并且，必须要你亲自给我切。

要谁切不是一样啊，换一个老板肯定要发火。

但那郑屠是一个尽量满足客户需求的人，马上就一口答应了："说得是，小人自切便了。"整整切了一个小时。

鲁达又说，再要十斤肥肉，切做臊子，不能有半点瘦的在上头。

郑屠狐疑了，瘦肉可能是要包饺子，可这肥的干什么用？但他还是再一次满足客户的需求："小人切便了。"

又选了十斤实膘肥肉，也细细地切做臊子，整弄了一早晨。连那正要买肉的主顾，也不敢拢来。

以郑屠的态度来看，评他个五好商人，是没问题的。如果做生意能做到郑屠那样耐得住烦，不怕客人挑剔折腾，你准能发财。

注意这句话"连那正要买肉的主顾，也不敢拢来"，说的是：连那些要来买肉的顾客们都看出来了，鲁提辖这是在存心找郑屠的茬子。

郑屠是个精明的商人，又怎么会看不出来呢？

当时，鲁达很想下手殴打郑屠，奶奶的，这个人怎么这么听话啊，你叫他做什么，他就做什么，我还怎么打他呢？没理由打他啊。

所以，鲁达继续折腾道："再要十斤寸金软骨，也要细细地剁做臊子，不要见些肉在上面。"

这时，郑屠笑了，笑道："却不是特地来消遣我？"

俗话说得好，伸手不打笑脸人。

鲁达一直没有找到殴打郑屠的理由。因为郑屠任他折腾，就是不冒犯他。所以，鲁达等不住了，对，你说得很对，我今天就是特地来消遣你的！

说完，就把那两包切好的肉臊子，朝着郑屠的脸上打去，就像下了一阵肉雨。

到现在为止，郑屠被打得莫名其妙，因为他绝对不可能知道：鲁达究竟为什么要打他？

03 鲁提辖究竟为何打死镇关西

鲁达看着郑屠道：

"洒家始投老种经略相公，做到关西五路廉访使，也不枉了叫做镇关西。你是个卖肉的操刀屠户，狗一般的人，也叫做镇关西！你如何强骗了金翠莲！"扑的只一拳，正打在鼻子上……

这是鲁达的内心表白，他终于说出了为什么要打郑屠。

原来，他的意思是说：在这关西的地面上，也只有他鲁达这样的人，才可以被冠以"镇关西"的绰号。而郑屠，狗一般的人，也配叫做"镇关西"？

鲁达服气吗？还有面子吗？老子还没称"镇关西"呢，你个杀猪卖肉的，竟敢称做"镇关西"？！

这是主因。最后补一句，"你如何强骗了金翠莲"，是次因，也就是借口。借口一说完就狠打，根本就不允许郑屠回答这个问题。

为什么不容他辩解？因为鲁达知道，欺负金翠莲的人，其实不是他，而是他的大娘子。这能让他说吗？所以必须先要封住他的口。

郑屠直到被打死，也没有一丁点机会为自己辩解。

鲁达打死了郑屠，真的只是表面上所谓的冲动、失手吗？不是的。而是有预谋、有计划的，他是存心要致郑屠于死地。我们来看：

鲁达当时在酒桌上就想打死郑屠，被劝住了。可他回去睡了一觉之后，第二天大清早的，冲动期也过了，酒也醒了（其实昨天喝的不多），一起床就去干这件事，这就绝对不是什么冲动了。

因此，只能认定为"耿耿于怀"。

在经过一夜的考虑之后，鲁提辖三拳打死了镇关西：

第一拳，打在鼻子上，"鲜血迸流，鼻子歪在半边"。鼻梁骨绝对断了，郑屠此时再也没有反抗能力了。如果说鲁达仅仅只是想教训一下郑屠，这一拳也就足够了。但还没完。

接着第二拳，照着眼睛打！"打得眼棱缝裂，乌珠迸出。"眉框骨都打裂了，把眼睛珠子也打迸出来了！这一招好毒辣！即使治好了，也是个终身残废独眼龙。

这还是教训吗？显然已经不是了，这是在下毒手。怎么说是在下毒手呢？因为鲁达的第三拳又上来了，这一拳是对着太阳穴打的！太阳穴是最致命的地方，打他的太阳穴，就是要他的命！如果不是下毒手，又怎么会往死里打。

"只见郑屠挺在地下，口里只有出的气，没了入的气。"

郑屠死了。

鼻子、眼睛、太阳穴。一拳比一拳歹毒致命！三拳打完，"鲁提辖假意道：'你这厮诈死'"。假意，就是说他其实知道镇关西是要死的。

鲁达与郑屠以前有没有什么仇呢？没有。往日无冤，近日无仇。那他又为什么要如此狠心地、十分利落地打死一条人命呢？

看官须知，鲁达在打死郑屠的时候，一没有落实金翠莲所说的是真是假；二没有给郑屠丝毫辩解的机会；三没有通过官府的裁定。就这样一上去，直接把郑屠给打死了！

难道他们两个之间存在什么"利益冲突"吗？好像也没有，因为一个是当军官的，一个是开肉铺的，并不存在竞争关系。

于是，就有人说鲁达"很傻很莽撞"；又有人说鲁达这是"见义勇为"，都似是而非。因为书中多次描写鲁达其实很精细，也多次描写鲁达经常性轻视、殴打其他弱者，怎么偏偏只帮金翠莲呢？

鲁达其实算不上一时头脑发热的人，他与郑屠之间，难道存在什么很严重的利益冲突吗？那是什么利益呢？

那就是：女人。

只有女人，才能导致这两个不同行业不相干的男人构成激烈的冲突。

鲁达逃跑的时候说："洒家须吃官司，又没人送饭。"这"没人送饭"，就说明他还没有老婆，即使混成军官了，也没混到个女人。

而那个郑屠呢，在鲁达眼里"狗一般的人"，却混了一个又一个的女人。要吃有吃，要女人有女人，过得滋润得很啦。

你说，鲁达的心理能平衡吗？

鲁达是一个雄性激素过盛的男人。而金翠莲呢，前面我们已经说过，她是属于特别会媚的那种女人。

当鲁达这样的男人，遇到金翠莲这样的女人，荷尔蒙就开始发酵了，鲁达就不知道自己在做什么了。并且把钱都拿出来，交给她，叫她先走。

经过就是这样的，鲁达看上了金翠莲，也可以说是被金翠莲媚住了。然后，鲁达就痛下杀手，打死了她的男人，两个人一走了之，私奔远乡，岂不美哉。

看官以为我在说胡话。

我们还是来看看鲁达的逃跑路线吧，"行过了几处州府……一迷地行了半月之上，在路却走到代州雁门县"。

鲁达为什么要从渭州经过几处州府，行了半个月，来到代州雁门县呢？

他若要想亡命天涯，流浪江湖，其实是有千万条路可以选择的啊，为什么他不去别的地方，而偏偏要来到"雁门县"这么个具体的县城目的地呢？

茫茫人海漫漫路，你别说这是巧合。

我告诉你，这是因为：金翠莲雇下了一辆车子，已经先他之前，早来到了代州的雁门县！

金翠莲，就在这里。

欲知后事如何，且听下回分解。

04 鲁达为何出家当和尚

　　鲁达三拳打死镇关西后，就立马跑到雁门县来寻金翠莲。别告诉我这是巧合，还是看看原文吧：

　　鲁达逃跑后，"一迷地行了半月之上，在路却走到代州雁门县"。遇到金翠莲老爹时，是这样说的："因此上在逃，一到处撞了四五十日。"

　　什么意思呢？就是说：鲁达用了半个月的时间逃到雁门县，约一个半月的时候，见到老金的。

　　也就是说，鲁达逃到雁门县后，他就不再往别处跑了，他就一直待在这个地方，待了将近有一个月的时间，哪也没去，直到遇见老金。

　　现在该明白了吧，鲁达尾随而来的动机目的就不需要我细说了吧。

　　终于遇到了老金。

　　老金告诉鲁达说，金翠莲她现在过得很好，在街上买了两层楼的房子，还买了丫鬟、小厮使唤。她现在"结交此间一个大财主赵员外，养做外宅，衣食丰足"。

　　"养做外宅"，就是当小老婆的意思。又给人家当二奶。

　　你看，这金翠莲会媚吧。前面我们已经说过了，这个金翠莲是个特别会媚的女人。没错吧。

上次她从东京来到渭州，很快就挂上了当地富豪"镇关西"。这一次，从渭州来到雁门县，又很快就挂上了此间富豪赵员外。

挂上此间大财主赵员外，最多一个月就搞定了。神速啊。

那么，做二奶的收入怎样呢？这个是没有"定价"的，但总的来说，应该很高，因为《水浒传》中给出了一个"参考价"：三千贯。

总之，娶个二奶不是一笔小数目，最低也是要以"千贯"为单位来计算的。

一贯钱约合现在人民币300元，千贯就是30万，三千贯就是90万。

当二奶，可以赚个大几十万，这是古今"均价"。

那么，鲁达出得起这个钱么？金翠莲会看得上他？

所以，当鲁达从老金嘴里得知，金翠莲在如此之短的时间内，刚摆脱镇关西还不到一个月的时间，就又傍了一个大款，又做了人家二奶时，他就像个泄了气的皮球一样。

你看他，和金老走了半里路，硬是默默无语，硬是一言不发。一句话也不说。他心里究竟在想什么？

走到了，金翠莲浓妆艳裹，出来相见了。鲁达看那女子时，另是一般丰韵，比前不同。戴的、插的、穿的、笼的，无般不好。

金翠莲就请鲁达到楼上去坐。鲁达道："不须生受。洒家便要去。"不上去了，我要走了。

他在此地待了近一个月，也没要走，现在看到金翠莲了，他却突然说他要走。

可以理解，此时的鲁达，很受伤，很受伤。

那老儿接了杆棒包裹，鲁达身不由己地来到楼上坐定。

三个人喝酒，"慢慢地饮酒"，这一餐酒喝的时间真长啊，一直喝到天黑了，那鲁达还没有起身下楼的意思。他也不说他要走了。

这时，金翠莲的男人赵员外知道了，听说有个强壮男人在他小老婆房里喝酒，就喊了二三十人，各执白木棍棒，赶过来要打他。

金老汉慌忙出来劝住了，说是恩人。这赵员外就哈哈一笑，又陪着鲁达继续喝酒。

第二天，鲁达还是没有走的意思。

怎么说，赵员外心里都是别扭的，姓鲁的，虽然你很英雄，但你总不能天天躲在我小老婆房里不下楼吧。我也没时间天天守在这里呀。

于是，赵员外走的时候，就以"此处恐不稳便"为由，把鲁达带到庄上去住。

这"此处恐不稳便"，有着两层意思，一是你是个通缉犯，住在我这里，恐不稳便。还有个意思就是，你是个男的，总不能老住在我小老婆房里不走吧。所以，赵员外要把鲁达带到庄上去住。

这一住，又是五七日，每天都要杀猪宰羊，吃肉喝酒。鲁达一直没有离去的意思。

鲁达是个直爽人，直爽到什么程度呢？直爽到不能体谅别人。人家这么热情得招待了你之后，你该干吗就干吗去，继续跑你的路。总不能叫人家养你一辈子吧，人家又怎好意思开口叫你走呢？

所以，赵员外就犯嘀咕了，姓鲁的，你该不是还在想着我的小老婆吧。我叫你彻底死了这条心！我给你安排个好去处，看你还想不想！

赵员外道："若是留提辖在此，诚恐有此山高水低，教提辖怨怅。若不留提辖来，许多面皮都不好看。"

就是说，我留你，也不好；不留你，也不好。表达得非常婉转。

怎么办呢？"赵某却有个道理，教提辖万无一失，足可安身避难。只怕提辖不肯。"先不说清楚，叫鲁达答应了，他再说，叫他不好反悔。

那鲁达果然就一口答应了："但得一处安身便了，做甚么不肯！"

以赵员外的能力，可以为他找无数条路子，但是，赵员外偏偏要他去当和尚。当了和尚，就不许你再想我的小老婆，就不许你再吃肉，就不许你再喝酒。

你自然就知难而退了，也不用我赶你了，你自己走，不是对大家都好吗？

但是，鲁达却说："洒家情愿做和尚。"不过后面还有一个附加条件："专靠员外照管。"

赵员外就只好把他送到山上寺里去。奶奶的，当和尚还缠着我不放，难道我上辈子欠你的不成？姓鲁的，看老子怎么收拾你！

书上写道：面前首座、维那、侍者、监寺、都寺、知客、书记，依次排立东西两班。就是说寺里的大小头目都在场，那赵员外道："今有这个表弟，姓鲁名达，军汉出身……万望长老收录。"

（另一版本作："今有这个表弟姓鲁，是关西军汉出身。"）

鲁达此时对外的身份是"张大哥"。因为贴挂的通缉榜文上，写明了他的姓名、年甲、相貌、籍贯、住址等等信息，出一千贯赏钱要捉他归案。

赵员外一上来就给大家暴猛料：这个人，姓鲁名达，（关西）军汉出身。

把他的姓名、来路都给抖了出来！叫他做和尚也做不安。哼哼，姓鲁的，咱走着瞧！

但嘴上依然还是叫着兄弟："贤弟，你从今日，难比往常，凡事自宜省戒，切不可托大。倘有不然，难以相见。保重，保重！"

05 大闹五台山

鲁达当了和尚，就叫鲁智深了。

第二天夜里，鲁智深起来解手，故意大惊小怪，又在佛殿后面撒了一泡尿，屙了几坨屎，搞的遍地都是。

你千万不要告诉我，他干出这样恶心的事，是为了成佛。

他心里有气！生赵员外的气，他把赵员外这个人看穿了。尽管他吃的、穿的、用的，依然都是赵员外的。

话说这一天，鲁智深出了山门，信步来到半山腰的一个亭子里坐下，开始抱怨那赵员外虐待他。

智深寻思道："干鸟么！俺往常好酒好肉，每日不离口。如今教洒家做了和尚，饿得干瘪了。赵员外这几日又不使人送些东西来与洒家吃。口中淡出鸟来。这早晚怎地得些酒来吃也好。"

鲁智深正在想酒，只见远远地一个汉子挑着一担酒上来了。

鲁智深在亭子里坐，那汉子也把酒挑到亭子里来歇。还故意唱着一首歌子给鲁智深听：

九里山前作战场，牧童拾得旧刀枪。
顺风吹动乌江水，好似虞姬别霸王。

　　九里山前作战场，指的是西楚霸王中了韩信的十面埋伏。此时的鲁智深就好比被困住的楚霸王，赵员外就好比遥控指挥的韩信。

　　最后一句"好似虞姬别霸王"，是说霸王与虞姬分别之时，作彻夜狂饮。分明是在讥笑鲁智深离开金翠莲前，喝了大半夜的闷酒。

　　这歌子大有深意，那汉子是存心来挑逗鲁智深的。

　　因为那汉子从山下上来，到亭子里挑逗了鲁智深之后，就又下山去了，除了挑逗与"送酒"之外，什么也没做。

　　鲁智深问他桶里是什么东西？那汉子故意叫道"好酒！"却又偏不卖给他喝。你看，对和尚说酒，就已经错了，他还偏要说是好酒！

　　鲁智深一脚照那人裆部踢去，"那汉子双手掩着做一堆，蹲在地下，半日起不得"。

　　这一招，是因为在潜意识中被那首歌子刺伤了。我叫你还笑。

　　鲁智深抢过酒来，吃了一桶，醉了。回去后，大发酒疯，赶着二三十人追打。

　　寺里是有规定的："但凡和尚破戒吃酒，决打四十竹篦，赶出寺去。"现在，完全可以开除鲁智深了。

　　但是，长老却说："无奈何，且看赵员外檀越之面，容恕他这一番。"众僧冷笑道："好个没分晓的长老！"

　　长老真的没分晓吗？不是的，他是看在赵员外的面子上。怎么叫"看赵员外檀越之面"？这里面是有文章的。

　　长老和赵员外是称兄道弟的人，所以他非常明白赵员外的意思。这个赵员外啊，他自己不愿意继续出钱养活鲁智深了，想赶他滚蛋，却叫我来做恶人，故意使我来赶走鲁智深，我有那么没分晓吗？

　　于是，第二天，鲁智深的酒醒了，长老把他叫过去，好言相劝一番，不仅没有处罚他，而且还安排早饭给他吃了，又送了他一套细布衣服，和一双鞋子。

这是什么意思呢？这是鼓励他的意思，我不会处罚你的，我还要送东西给你，因为你干得很棒，你接着继续干！

于是，鲁智深又酗酒了，这一次比上回闹得更厉害。

先是仗着酒力，把亭子拆了。"只一膀子，扇在亭子柱上，只听得刮刺刺一声响亮，把亭子柱打折了，坍了亭子半边。"

接着，来到山门，把金刚的泥巴颜色都打坏了，又把金刚从台基上推倒下来，"只听得一声震天价响"。

和尚们慌忙来找长老。

长老说，没事，没事，就是打坏了殿上的佛像也没事，"休要惹他，你们自去"，"这个且由他"。

于是，和尚们不高兴了，再一次埋怨长老"糊涂"。

长老啊，你究竟为什么要如此纵容鲁智深呢？

修这座庙的时候，赵员外的祖上是出了钱的。因此，这座庙的时间，至少三代人了，都旧了，换新的要钱，所以长老巴不得鲁智深把殿上的佛像也毁了，再换新的。那就该赵员外出钱了。

长老的原话说得很清楚："若是打坏了金刚，请他的施主赵员外自来塑新的。倒了亭子，也要他修盖。"

现在该明白了吧，鲁智深大闹五台山，长老为什么要一而再再而三地包庇纵容他。因为可以不花钱重新装修。

结果就是：赵员外出钱修了新的。而鲁智深也没有必要再留在寺里了，等他把旧东西一毁坏，就把他支到东京去了。你千万不要告诉我，这又是巧合。

那些和尚们，再没一个说长老糊涂的了。庙也修了，鲁智深也走了，书上写道："无一个不喜欢"。

这个长老会算账吧。鲁智深则落下了一个"大坏蛋"的名声。

06 鲁智深为何不肯落草为寇

鲁智深被支走了，投东京大相国寺而去。除了衣服、武器，怀里仅揣着长老赠给他的十两银子（合人民币3000元）。很寒酸。

半路上，鲁智深又遇到了往日在江湖上练摊卖药的李忠。此时的李忠，已经当上了桃花山强盗的老大，财源广进。

李忠骑在高头大马上，看到了那秃驴。

呀，原来是鲁提辖，这个人，混得好差好差！

李忠忘不了以前鲁提辖那不屑的眼神，忘不了他曾说自己是个不爽利的人，也更忘不了他把银子丢还给自己时的那个经典动作。

定要"羞那厮一番"！李忠发自内心地说。但面子上，还是下了马来，扶住鲁智深道："哥哥，缘何做了和尚？"

李忠现在已经发财了。所以一定要鲁智深到他山上去住几天，参观他的山寨，并且要鲁智深也留下来一起当强盗。

鲁智深坚决要走。毕竟，当强盗是一件很不光彩的事，是一件很丑的事。这个大概是主要原因吧。

不过，根据书中的交代，不难发现：鲁智深并不认为当强盗很丑。

因为他说："俺如今既出了家，如何肯落草？"

落草是什么意思呢？落，就是扔弃、抛落的意思；草，指草莽山林没人的地方。落草就是当强盗的意思，就像被社会倒掉的垃圾一样，抛落在荒郊野外的杂草丛中。

这是很没面子很伤自尊的。所以，一般人都不肯轻易落草为寇。

鲁智深说，因为他既然已经当了和尚，所以就不能再当强盗了。很显然，这并没有逻辑关系。当了和尚，同样还能当强盗，完全可以。

事实上，鲁智深的话，仅为托辞，原文如下：

住了几日，鲁智深见李忠、周通不是个慷慨之人，作事悭吝，只要下山。两个苦留，那里肯住。只推道："俺如今既出了家，如何肯落草？"

原来，鲁智深不肯落草的原因，并不是因为已出家，而是因为"李忠、周通不是个慷慨之人，作事悭吝"。

因为他们太小气了，所以鲁智深不肯与他们为伍，一定要下山。

反过来说，如果他们对鲁智深非常大方，鲁智深就有可能留下来当强盗了。当强盗还是很牛的。

那么，李忠、周通究竟怎么不慷慨，怎么悭吝了？那就要看鲁智深住的这几天，李忠、周通究竟是如何对待他的。原文上写道："李忠、周通椎牛宰马，安排筵席，管待了数日。"

这几天吃的，没话说。对于这个做了和尚自称"饿得干瘪了""熬的清水流"的人而言，已经是非常够意思的了。那鲁智深干吗还要说他们小气呢？

原来是面子!

你看,那李忠苦留鲁智深当强盗,却又不把老大这第一把交椅的位子让出来,送给鲁智深!

那么,鲁智深来了,究竟该算老几呢?是当老二?还是当老三?还是仅仅只当个小喽罗?

李忠可从来没说过让鲁智深来当老大的话,李忠只是留他当个强盗。这个意思就是说:姓鲁的,你混得这么栽,看在以前的面子上,收你在我手下当个小弟,你跟着我混吧。

鲁智深还有面子吗?我鲁智深怎么能跟在你李忠手下混呢?当和尚,被排来挤去的,现在当强盗,还是被排来挤去的,不能当老大,还不如到大相国寺去,"讨个职事僧做",至少也是个僧官。

所以,鲁智深只好推托道:"俺如今既出了家,如何肯落草?"

鲁智深执意要走。李忠越发轻视他了,好吧,既然你要走,我还是送点路费给你,我明天下山,捉个路人,不管多少,都送给你当路费。

次日,李忠安排筵席,摆了一桌子的金银酒器,招待鲁智深。

姓鲁的,你看我吃的用的,什么档次?再看看你,又是什么档次?金银,我有的是,我摆在你的面前,就是不送给你!我要你自己打自己嘴巴,看看你是不是真的当了和尚就不当强盗!不信你没有个贼心。

李忠只安排了两个小喽罗陪着鲁智深。然后,就带着全部人马下山打劫去了。

鲁智深气呀,你现存的放着许多金银,却不送与俺,直等你去打劫得别人的送与洒家。

越想越气,你不给,我就自己抢!跳起来, 两拳打翻两个小喽罗, "取出包里打开,没要紧的都撒了。只拿了桌上金银酒器,都踏匾了，拴在包里。"

抢了金银酒器之后，从后山逃走。四周都没有路，只有前山有路，为什么不走前山？不敢。怕遇到李忠了。鲁智深寻思："洒家从前山去时，一定吃那厮们撞见。不如就此间乱草处滚将下去。"

鲁智深就先把戒刀、包裹、禅杖都从山冈上丢下去。"却把身望下只一滚，骨碌碌直滚到山脚边"，像个球一样滚了下去。然后，跳将起来，寻了包裹，跨了戒刀，拿了禅杖，拽开脚手，投东京便走。

这是鲁智深第一次做贼。

李忠、周通他们转来了，见鲁智深果然把金银酒器都偷了。便寻到后山，见一带草木，平平地都滚倒了。呵呵呵，不错，不错："这秃驴倒是个老贼！这般险峻山冈，从这里滚了下去。"

07 混江湖之行为准则

半路上，鲁智深走饿了，来到一座瓦罐寺。

鲁智深找寺里的几个老和尚要吃的，和尚们一个个面黄肌瘦，说并无一粒斋粮，我等已经饿了三日，哪还有饭给你吃？

正说着，猛地闻得一阵香来，鲁智深发现了一锅刚煮熟的粥。大骂道："出家人何故说谎？"抢了就吃。和尚们只叫得苦，也过来抢，当然就要挨打。书上写道："被智深一推一交，倒的倒了，走的走了。"

这么看来，鲁智深并非同情每一个弱者。

和尚们说，这寺里被一个外地僧人崔道成霸占了，他引着一个道人丘小乙，把寺里都毁坏了。他两个无所不为，好生了得，都是绿林强贼，杀人放火的人，便是官军也禁不得他。

鲁智深一听，有这么厉害？！一股"锄强扶弱"的心理油然而生。仅凭着一面之词，便拖了禅杖走到那边去，要打那崔道成。

胖和尚崔道成，眉如漆刷，一身横肉。桌上摆着几碗酒肉，旁边坐着一个美女。猛见到智深，吃了一惊道："请师兄坐，同吃一盏。"

然后，崔道成告诉鲁智深：刚才那几个老和尚啊，都是奸猾之徒，最喜欢撒谎，他们"吃酒撒泼，将钱养女，长老禁约他们不得，又把长老排告了出去。因此把寺都废了。僧众尽皆走散。田土已都卖了"。

最后，崔道成信誓旦旦地说道："小僧却和这个道人新来住持此间。正欲要整理山门，修盖殿宇……师兄，休听那几个老畜生说。"

鲁智深一听，原来是老和尚们在撒谎，便道："回耐几个老僧戏弄洒家！"一股"惩奸除恶"的心理油然而生。仅凭着一面之词，又提了禅杖，再回转过来，要打那几个老僧。

老和尚们又一齐说："师兄，休听他说……"他们吃酒吃肉，还养了个女的就坐在那，你没看到哇。他刚才见你有戒刀、禅杖，不敢与你相争。你若不信，再走一遭，看他和你怎地。

鲁智深想了想："也说得是。"倒提了禅杖，又再次走到那边去，要打那崔道成。

你看，他们各有一番说辞，公说公有理，婆说婆有理。鲁智深，他居然辨别不了！这鲁智深的智商是不是有问题啊，怎么这么弱智呢？看官你错了，他的智商没问题，只是他这个人分不清是非对错。

当鲁智深再次过来时，崔道成已经有了准备，拿着刀，和丘小乙两个来杀鲁智深，鲁智深太饥饿了，斗不过，落荒而逃，包裹也没拿。

黑水浒

这个时候的鲁智深已经是身无分文了。怎么办呢？他看到树林里有个人，对方只一个，他就想上去打劫！"且剥那厮衣裳当酒吃。"这就是鲁智深的逻辑。

不料，那个躲在树林里的人，也是准备来此打劫的。于是，这打劫的就遇到打劫的了，二人厮杀起来。结果都是一流的好强盗，谁也胜不了谁。

二人互报了姓名，原来是兄弟史进史大郎。这史大郎带了许多钱出来找工作，没找到，钱也花完了，就在这里打劫路人当强盗。

史大郎拿出干肉烧饼，两个人吃饱了，各拿了器械，再回瓦罐寺来，干了三件事：

1. 杀住持。鲁智深一禅杖把崔道成打下桥去，又追赶到桥下，把崔道成打死。史进赶上丘小乙，望后心一朴刀砍倒，踏入去，只顾肫肢肫察的搠，搠死了。请注意：崔道成的身份是瓦罐寺的住持。

2. 抢钱。杀了住持后，将庙里值钱的东西都洗劫一空。书上写道："再寻到里面，只见床上三四包衣服。史进打开，都是衣裳，包了些金银，拣好的包了一包袱，背在身上。"

3. 放火。杀人抢钱后，消灭痕迹。"灶前缚了两个火把，拨开火炉，炭上点着，焰腾腾的先烧着后面小屋，烧到门前。再缚几个火把，直来佛殿下后檐点着，烧起来。"瓦罐寺成为一堆灰烬！

分手的时候，鲁智深问史大郎有什么打算，史大郎说是回老家少华山当强盗去的。智深道："兄弟，也是。"便打开包裹，又将从桃花山李忠处偷来的金银送了些给史大郎。

这样看来，鲁智深的确分不清是非善恶。

或许有的朋友要说了，那崔道成是个坏人啊，我告诉你，崔道成在小说中只是一个品行不端的住持，是不是强盗，真还不太清楚，如果是，也只是个"半僧半盗"。

而史大郎、李忠，已经是纯粹的强盗了。至少要比崔道成坏一倍。

崔道成要想当强盗，那不行，鲁智深要他吃禅杖！史大郎要想当强盗，那可以，鲁智深出钱赞助！那么，鲁智深奉行的究竟是个什么样的行为准则呢？

很显然，鲁智深既不遵守统治者的"律令"，也不顾及社会上的"公德"。他所遵循的乃是：江湖上的"义气"。

什么是义气？为兄弟两肋插刀，这便是义气。你是我的兄弟，你的一切行为就都是对的，就都是好的，即便你犯法，我也要袒护。这便是义气。

律的核心在"王"；德的核心在"社会公众"；而义气的核心则在"我"。

因为义气是由"我"和"你"之间亲疏近远爱憎喜恶等关系决定的。以"自我"为中心，和我越近的，我就越讲义气。凡属我的兄弟、我的朋友、我喜欢的人、我看得顺眼的人……我才会讲义气，反之，则不存在义气可言。

这样，鲁智深的行为，就有逻辑可循了。

为什么赞许史大郎当强盗？因为他是我的兄弟。为什么不铲除李忠这伙强盗？因为他也是我的兄弟（尽管鄙视他）。为什么要把桃花山贼李忠的钱偷了，转赠给少华山贼史进？因为史进才是我最好的兄弟。

为什么要帮金翠莲？要打郑屠？因为金翠莲是我喜欢的人，是我看了顺眼的人；而郑屠是我讨厌的人，是我看了不顺眼的人。同样都是欺负女人，为什么要打死郑屠，却不打死周通？因为周通虽然是强盗，但没有冒犯我，而郑屠虽不是强盗，但他竟敢自称"镇关西"，那就冒犯了我的尊严……

为什么会经常看到鲁智深殴打其他无辜者？因为他们都和我没啥关系。

现在明白了，在瓦罐寺，鲁智深为什么分不清老和尚与崔道成谁是坏人？谁在说谎？因为他们都不是我的兄弟，并且都是我看了不顺眼的人，所以就糊涂了，不知道究竟该相信谁的话了。

这样，鲁智深既不弱智，却又做了许多非理性的事，就都可以解释得通了。因为他奉行的是"义气"，自然就会藐视法律、淡漠公德。一切义气当先。

鲁智深，很难说他是个好人。但不可否认，他是个讲义气的人，并且还是《水浒传》中最讲义气的一个（这也是人们喜欢他的原因所在）。义气，使他丢了工作，丢了安身之所，从后面可以看出，为什么要尾随那么远去保护林冲？——只因他是我的兄弟。

第二　林冲篇

01. 尊严与饭碗的权衡　　　　02. 从潜规则看林冲买宝刀

03. 林冲究竟是个怎样的人　　04. 林冲为何要休妻

05.《水浒传》中卖友求荣的小人是谁　06. 跑龙套的好汉"洪教头"

07. 快意恩仇的难言之隐　　　08. 解读《水浒传》里的"投名状"

01 尊严与饭碗的权衡

鲁智深来到大相国寺，当了一名最小的僧官——"菜头"，管理寺院的菜园子。每天，都有一群非常崇拜他的小混混们送来酒肉给他吃。在这里，鲁智深过得悠哉乐哉。

这一天，八十万禁军枪棒教头林冲，陪着老婆和使女锦儿，到岳庙去烧香还愿。半路上，经过大相国寺菜园子，见到鲁智深，使着一条六十二斤重的浑铁禅杖，嗖嗖的舞动，浑身上下，没半点儿参差。

林冲看得入神，也不去烧香了。老婆就先去了。

鲁智深正使得活泛，林冲站在墙外喝了一声彩："端的使得好！"

只因这一声喝彩，鲁智深就请他相见了，然后，林冲提出"当结义智深为兄"。

鲁智深就这样"非常简单"地和林冲成了兄弟。

而林冲究竟是个什么样的人呢，鲁智深不可能很了解，因为是头一次见面嘛。不过，鲁智深非常直爽地说：能和林冲这样的人结为弟兄，就"十分好了"。

刚饮了三杯，只见使女锦儿慌忙走来，在墙外叫道："官人休要坐地，娘子在庙中和人合口。"

有人在光天化日之下，竟敢调戏林冲林教头的老婆！这还得了！

林冲慌忙别了鲁智深，急跳过墙缺，和锦儿迳奔岳庙里来。只见一个年小的后生，独自背立着，拦住了林冲娘子的去路。

林娘子见老公来了，脸也红了，道："清平世界，是何道理，把良人调戏！"

很显然，调戏良人妇女，绝对没有道理。所以林冲赶到跟前，把那后生肩胛只一扳过来，举拳就要打，也喝一声道："调戏良人妻子，当得何罪！"

当得何罪？书上没说，不太清楚。但可以肯定的是：把他揪住，狠狠地打一顿，打个半死，应该是可以的。

因为林冲"本待要痛打那厮一顿"，并且林冲是个"良人"，良人就是良民的意思，不会做出违法乱纪的事来。所以把调戏良家妇女的家伙抓住痛打一顿，应该是小说中法律允许的范围。

但是，当林冲将那厮扳将过来时，一下子看清了他的脸，恰待下拳打时，却认得是本管高太尉的干儿子高衙内，"先自手软了"。一个"软"字，把林冲的内心世界，展示得淋漓尽致！

高太尉，高俅，林冲的顶头上司。他的干儿子调戏了林娘子，林冲竟不敢动手打了。否则，自己的饭碗必丢无疑！

那高衙内见林冲从后面扳他，就说道："林冲，干你什事，你来多管！"

调戏林冲的老婆，还说不关林冲的事，这究竟是怎么回事呢？书中写道："原来高衙内不认得她是林冲的娘子。若还认得时，也没这场事。"

接下来，旁边的人都过来劝道："教头休怪，衙内不认得，多有冲撞。"劝住了。高衙内骑着马儿去了。林冲也领着老婆回家。

至此，高衙内调戏林娘子的第一回合，告以结束。

原来只是一场误会。林冲自释道。

第一次虽然是个误会，但第二次就是故意的了。

高衙内第二次调戏林娘子，是在林冲的好友陆谦的撮合下进行的。

那一天，陆谦来请林冲到他家去吃酒，半路上却说，不到我家里去了，我们还是到街上找个酒馆吧。于是，二人就来到樊楼里坐了。

陆谦自己把林冲缠在外面，再叫人把林娘子叫到他家里去。

林娘子来到陆谦家，没见到自己丈夫，却见到了守候在此的高衙内！那高衙内大叫道："你丈夫来也！"

锦儿又慌忙去寻林冲，林冲急急赶来。

书上写道："林冲见说，吃了一惊。也不顾女使锦儿，三步做一步，跑到陆虞侯家。抢到胡梯上，却关着楼门。"

林冲急匆匆地赶来后，却不急匆匆地进去。

他在干什么呢？他就站在门外听里面的动静。

只听得娘子叫道："清平世界，如何把我良人妻子关在这里？"

又听得高衙内道："娘子，可怜见救俺！便是铁石人，也告得回转。"

从二人的对话中，可以听出高衙内并没有硬上动粗，还在苦苦哀求林娘子。

此时的林冲，内心充满了矛盾，他根本就不敢破门而入，他连武大郎的勇气也没有。

因为硬冲进去了，即使抓住了高衙内，林冲又能怎么办？敢打他吗？根本就不敢！怕得罪了顶头上司啊。

但，就这样傻傻地站在外面，等里面的人出来，也不是个事呀。于是，书上写道：林冲立在胡梯上，叫道："大嫂开门！"

他站在外面，叫里面的人开门。

一句"大嫂开门！"四个字，把林冲复杂的无奈的难于描述的内心世界刻画得淋漓尽致。

这一声叫，其实就是在提醒里面的人，好给高衙内一个台阶下。

结果，林娘子来开门。高衙内吃了一惊，跳墙走了。

林冲问娘子道："不曾被这厮点污了？"他最关心的，就是老婆是否失了身。娘子道："不曾。"

紧接着，书上写道："林冲把陆虞侯家打得粉碎，将娘子下楼。出得门外看时，邻舍两边都闭了门。"

邻舍两边闭了门，衬托林冲砸陆虞侯家时非常厉害。

林冲虽然惧怕高衙内，不敢得罪他。但却不怕陆谦，所以就把陆谦家打得粉碎！

俗话说，不怕贼偷，就怕贼惦记。高衙内连续两番均未得手，又岂能不引起林冲的重视？林冲必须妥善地化解这场风波。

于是，他想到了一个解决的办法。

02 从潜规则看林冲买宝刀

高衙内连续两次调戏了林冲的娘子。

林冲都忍了，因为怕呀。

照说，林冲也该警觉了，也该防备了。但他好像无动于衷，依然还在外面喝酒，不守好老婆。

紧接着，林冲中了圈套，买下一口宝刀；又接着，林冲再次中了圈套，误入白虎堂而被捕。

读者骂道：林冲！你脑子里进水啊！你这个弱智白痴，一点心眼也不长，活该你一次又一次上人家的当！

读者误会林冲了。林冲，绝对是个有心眼有心计的人，不说别的，至少要比那个鲁智深考虑问题全面些吧。否则的话，又怎么可能混成高俅手下"大请大受"的红人呢？

林冲并不傻，却上了人家的当，这究竟是怎么回事，还得从他买下那口宝刀说起。且听我慢慢道来：

那一天，林冲和鲁智深两个吃酒回来，走到巷口，见一条大汉，手里拿着一口宝刀，插着个草标儿，立在街上。

那大汉自言自语道："好不遇识者，屈沉了我这口宝刀。"

这句话大有深意。因为就在前几天，林冲的好友陆谦请他喝酒时，林冲曾对这位好友吐露过心思："男子汉空有一身本事，不遇明主，屈沉在小人之下。"

所以，那大汉连用"不遇""屈沉"两词，以勾动林冲的共鸣。

可是，林冲并没听见。所以"林冲也不理会，只顾和智深说着话走"。

看着鱼儿不吃饵，那大汉急呀，于是又跟在背后道："好口宝刀，可惜不遇识者。"

林冲还是没有在意。"只顾和智深走着，说得入港。"

最后，那汉骂道："偌大一个东京，没一个识得军器的！"把整个东京都骂遍了。林冲、鲁智深都是不识货的人。

林冲听得说，回过头来。鱼儿终于开始咬钩。

那汉嗖的把刀掣出，明晃晃夺人眼目，冷飕飕寒气逼人，鬼神心惊，奸党胆裂。太阿巨阙难比，干将莫邪等闲。

林冲接在手内看了，吃了一惊，失口道："好刀！你要卖几钱？"

经过一番讨价还价，林冲买下了这口宝刀。

那么，林冲买宝刀的动机何在？大概有以下两种说法：

1. 林冲要杀高俅。

这个完全说不通。因为此时的林冲正在高俅手下做事，"大请大受"，并没冤仇。何况高俅也没调戏他老婆。更何况，他连高衙内都不敢打，还敢杀高俅？再说，什么刀不能杀高俅，何必要买把宝刀杀。

2. 林冲要与高俅比刀。

高俅有一把宝刀，从不肯轻易示人。林冲买这把宝刀，就是要和他比试。这个也说不通。你看，林冲见到领导的干儿子，手都软了，不敢打啊，这么给领导面子的人，又怎敢把领导的宝刀比下去呢？

真要把领导的宝刀比下去了，那领导很生气，后果很严重！

可见，都不是的。那么，林冲究竟为什么要买下这把宝刀呢？

真相只有一种，那就是：

要送礼！要行贿！！要"潜规则"！！！

林冲买下这把宝刀的真实意图，就是想去拍高太尉的马屁！在适当的时候，把宝刀孝敬给顶头上司高太尉，以博取高太尉的欢心！

看官又以为我在说胡话了。

那就睁大眼睛，看看这把宝刀的价格吧：

这把宝刀，价值三千贯，因为急要钱用，只卖二千贯。林冲和他砍价，砍到一千贯。成交。

千贯，养二奶的价。合现在的人民币算：林冲花了30万元的现金，卖下了一个价值90万元的宝贝东东。

在今天看来，也是一辆好车啊。

林冲，他花这么多钱，买下这么贵一把刀，不是要送礼，还想干啥？千万别告诉我，他爱刀。他要真爱刀，人家喊两三遍他会听不到？

那么，究竟是谁爱刀呢？书上原文："高太尉府中有一口宝刀，胡乱不肯教人看。我几番借看，也不肯将出来。"看到了吗？真正爱宝刀的人，是高太尉，高俅。

宝刀，是身份地位的象征，只有高俅，才配宝刀。你再看鲁智深，他就不需要宝刀，一听说是大几十万块钱的刀，他转身就走了。

顶头上司高俅爱刀，所以林冲买下一口价值90万元的宝刀，去孝敬孝敬他，正所谓"投其所好"。拍马屁，也就拍到点子上了。

那么，可以得到什么好处呢？可以得到领导的赞许，可以得到领导的另眼相待，正好就可以化解高衙内继续纠缠自己老婆的危机！

高衙内在外面为非作歹，谁也不怕，但他就只怕一个人，就怕被他的干爹高俅知道了。书上写高衙内调戏林娘子后，"跳墙脱走，不敢对太尉说知"，可见，高衙内只怕高俅。

林冲自己是拿高衙内没办法的了，但一物降一物，只有高俅管得了他！所以，林冲就想要给高俅送送礼！

看官试想，那高衙内一而再再而三地骚扰林冲的老婆，第一次不得手，就来第二次，第二次又不得手，就肯定还有第三次、第四次……

林冲是个心眼很细的人，难道他会想不到？你以为他是个很豁达的人啊，真的不把这件事记心里头？就这样任高衙内一次又一次地调戏？

而林冲又不敢打他，你叫林冲咋办？想想所有的应对策略，还真的只有向高太尉"送礼"这一招了。

欲知后事如何，且听下回分解。

03 林冲究竟是个怎样的人

高衙内两次调戏林冲的老婆，都没上手，怏怏不乐，躲在家里害相思病。

高衙内说："实不瞒你们说，我为林冲老婆，两次不能勾得她，又吃他那一惊，这病越添得重了。眼见的半年三个月，性命难保。"

这相思病害得不轻呀，高衙内说他想林冲老婆想得快要死了。

出点子的人有三个：一个是与高衙内帮闲的富安；一个是富安的心腹陆谦；一个是高俅府里的老都管。

这三个人商量后说："若要衙内病好，只除教太尉得知，害了林冲性命，方能勾得他老婆，和衙内在一处，这病便得好。若不如此，已定送了衙内性命。"

于是，一条陷害林冲的毒计诞生了。

那一天上午，来了两个承局叫道："林教头，太尉钧旨，道你买一口好刀，就叫你将去比看。太尉在府里专等。"

林冲拿了那口刀，随这两个承局来。两个道："太尉在里面等你。叫引教头进来。"

林冲进去后，见上面四个大字："白虎节堂"。猛省道："这节堂是商议军机大事处，如何敢无故辄入。不是礼。"

急待回身，只听得靴履响，脚步鸣，本管高太尉带着人来了。林冲见了，执刀向前声喏。

太尉喝道："林冲，你又无呼唤，安敢辄入白虎节堂！你知法度否？你手里拿着刀，莫非来刺杀下官？"喝左右拿下绑了。

林冲就这样掉进了高太尉设下的圈套之中。

那么，林冲究竟为什么会轻易上当呢？执刀进入白虎堂，难道他不知道这是死罪啊。

知道还要进去，就这么好骗呀。于是，有的朋友就说了，这林冲，不仅软弱，而且还很弱智，没脑子。

林冲绝不可能是没脑子的那种人，只不过是因为和高俅的关系太熟罢了。

也只有当林冲和高俅是非常熟悉的人时，林冲才不容易料到高俅会突然反目陷害他。

也就是说，林冲原本就是高俅的"心腹人"，非常忠实的、信得过的人。说得难听一点，林冲其实就是高俅手下的狗。

我们来看原文：

1. 林冲和陆谦喝酒的时候，陆谦说："如今禁军中，虽有几个教头，谁人及得兄长的本事。太尉又看承得好。"

在禁军中，总共只有几个教头，名额是非常少的。而林冲就是其中之一，还是武艺最高的一个。并且，"太尉又看承得好"，说明高俅是非常赏识林冲的。

2. 富安与高衙内的对话：衙内笑道："你猜得是。只没个道理得她。"富安道："有何难哉！衙内怕林冲是个好汉，不敢欺他。这个无伤。他见在帐下听使唤，大请大受，怎敢恶了太尉……"

第二　林冲篇

高衙内是什么人？高俅的干儿子，有名的"花花太岁"，"那厮在东京倚势豪强，专一爱淫垢人家妻女，京师人惧怕他权势"。

就是这样一个有权势的人，他还怕林冲！不敢欺他。他也自认为没办法得到林冲的老婆！这说明了什么？说明了林冲的身份，其实是和高衙内比较接近的。

林冲在高俅的帐下听使唤，又"大请大受"，请受，就是领受、官俸、薪饷的意思。"大请大受"，就是高俅给他发高薪的意思。（林冲买刀的时候，可以直接到家里一次性拿出30万现金，不是小数目。）

现在明白了：一个是高俅的干儿子，一个是高俅的头号干将。差不多一个级别的。所以才会出现：林冲害怕高衙内，而高衙内也同样害怕林冲！

3. 高俅知道了详细原因之后，说道："我寻思起来，若为惜林冲一个人时，须送了我孩儿性命，却怎生是好！"

以高俅的身份，要杀一个人，那还不简单。但从这里我们看出：高俅是拿林冲和高衙内这两条命在"权衡"。

高俅道："却怎生是好！"可见林冲在高俅眼中的分量不轻。害了林冲，可惜了，若不害林冲，可那高衙内说他会死的。

权衡之后，还是决定要牺牲林冲。

正因为林冲是高俅手下的红人，非常熟悉，再者林冲正准备借"比刀"的机会给高俅进贡送礼，所以才会轻易上当。否则，不这样理解的话，那就只能说明林冲的智商近乎为零。

林冲明白了，高俅是在陷害他。心里当然很憋屈。不过，林冲并不是非常仇恨高俅。从头到尾，也没有要杀高俅报仇的想法。

就像被赶出门的狗一样，无论受多大委屈，也决不会反咬主人。

你看后来，烧了草料场，林冲被逼入绝境，酒后作诗道："仗义是林冲，为人最朴忠。"这是他心里话。

那么，林冲什么地方仗义了？没发现。而高俅害他，他理解了，承受了，这就说明他是对高俅仗义了，对高俅最朴忠。

你再看后来，高俅被捉到梁山，大家面对面同席饮酒，林冲有要杀他报仇的意思吗？压根就没有！半点也没有！根本就不是影视剧中扮演的那个样子！

杀高俅报仇，痛快是痛快，但这不过只是读者一相情愿的想法罢了，大家其实都误会林冲了。

04 林冲为何要休妻

高太尉陷害了林冲，把林冲押解到开封府发落。

犯的是死罪。林冲对开封府的府尹大人说："……不想太尉从外面进来。设计陷害林冲。望恩相做主"。

可见，高太尉设下圈套，要故意害死林冲，林冲还是知道的。

林冲的丈人张教头，上下打点，使用钱财，想要为林冲翻案。开封府有个叫孙定的，为人最鲠直，要周全他，就和府尹商量了，把案情的经过"手执利刃，故入节堂"改成了"腰悬利刃，误入节堂"。

"故"和"误"，在法律上是不太好定性的。但究竟是"手执利刃"还是"腰悬利刃"呢？这个还是很好确定的。原文："林冲看时，不是别人，却是本管高太尉。林冲见了，执刀向前声喏。"

所以，林冲在白虎堂看见高太尉后的行为是："执刀向前"。

开封府把案情经过一改，就不是死罪了。而且，高太尉高俅本人也同意了这么改。注意：最终拍板的人还是高俅。高俅现在并没有要林冲的命。

我们再看："谁不知高太尉当权……但有人小小触犯，便发来开封府要杀便剐。"小小触犯，便要杀要剐，这是高太尉的一贯作风，不知道害死了多少人。

再看林冲，手执利刃，罪证确凿的死罪，高太尉却对他格外开恩，放了他一马。你说，林冲他能不感激高太尉吗？

所以，从这之后，林冲凡说起这场屈官司，都改了口，只说是因为"年灾月厄"，是自己命运不好；或者是说"恶了高太尉"，是自己得罪了高太尉（其实根本就没有）；而绝少再提是高太尉设计陷害自己了。

这就是林冲。

还是古语说得好，可怜之人，必有可恨之处。

高俅对林冲手下留情，林冲就对高俅感恩戴德。

林冲发配沧州，走的时候对老丈人张教头说："泰山在上，年灾月厄，撞了高衙内，吃了一场屈官司。今日有句话说，上禀泰山。自蒙泰山错爱，将令爱嫁事小人，已经三载，不曾有半些儿差池。虽不曾生半个儿女，未曾面红面赤，半点相争。"

先说与老婆的感情如何，再说：

"今小人遭这场横事，配去沧州，生死存亡未保。娘子在家，小人心去不稳，诚恐高衙内威逼这头亲事。况兼青春年少，休为林冲误了前程。却是林冲自行主张，非他人逼迫小人……"

　　说了半天，原来是要和老婆离婚。

　　离婚的原因，是自行主张，并非他人逼迫。但前句又说"恐高衙内威逼这头亲事"。很矛盾，很无奈。

　　可是，高衙内要威逼这头亲事，难道你离了婚，高衙内就不威逼了吗？只会更容易的。

　　究竟是什么原因呢？林冲接着再说："今日就高邻在此，明白立纸休书，任从改嫁，并无争执。如此，林冲去的心稳。免得高衙内陷害。"

　　说了半天，还是为了他自己。什么夫妻感情，什么为了老婆好，都是在扯淡。把老婆送给高衙内，是为了免得高衙内再次陷害他，免得误了前程。

　　这就是林冲。

　　可张教头很固执，说道："林冲，什么言语！"老汉家中也颇有些过活，我帮你养着，又不叫她出入，高衙内便要见，也不能勾。休要胡思乱想，只顾放心去。

　　林冲道："感谢泰山厚意。只是林冲放心不下，枉自两相耽误……"若不依允小人之时，誓不与娘子相聚。（如果不这样，再不能相聚了。）

　　铁了心，硬是叫人写了离婚休书。老婆号天哭地。

　　林冲劝道："娘子，我是好意。恐怕日后两下相误，赚了你。"

　　怎么叫两相耽误？两下相误？就是说：把两个人都耽误了。只有离了婚，才两不相误。

　　所以，林冲第一次死里逃生之后，马上就主动地把老婆让出来。这叫"丢妻保夫"。

　　读《水浒》读到这里，一直没有发现林冲身上有什么英雄好汉的质素。从教头身份出场，到老婆被人调戏，到上当被捕，到主动自愿交出老婆，令人越来越压抑，越来越憋屈。

不过，作者并没有描写林冲忍得很难受。相反，把林冲描写得非常理性。为什么会这样呢？因为林冲并没有绝望。

林冲还在幻想，坐牢只是暂时的，把老婆送给高衙内，他坐牢回来了，还是可以继续当他的教头。因为他的工作籍并没有被免除，他在休书上还是写的"八十万禁军教头林冲"的身份。

可是，富安和陆谦两个，并不会放过林冲，他们依然还是要害林冲的性命。于是，买通了董超、薛霸两个公人，说好了，最多五站路，少便两程，便要结果了林冲！

05 《水浒传》中卖友求荣的小人是谁

大家都知道，鲁智深是一个非常讲义气的人。鲁智深对林冲绝对够兄弟。

但，你不能用这个来证明林冲也会对鲁智深讲义气够兄弟。A喜欢B，B却不一定会喜欢A，这是逻辑常识。

下面，我们就来分析林冲究竟是怎样对待鲁智深的。

林冲和鲁智深一见面就结为兄弟，所以鲁智深不可能知道林冲的为人。在这之前，和林冲多年的、最好的兄弟，却是陆谦这个小人！

为了自己利益而出卖兄弟的小人！

多年来，林冲只和这个小人相交最好。近墨者黑，林冲该不会？

林冲的老婆被高衙内第一次调戏后，鲁智深带了二三十人赶来，什么都不问，开口第一句话："我来帮你厮打！"为什么？因为他当林冲是兄弟。

林冲怕他，怕他把自己教头的饭碗砸了。慌忙劝住。

鲁智深说，有事，你只管喊我。走的时候道："阿哥，明日再会。"但林冲再也不找他了。怕了他了。

林冲第二天没和鲁兄弟再会，却去和陆谦兄弟喝酒，并且还向陆谦这个兄弟苦诉衷肠。心里话，都跟这个小人说了。

林冲老婆被高衙内第二次调戏后，鲁智深来找林冲喝酒，一连好几天，林冲一直对他瞒得紧紧的，守口如瓶。发生这么大的事，鲁智深不知道。

那天买宝刀的时候，林冲叫鲁智深等他，鲁智深说，我走了，明日再见。林冲买了宝刀，"当晚不落手看了一晚。夜间挂在壁上，未等天明，又去看那刀"。

仅仅只隔了一个夜晚，次日上午九点多钟，有两个人来叫林冲把宝刀拿太尉府去。

林冲说道："又是什么多口的报知了。"

又是什么多口的？说不定就是在怪鲁智深！因为他买宝刀的事，也只有鲁智深一个人知道啊。肯定是鲁智深回去对那些泼皮们说了，传出去的。（林冲此时还不知道太尉要陷害他。）

那么，林冲被抓起来后，会不会抱怨鲁智深多嘴呢？

林冲被发配沧州。董超、薛霸两个公人压着，走到了野猪林。在这里，要结果了林冲。

薛霸将林冲紧紧地绑在树上。

两个跳将起来，转过身来，拿起水火棍，看着林冲说道："不是俺要结果你……休得要怨我弟兄两个。只是上司差遣，不由自己。你须精细着。明年今日，是你周年。"

林冲见说，泪如雨下，便道："上下，我与你二位往日无仇，近日无冤。你二位如果救得小人，生死不忘。"

可以说，在这生死关头，无论是谁救了林冲，他都会生死不忘。这应该是他的心里话。

董超道："说什么闲话！救你不得。"薛霸便提起水火棍来，望着林冲脑袋上劈将来。说时迟，那时快，只见松树背后雷鸣也似一声，那条铁禅杖飞将来，把这水火棍一隔，丢去九霄云外。

跳出一个胖大和尚来，喝道："洒家在林子里听你多时！"

前面我们已经知道，鲁智深是一个追踪能力极强的野战军人。

现在，鲁智深救了林冲，林冲应该生死不忘了。

鲁智深押着董薛二人前行，二人直叫苦，便想方设法地打探，这个大和尚究竟是什么人？把他的底细打听出来，回去也好交差。

两个公人试探着问道："不敢拜问师父在那个寺里住持？"

鲁智深当然明白他们的用意，想打听老子的下落？

智深笑道："你两个撮鸟问俺住处做什么？莫不去教高俅做什么奈何洒家？别人怕他，俺不怕他。洒家若撞着那厮，教他吃三百禅杖。"

两个公人哪里敢再开口。林冲一句话也没说。

分别的时候，鲁智深看着两个公人道："你两个撮鸟的头，硬似这松树么？"轮起禅杖，把松树只一下，打的树有二寸深痕，齐齐折了。喝一声道："你两个撮鸟，但有歹心，教你头也与这树一般！"

然后，鲁智深潇洒地走了。走的时候，还说"兄弟保重！"始终把林冲当兄弟。

那么，林冲又是怎么对待鲁智深的呢？

他等鲁智深走了，就对那两个公人说道："这个值得什么！相国寺一株柳树，连根也拔将出来。"

相国寺的，相国寺里的胖大和尚。就是他，倒拔垂杨柳的那个人。

在相国寺，具有连根拔起柳树之神力的人，除了鲁智深，再不会有第二个吧。

那两个公人，不是一直在想办法打探鲁智深的底细吗？你看这个林冲，转眼之间，就把鲁智深给卖了！

但人们却都说，林冲不杀那两个公人，是因为林冲善良。

许多读者不明白，鲁智深为什么会突然就失去了在相国寺悠哉乐哉的菜头生活，而要去落草当强盗呢？原因就在这里。

所以，后来金圣叹评价时说，林冲最"毒"！

林冲第一次死里逃生后，卖的是老婆。第二次死里逃生后，卖的是兄弟。目的都是一样的，他要戴罪立功，他还要回去当教头。

鲁智深，这么仗义的人，偏偏遇到了林冲这种负义的人！

后来，鲁智深上梁山的时候，众英雄大宴席吃酒，见到林冲了，也没搭理他的。没意思。

林冲走了过来，相谢鲁智深，毕竟曾经救过他的命嘛。鲁智深呢，不叫他兄弟了，改叫他"教头"（以前是不叫教头，只叫兄弟的）。

林教头，可知道你老婆的事否？你老婆上吊自杀了，你知道不？我不挂念你，我只挂念着你的老婆。林冲，你这个滥人！

06 跑龙套的好汉"洪教头"

两个公人押着林冲去沧州，中途要经过柴进的庄园。

柴进，人称为柴大官人，江湖上都唤作小旋风，他的身份很特殊。

柴进是大周皇帝柴世宗的嫡派子孙。柴世宗因为把皇位禅让给了宋太祖赵匡胤，于是宋太祖就赐给了他家誓书铁券，相当于护身符，只要不造反，做什么都行。

所以，柴进的庄园，就像一个独立的小王国。没人敢欺负他。

柴进专一招接天下往来的好汉，三五十个养在家中。常嘱咐周边的人："如有流配来的犯人，可叫他投我庄上来，我自资助他。"

柴进对待一般普通来投者的标准是：

一盘肉，一盘饼，一壶酒；一斗白米，米上放着十贯钱。

这个见面礼，合今天的人民币：大约3000多块钱。

但是现在，林冲来了，手下人还按这个惯例端上来，就被柴进喝道："村夫不知高下！教头到此……杀羊相待。快去整治。"

林冲感激呀，他饿着肚子在酒馆里等了一个小时，没弄到吃的；又空着肚子走了两三里路，柴进不在家；又走了半里多路，遇到柴进；又往转走半里多路，一同回来。此时，已经是饥肠辘辘了。

林冲感激得不知道该如何表达了："大官人，不必多赐，只此十分够了。感谢不当。"

吃饱了，柴进庄上的枪棒教师"洪教头"来了。

只见他：歪戴着一顶头巾，挺着脯子，来到后堂。

林冲心想，这人必是大官人的师父。急急躬身唱喏道："林冲谨参。"

那人全不睬着，也不还礼。林冲不敢抬头。

林冲朝洪教头拜了两拜起身，让洪教头坐。洪教头也不相让，便去上首坐了。林冲只得肩下坐了。

洪教头当着林冲的面，竟然说他到庄上，是来"诱些酒食钱米"的。这句话，听了叫人好难受啊。林冲听了，并不做声。

想想也是，林冲就是来诱些酒食钱米的。

那洪教头越来越发狂："他敢和我使一棒看，我便道他是真教头。"

这句话，足见洪教头是个井底之蛙，虽然自己有几分功夫，但毕竟没见过什么大世面。八十万禁军教头，那可不是自封的。

林冲道："小人却是不敢。"

因为他刚才吃了柴进的酒食，又怎么好意思再把柴进的师父打翻呢？那柴进脸上多没面子啊。所以，他说不敢，并不是打不赢洪教头，而是不敢得罪柴进。

可是，洪教头心中却是这样忖量："那人必是不会，心中先怯了。"

读到这里，我们蓦然发觉，在《水浒》的世界里，并不只有"官逼民"，还有"民逼民"。

比如这洪教头，他就不是什么官，就一介草民。其实也是个在柴进庄上"诱些酒食钱米"的草民。他看不起林冲，就要逼他。

总之，你弱了，就要逼你！

在《水浒传》里，似乎只遵循"强逼弱"的原则。而不论你的阶级。

柴进有心要看看林冲的本事，就安排他们两个较量一场。

那洪教头掣条棒，连呼："来，来，来！"这三个字写得极传神。

林冲很为难，打赢了也不好，打不赢也不好，因为他此时还不知道柴进究竟是什么立场。他必须先要揣摩拿捏准了柴进的态度，然后才能投其所好，博中柴进的心思。

于是，两个人斗了四五回合后，平手。林冲托地跳出圈子外来道："小人输了。"为什么呢？因为他说"小人只多这具枷，因此权当输了"。

这句话是什么意思呢？是给柴进面子。

因为他不敢打柴进的师父，所以他说他输了。其实呀，他是在说他赢了。因为他脖子上套着这具枷，还打成平手。那么，要是去了枷呢？肯定就是他赢了！就是这个意思。

柴进一听，懂了，大笑。又专门出钱叫两个公人开了枷。这个时候，林冲终于可以确认了：柴进是站在自己这边，一心要他赢。因为柴进若不想林冲赢，比赛就该到此结束了，大家都会很体面的。

还有一种说法，说是柴进把一锭大银丢在地上，激他二人去争，林冲就铁了心要打翻洪教头。这个说法不太对。林冲再小人，还不至于到这种程度。林冲并不是一个为争小利而当小人的人。

此时，林冲因为有柴进撑腰，本事才敢拿出来。一棒将洪教头打得扑倒在地。洪教头羞颜满面，自投庄外去了。

洪教头后来再也没有出场了，只是个跑龙套的角色。下面，我们再来算一下柴进的费用开支：

叫两个公人开枷，花了十两银子；又拿二十五两银子做赌注，给林冲赢去了；临走的时候，又给了林冲二十五两一锭大银做路费；又给了两个公人五两银子。

除去吃、喝、住、用等等不算，林冲来了一趟，柴大官人一共破费了65两银子。

林冲和柴大官人有交情吗？没有。仅仅只是萍水相逢而已。柴大官人竟花了65两（约合人民币19500元）！林冲带了50两走了（约合人民币15000元）！

够意思吗？够意思。所以说，柴大官人是仗义疏财！

走的前一天，柴大官人和他"吃了一夜酒"。第二天吃了早饭，又派专人帮忙挑着他们三个人的行李。并且还说，过几天，再叫人送过冬的衣服来给林教头。

林冲谢道："如何报谢大官人！"

此时的林冲，初次见面就得了柴大官人太多的好处，他感动得真不知道该如何报谢大官人了，看来，这应该是林冲的真心话了。

那么，林冲究竟会怎样报答柴大官人呢？

07 快意恩仇的难言之隐

林冲来到沧州牢营。

牢营里的差拨过来问道："那个是新来的配军？"林冲向前答应道："小人便是。"

那差拨不见他塞钱，变了面皮，指着林冲骂道："你这个贼配军，见我如何不下拜，见我还是大刺刺的，这贼配军，满脸都是饿纹，一世也不发迹……教你粉骨碎身。"

林冲等他发作过了，取出银子，赔着笑脸奉上："差拨哥哥……"

第二　林冲篇

差拨见了钱，笑道："林教头……虽然目下暂时受苦，久后必然发迹。据你的大名，久后必做大官。"

塞了钱之后，林冲又拿出柴大官人的书信奉上。

柴大官人的书信，还是很有些分量的。那差拨说："这一封书，值一锭金子。"

这一封书信，不仅免了林冲一百杀威棒，还给他安排了一个最省气力的好差事：叫他去看守天王堂。早晚只烧香、扫地，由他自在，亦不来拘管他。这样过了四五十日。

不久，那陆谦、富安也来到了沧州牢营，定要追杀林冲。他们找到管营和差拨，双方一拍即合。

陆谦曾给押送林冲的董薛两个公人十两金子，杀了林冲，再加十两金子，共计二十两金子。

那么，陆谦给管营、差拨的钱，绝不会比这两个公人的二十两金子还少。这个价钱，已经超过柴大官人"值一锭金子"的书信了。还有更大的诱惑就是："回到京师，禀过太尉，都保你二位做大官！"

柴大官人的面子再大，也绝不会比高太尉的面子还大。

差拨、管营设下一条毒计，让林冲去守草料场。然后，一把火烧了草料场，欲制林冲于死地。

差拨、富安、陆谦三人以为计谋得逞，正在提前庆功。

一个道："这条计好么？"一个道："端的亏管营、差拨两位用心。回到京师，禀过太尉，都保你二位做大官。"又一个道："便逃得性命时，烧了大军草料场，也得个死罪。"

林冲，也不知道中过多少次计了。但是这次，偏偏一场大雪让其逃过死劫，又让其巧遇仇人。

林冲大喝道："泼贼哪里去！"猛跳出，持一条枪、一把尖刀，将三个赤手空拳又没武艺的恶棍全部杀死。

这一节，是快意恩仇的情感宣泄。是林冲的第一次反抗。

读者在拍手称快的同时，也需冷静地思考一下，林冲反抗的动机究竟是什么？

那还用问！这三个人要杀林冲，林冲当然就要反抗。

不过，我们再看前面，那董超、薛霸两个公人，同样也是要杀害林冲，林冲当时为什么还是要放过他们呢？

鲁智深几次要杀掉两个公人，都被林冲劝住了。林冲说："非干他两个事，尽是高太尉使陆虞候分付他两个公人，要害我性命。他两个怎不依他。你若打杀他两个，也是冤屈。"

林冲的仇人是高太尉。这董超、薛霸两个公人，只是帮凶。林冲分得还是很清楚的。就因为这一句话，大家都说林冲是善良的。

那么现在，差拨、富安、陆谦三人，也同样是高太尉指使的，要害他性命。林冲这一次为什么不肯放过他们呢？

当时，陆谦连呼饶命，哀告道："不干小人事，太尉差遣，不敢不来。"

林冲骂道："奸贼，我与你自幼相交，今日倒来害我，怎不干你事！"把陆谦上衣扯开，向心窝里只一剜，将心肝提在手里。

再看林冲杀富安时，没什么话说。杀差拨时，有一句话："你这厮原来也恁的歹，且吃我一刀。"

林冲被发配之后，共遇到两次危险，两次都是他人想要害他的性命！第一次，林冲将他们放了，第二次，林冲将他们都杀了。

这两次的差异，究竟是在什么地方呢？

难道说差拨、富安、陆谦这三个是坏人，前面的董超、薛霸这两个就不坏吗？很显然，用简单的好人、坏人标准，似乎是说不清楚的。

其实，真正的杀人动机，还是来源于林冲内心深处的绝望！

第一次，董超、薛霸两个没有杀死林冲，但林冲此时心中尚还有些"盼头"，还可以安心去坐牢，等待以后还有机会再回去当教头。

而第二次，差拨、富安、陆谦三人虽然也没有杀死林冲，可是烧了大军草料场，也是个死罪！林冲心中仅有的一点"盼头"，彻底消失了！他将再也没有机会恢复到往日的生活中去了。

于是，绝望之中，将要害他的三个人全部杀死！

所以，第一次不杀，是"利之所趋"，只因还有"功名"的盼头；而第二次要杀，乃"利之所逝"，只因断绝了"功名"的盼头。可以说，这与林冲是否善良，关系不大。

究竟是不是这样呢？我们可以看，林冲杀人之后，醉酒题诗一首，这首诗是林冲内心真实的写照：

仗义是林冲，为人最朴忠。

江湖驰誉望，京国显英雄。

身世悲浮梗，功名类转蓬。

他年若得志，威镇泰山东。

第一句，是说林冲对高太尉高俅最仗义、最朴忠。第二句，是说林冲凭着一身武艺，在江湖在京师混得都很好。

这第三句，"身世悲浮梗，功名类转蓬。"一语道破林冲的杀人动机。是说悲惨的身世如浮梗，"功名"像蓬草一样，被连根拔起，再也没有指望了。一辈子算是完了。

第四句，京师再混不成了，那就改行吧，到泰山之东（落草）。

08 解读《水浒传》里的"投名状"

大火烧了边防军队的草料场,林冲手刃三人后,官府悬赏三千贯(约合人民币90万)捉拿林冲。

在柴进的资助下,林冲去梁山泊入伙,落草为寇当了强盗。

梁山泊的大头领王伦,从一开始就不肯收留林冲,并对林冲说了这样一番话:"既然如此,你若有心入伙时,把一个投名状来。"

所谓"投名状",就是叫林冲下山去杀一个人,将头献纳,便说明他是真心要当强盗。这个便谓之"投名状"。

由于受电视剧的影响,在一般人的印象中,王伦百般刁难林冲,居然叫林冲这样善良的人,去杀一个和自己素不相识又无冤无仇的过路人。

记得电视剧里的情节是:林冲下山来,遇到一个过路的老太婆和一个约不足十岁的小孩,他们哭得叫人心碎,林冲实在是不忍心下手,就把他们放走了。而没有得到投名状,遭到王伦的奚落。

电视剧里的林冲,应该是善良的,是有恻隐之心的。

不过,当我们翻开小说《水浒传》的原文,就会感到非常奇怪:咦?这一段故事究竟是在哪呢?怎么就找不到呢?

哦,原来根本就没有这么一回事。

也就是说,在《水浒传》的原文里,作者在"投名状"这一段故事中，根本就没有把林冲描写成一个"很仁慈、很善良"的人。

那么，作者究竟是怎么具体描写的呢？我们来看：

当王伦叫林冲去杀一个和自己素不相识又无冤无仇的路人时，林冲并没有大家想象中的或是电视剧中的那副十分为难的表情。原文：

林冲道："这事也不难。林冲便下山去等。只怕没人过。"

从这里可以看出，林冲心里并没有滥杀陌生人的负罪感。他认为，杀一个人，也不是难事，只是在担心：没有人会送死来给他杀。

王伦理解了林冲的这种担忧，是啊，如果没人路过，那也不能全怪林教头不诚心啊。于是，王伦就给了他三天期限。

第一天，林冲早早起来，在"僻静小路上等候客人过往。从朝至暮，等了一日，并无一个孤单客人经过。林冲闷闷不已"。

林冲为什么闷闷不已？是因为要杀一个无辜的人，心里很难受吗？不是的，原文上写得很清楚：是因为他从一大早等到天黑，也没有等到一个无辜的人来送死！

"并无一个孤单客人经过"，所以林冲"闷闷不已"。

第二天，林冲和小喽罗吃了早饭，拿了刀，下山来。原文：

两个来到林里潜伏等候，并不见一个客人过往。伏到午时后，一伙客人约有三百余人，结踪而过。林冲又不敢动手，看他过去。又等了一歇，看看天色晚来，又不见一个客人过。

林冲对小喽罗道："我恁地晦气！等了两日，不见一个孤单客人过往，何以是好？"

晦气，就是倒霉的意思。为什么倒霉？还是和昨天一样，"不见一个孤单客人过往"。

不过，和昨天不同的是，作者另增加了一段情节描写：一伙客人结踪而过。因为人多，林冲却又不敢动手了。

客人都走完了，他还在继续等，等什么呢？他自己说得非常清楚：他要等一个孤单的客人出现时才下手。可见他的胆气还欠不足。

第三天，又没人。天要黑了，林冲说："不如趁早，天色未晚，取了行李，只得往别处去寻个所在。"小校用手指道："好了，兀的不是一个人来！"林冲看时，叫声惭愧。

林冲叫声"惭愧"，并不是因为要杀一个陌生的无辜者而内心感到惭愧，完全是因为他自己没看到有个"孤单的客人"就在眼前，却被小喽罗看见了，好没面子！所以叫声惭愧，我咋就没看到呢？

如果你不信，我们接着往下看：

那个汉子叫声"阿也！"撇了担子，转身逃跑了。林冲没有赶上，投名状又没了，所以林冲道："你看我命苦么！等了三日，方能等得一个人来，又吃他走了。"

可是，林冲马上又发现了一个大汉（就是杨志，林冲不认识），投名状又有了，林冲见了说道："天赐其便！"

二人便恶斗了起来。

这"天赐其便"四个字，把林冲急于杀个路人的喜悦心理写到位了。因为"孤单的客人"终于出现。

作者对这三天的描写，始终没有表现林冲是仁慈善良的，始终却是围绕这样一条主线在展开："怎样杀一个孤单的客人。"

第一天没人，郁闷；第二天有一大群人，晦气；第三天遇到一个人却跑了，命苦，又遇到一个人时，才喜悦。

为什么这样写呢？要表现他的决心：誓要做个好强盗！这与前面

那首诗相对应："他年若得志，威镇泰山东。"

当时，柴进为林冲指了一条新路："山东济州管下一个水乡，地名梁山泊……"使我们第一次知道：梁山泊是在山东济州。

林冲虽然对功名已经绝望了，但不甘人下的志愿却没有消失。混不成白道，那就去混黑道。京师待不下去，那就到山东去发展。反正要混一番事业。

所以，林冲没有潜回京师杀高俅报仇的想法，而是借酒写诗道："他年若得志，威镇泰山东。"他要在王伦的地盘上，威镇泰山东。还把这首诗写在了王伦开的酒馆里。

王伦当然就希望林冲走远点好。

当林冲遇到杨志这个单身客人的时候，满以为杀他很简单，却没想到杨志也不是个等闲之辈，杀不了他，三天期限已到，"投名状"彻底泡了汤。

不过，尽管这样，王伦还是收留了林冲，也没有继续追究"投名状"的事了，还给他坐了第四把交椅。这大概是看的柴进的面子吧。

第 三 杨 志 篇

01. "生辰纲"的秘密

02. 杨志为何会有好运

03. 七星聚义

04. 水浒惊天大案之始作俑者

05. 究竟是谁出卖了杨志

06. 鲁智深如何制服杨志

01 "生辰纲"的秘密

蔡京，蔡太师，要过生日了。

他的女婿，是北京大名府的梁中书。

梁中书为蔡太师准备了价值"十万贯"的生日礼物，叫杨志押送到东京太师府去。半路上，经过黄泥冈的时候，杨志等人被晁盖一伙用蒙汗药麻翻了，将金银财宝一股脑抢劫而去。

这就是"智取生辰纲"的故事。虽然写得比较精彩，但左看右看，总觉得有些地方不怎么对劲。

如果出现了非常明显的不合逻辑的情况，那么，十有八九是我们没有看到一些被隐藏在背后的真相。

第一个疑点，"生辰纲"究竟有多少钱？

梁中书道："……已使人将十万贯收买金珠宝贝，送上京师庆寿。……"

从原文中可以得知，送给老太师的生日礼物，是"十万贯"。

十万贯，按现在的人民币来合，有3000万元左右。

3000万人民币，这个数目不小啊。要知道，这不是地方财政收入，不是公款，仅仅只是私人间的"生日礼物"。

那么，梁中书搜刮民脂民膏的担子绝对不轻。

每一年，除去公款开支杂项费用，仅私下的"生日礼物"这一项，年年都要上交3000万！两年、三年如此交下去，梁中书他受得了么？

第二个疑点，这么大的款子，为什么会轻易泄出去呢？

《水浒传》十三回，第一次提到了怎样"送"生辰纲的话题，是在"端阳节"，五月初五这一天，梁中书与蔡夫人的对话："泰山是六月十五日生辰。……尚有四五十日。"

可是，紧接着往后看，刘唐、晁盖、吴用这三个人在商量如何"抢"生辰纲的时候说："他生辰是六月十五日，如今却是五月初头，尚有四五十日。"

我们会吃惊地发现：这"送"生辰纲的，和"抢"生辰纲的，居然是在同一时刻上，各自都在进行密谋。

这消息泄密得好快啊！

第三个疑点，抢来的"十万贯"宝贝，到哪去了呢？

参与抢劫的人，一共是8个。如果按均分：每人该各得1.25万贯。如果不按均分，那个挑酒的白日鼠白胜，理应分得最少，即使把零头撇了，再打个对折，最少也得分个5千贯。

白胜在犯罪过程中，扮演了至关重要的、不可缺少的角色，没有理由分不到5千贯钱（合人民币不低于150万元）。

但是，抓住白胜的时候，搜到的赃物却只有"一包金银"。并且，白胜也招了，把人也都供出来了，可赃物却下落不明，无论怎样拷打，就是没有钱了。

再看晁盖等人，带了那么多的钱上梁山，为了笼络人心，不仅把"打劫得的生辰纲"都拿出来分赏了，竟然把"自家庄上过活的金银财帛"，也都拿出来分赏了。

可见，这"打劫得的生辰纲"，数目并不多，还不够分给大家的。难道十万贯生辰纲会很少么？为什么还要把自己的家产都搭进去分呢？

我们再接着往下看：正饮酒之间，小喽啰来报告说，有一起客商，今晚要从这里经过。晁盖听了说："正没金帛使用，谁可领人去走一遭？"

晁盖，在打劫生辰纲不久，他居然说"正没金帛使用"。那么，这么大的一笔巨额赃款，都到哪儿去了呢？

从上面三个疑点，我们可以初步感觉到，"生辰纲"好像并没有许多钱。与传言中的"十万贯"（人民币3000万元）不符，并且悬殊太大。

下面，我们再来看看梁中书这边，他是怎么安排人押送生辰纲的呢？不看不知道，一看吓一跳，离谱得叫人匪夷所思。

第一个疑点，为什么不多派些人手押送？

梁中书安排杨志押送生辰纲。杨志先说去不得，三番五次推脱。因为路上强盗太多了，枉丢了性命。杨志道："恩相，便差五百人去，也不济事。"

就是五百人也不够。可梁中书只派十几个人去。他说："帐前拨十个厢禁监押着车……每辆车子，再使个军健跟着。"

这样一算，满打满算，押送生辰纲的全部人员，最多才只有二十几个。这么大的款子，为什么就不多派些人去呢？

第二个疑点，为什么要大张旗鼓，招摇过市？

梁中书只安排极少的人员去押送生辰纲，这还不算。并且他还有一个要求："帐前拨十个厢禁监押着车，每辆车上各插一把黄旗，上写着：'献贺太师生辰纲'。"

生怕强盗们不知道，还要插上黄旗，旗上写着"献贺太师生辰纲"，并且，每辆车上都要有这个非常容易识别的"标记"。

这不是引狼入室、惹火烧身吗？梁中书的智商有这么低吗？他为什么要这样做呢？

第三个疑点，为什么偏偏只要安排杨志去押送生辰纲呢？

梁中书的手下，猛将如云，也并不只有杨志一个高手，和杨志打平手的，也不止一个两个。为什么偏偏只要提拔杨志去呢？

难道杨志比别人聪明些吗？应该不会。至少我们知道，杨志在不久前，他还押送过"花石纲"，把事情办砸了，在半路上，他把押送的宝贝货物都给弄丢失了！

梁中书还敢用这样一个有前科的人，去押送十万贯的生辰纲，不是脑子进了水么？！

紧接着，我们发现：押送的队伍上路了，有十一个挑夫挑着担子，还有三个人跟在杨志后面故意拖后腿（并且还监视着杨志），而担任这笔巨额财宝十万贯金珠保卫工作的人员，事实上竟只有杨志一个人！

梁中书，他能放心吗？可书上写得很清楚：梁中书见到这种情况时，竟是"大喜"！他究竟是在喜什么呢？

真相往往隐藏得很深很深，就像我们的现实生活一样。

这梁中书究竟是唱的哪一出戏呢？看官勿急，且听我慢慢道来。

⑫ 杨志为何会有好运

梁中书的行为很有些怪异。

我们先来看梁中书是怎么提拔杨志的。

《水浒传》第十二回说，梁中书有心要抬举杨志，欲要迁他做个军中副牌，月支一分请受。只恐众人不服，于是就在军中安排了一场比武大会。

比武的这一天，梁中书传下令来，叫"副牌军周谨"向前听令，要他与杨志交手。结果就是，杨志很顺利地战胜了周谨。

当时，李成、索超等人都不服气。那索超说道："周谨患病未痊，精神不在，因此误输与杨志。小将不才，愿与杨志比试武艺。"

索超是"正牌军"，当然和"副牌军"的周谨不在一个档次。

从索超的话中，我们可以看出，梁中书企图用一个副牌军，并且还是一个"患病未痊"的副牌军，与杨志交手后，就匆匆提拔杨志。

这说明：梁中书是故意要找个差的，好让杨志稳赢，这样，便有好的理由提拔杨志。"我指望一力要抬举杨志。"这是梁中书的心里话，也是书上的原文。

但是，现在索超硬要和杨志比武。梁中书就担心了，索超也是武艺高超啊，万一杨志输了呢？自己的计划岂不要前功尽弃了？

于是，梁中书便说道："既然如此……就叫牵我的战马，借与杨志骑。小心在意，休觑得等闲。"

叫杨志骑着梁中书的战马，与索超交手，至少可以让索超顾虑重重，同时也可以让杨志斗志昂扬。反正不能让杨志输。

结果，杨志与索超打成平手。"两个斗到五十余合，不分胜败。"

即使平手，梁中书还是提升了杨志。这个时候，我们不妨再回过头来看看梁中书先前说过的话："如若赢时，便迁你充其职役。"

"如若赢时"，便升迁。现在只是打平了，并没有赢，但还是升了，为了服众，梁中书把索超也一起都升了。

总之，比武只是个幌子，其最终目的只有一个，那就是："有心要一力抬举杨志。"

梁中书要提拔杨志，应该是真心的。只是，这个动机呢？动机何在？梁中书与杨志之间，既不沾亲带故，也非手足好友。他干吗要无缘无故地提拔杨志呢？

所以，解释不通了，大家都说：那是因为杨志的"运气"好！杨志和林冲、宋江、武松等发配犯人不一样，既不用吃杀威棒，也没人找他勒索银子，他这个犯人还能升官！所以，他是最幸运的！

呵呵，运气好，只是表面现象。

我们顺着原文往前寻找线索，梁中书究竟是在什么时候、什么情况下，决定要提拔杨志的呢？

书上写得很清楚，那一天是二月初九日，两个公人押解着新发配来的犯人杨志，来到大名府留守司，见到了梁中书，梁中书当时就是"大喜"，并且把杨志留在厅前听用。

从一见面的那天起，梁中书就很欣赏杨志了。

那么，杨志究竟是个怎样的人呢？对于梁中书来说，又有何种利用价值呢？为什么梁中书一见到他，就想提拔他呢？

梁中书从公文中、从与杨志的交谈中，一定可以知道如下三件事：

1. 杨志是一个很倒霉的、丢失公款的人。

第十二回说："既是你等十个制使去运花石纲，九个回到京师交纳了，偏你这厮把花石纲失陷了。"

十个人去运送"花石纲"，九个都交纳了，偏偏杨志的弄丢失了。所以杨志说他自己是"时乖运蹇"命不好。曾经有过丢失公款的前科。

2. 杨志是一个头脑简单、脾气暴戾的人。

从杨志斗杀泼皮牛二这一段来看：

杨志在街上卖刀，牛二跑来无理取闹，二人发生了纠纷。

做生意嘛，有时碰到无理取闹的混混也很正常，处理的方法也应该有N种之多。

但杨志偏偏采取了最极端、最不可思议的一种："望牛二颡根上搠个着，扑地倒了。杨志赶入去，把牛二胸脯上又连搠了两刀，血流满地，死在地上。"

你看看杨志的脾气，一言不合，就极其利索地怒杀一人。

这还怎么做生意呢？以杨志的武艺（中过武举），狠狠揍他一顿，难道不行吗？把他打翻在地爬不起来，难道不行吗？干吗非要杀出人命官司来呢？

杨志可管不了那么多，先一刀毙命！赶上去，再连剁两刀！这就是杨志的解决方法。

所以说杨志的脾气暴戾，且考虑问题简单，很容易出事。

3. 杨志是一个颇识法度、有责任感的人。

水浒里的好汉，比如鲁智深、武松、林冲、宋江等等，凡杀了人，第一反应就是"快跑"！而杨志不同，他杀了人，不仅不跑，还说决不连累大家，还叫大家都陪他去官府里自首。因此本质还不算坏，还算个勇于承担责任的人。

正因为这三个方面的原因，都极为符合梁中书心中最秘密的计划，所以梁中书才会非常高兴，才会一力要提拔杨志。

呀呀呀，兄弟，你来得可真是时候呀！我正需要你这样一个人来押送生辰纲呀，只有你把生辰纲弄丢失了，一切才会显得那么顺理成章呀！

03 七星聚义

谋划劫取生辰纲的一伙人，共有七个，叫做"七星聚义"。下面逐一分析。

（一）刘唐

刘唐其实并不认识晁盖，却大老远地跑来寻晁盖："小人姓刘名唐，祖贯东潞人氏。因这鬓边有这搭朱砂记，人都唤小人做赤发鬼。……"又说："小人自幼飘荡江湖，多走途路……"

刘唐只说他"祖上"是东潞人，自己现居何处却不说了。

说了半天，晁盖还不知道他刘唐究竟是什么地方的人。

就这样，两个素不相识的人，一见面就说，哥们，我听说你很牛，所以特地来找你，咱们一起去抢钱。梁中书的十万贯，抢来咱就发了。

所以，第一个传播"生辰纲"消息的人是刘唐。

很奇怪，他的消息究竟是从哪来的呢？只存在以下两种可能：

1. 从梁中书那里直接得到。（是梁中书派来的人。）
2. 从其他地方打探得知。（不是梁中书派来的人。）

（二）晁盖

晁盖突然遇到一个素不相识的人，自称姓刘名唐，约他一起去抢钱。

这个人，究竟是什么来路？消息可不可靠？所以晁盖一定是将信将疑。

因此，晁盖的回答，比较正常："壮哉！且再计较。……暂且待我从长商议。来日说话。"

"壮哉！"说明晁盖有所动心。

"且再计较"。说明晁盖还在犹豫。

于是，晁盖就找吴用商量。这件事究竟该怎么做。

（三）吴用

晁盖介绍说，这是江湖上好汉刘唐，有一套富贵，特来投奔我。他说梁中书收买十万贯金珠宝贝，送上东京，与他丈人蔡太师庆生辰。此等不义之财，取之何碍。所以"正要请教授商议"。

吴用笑道："小生见刘兄赶得来蹊蹊，也猜个七八分了。此一事却好。只是一件，人多做不得，人少又做不得。宅上空有许多庄客，一个也用不得。如今只有保正刘兄小生三人，这件事如何团弄？便是保正与兄十分了得，也担负不下这段事。须得七八个好汉方可，多也无用。"

从吴用这番话可以看出：

1. "此一事却好。"他不假思索就相信是真的。并且早已猜个七八分了。

2. 他说就我们三个还不行，需要七八个才行。并且，你家里的"许多庄客，一个也用不得"。

3. 最后，他提出要阮氏三兄弟加入。

（四）阮氏三兄弟

阮氏三兄弟，听说了抢钱后，可以"图个一世快活"，个个热血沸腾。

阮小二道："我三个若舍不得性命相帮他时，残酒为誓，教我们都遭横事，恶病临身，死于非命。"

阮小五和阮小七，把手拍着颈项道："这腔热血，只要卖与识货的！"

可见，阮氏三兄弟的头脑，要相对简单些。

（五）公孙胜

公孙胜是不请自来的。他一来就说："贫道覆姓公孙，单讳一个胜字，道号一清先生。……贫道久闻大名，无缘不曾拜识。今有十万贯金珠宝贝，专送与保正作进见之礼。未知义士肯纳受否？"

因此，公孙胜的来路，其实与刘唐比较类似。

这七个人的关系是：

刘唐以前并不认识其他六个人；公孙胜也不认识其他六个人；晁

盖只认识吴用一个人，而吴用却认识晁盖、阮小二、阮小五、阮小七这四个人。（吴用成了核心人物。）

紧接着，这七个人内部先搞了一个"英雄排座次"：大家都是奔晁盖而来，当然由晁盖当老大，可后面六个人怎么排次序呢？

当时，大家都劝晁盖坐第一位，晁盖谦让。

吴用道："保正哥哥年长，依着小生，且请坐了。"晁盖只得坐了第一位，吴用坐了第二位。

从这里可以看出，吴用提出"晁盖年长"的理由，其实就是在按年龄大小来排序了。因此，吴用他自己就名正言顺的排在第二位了。

为什么吴用认识的人最多呢？因为他说晁盖的人，"一个也用不得"，必须要用他吴用的人三阮才行。因此，在这个小圈子里，主要成员都是吴用的兄弟，吴用才是实际上的真正操控者。原因在于：

1. 是他帮晁盖作的决策，拍的板，决定了要去抢生辰纲。
2. 是他谋划的计策，决定了以何种方式去抢生辰纲。
3. 是他安排的主要成员，决定了哪几个人去抢生辰纲。

而晁盖则显得没有什么主见，从一开始就受到了兄弟们的摆布。

04 水浒惊天大案之始作俑者

梁中书，怕老婆。书上这样写：

当日，梁中书正在后堂与蔡夫人家宴，庆赏端阳。酒至数杯，食供两套，只见蔡夫人道："相公自从出身，今日为一统帅，掌握国家重任。这功名富贵从何而来？"

老婆很牛啊，在家里吃饭的时候，突然盛气凌人地问老公：从你的出身，到今天的统帅，你这功名富贵是从哪里来的？

老公很软弱。梁中书道："世杰自幼读书，颇知经史。人非草木，岂不知泰山之恩，提携之力，感激不尽。"

梁中书的富贵，是从他岳父蔡太师处得来的。所以，梁中书在他老婆蔡太师女儿面前，说话总是小心翼翼的。

蔡夫人道："丈夫既知我父亲之恩德，如何忘了他生辰？"

梁中书道："下官如何不记得泰山是六月十五日生辰。已使人将十万贯收买金珠宝贝，送上京师庆寿。……"

下官。没错。

你看这个男人，梁中书，在他老婆面前，竟自称是"下官"。

梁中书在家里，应该生活得很压抑。

年年都要上交蔡太师十万贯（约合人民币3000万）的"生日礼物"，谁能受得了啊！想那大名府一年又能搜刮到多少财宝？所以，梁中书就要想个省钱的办法。

那就是——被劫了！

梁中书去年送的生辰纲就是被劫了！而且案子一直破不了！也没有任何蛛丝马迹，强盗们抢了那么多金银财宝，也没看到流入市面提供线索。

为什么？生辰纲是假的！

所谓"十万贯"生辰纲，那都是骗老婆的，先让老婆知道他已经给岳丈大人送了钱，然后用石头什么的替换金银，再放出消息，让强盗们来抢。最后，真金白银还是都落入了梁中书的腰包。

所以，杨志来了，梁中书一听说他是个倒了大霉的人，就马上"大喜"，让杨志这个犯有死罪的配军去充当"替死鬼"，就是很划算的了。并且，杨志以前也是有过丢失公款前科的，不容易被人识破。

梁中书第一次故意试探着问夫人：今年叫谁人去好？

夫人说，你手下那么多人，你选一个心腹的人去就是了。

梁中书就顺口说道，时间还早呢，夫人不必挂心。

又过了一段时间，梁中书又故意问第二遍：不知道派谁人押送为好？

你看，你看，他梁中书明明早已安排好了：让杨志这个蠢货去押送生辰纲，却故意说没有合适的人选。

蔡夫人就指着阶下的杨志说："你常说这个人十分了得，何不着他委纸领状送去走一遭，不致失误。"

可见，梁中书不断地在老婆耳边吹风，好叫老婆记住杨志这个名字。功夫没有白做啊。

于是，梁中书又是"大喜"，随即唤杨志上厅说道："我正忘了你。你若与我送得生辰纲去，我自有抬举你处。"

梁中书一直在大力抬举杨志，又怎么可能会突然忘了他呢？这只不过是要在老婆大人面前，把戏演得逼真，从而要最终形成这样一种局面：

是蔡夫人安排杨志去押送生辰纲的。而不是他梁中书安排的。

这样一来，出了事，也是蔡夫人安排的。

杨志押送生辰纲，十个担子里究竟装的是什么？他自己根本就不知道！反正封皮一封，他也不能看。这件事，老都管和两个虞候可能清楚，所以半路上不断挑事，好为强盗们创造机会，来劫走这些石头。

我们不妨为"生辰纲"估一下值。除了十个担子之外，书上还写道："夫人也有一担礼物，另送与府中宝眷……"后文还有："又将一小担财帛，共十一担。"

很清楚，夫人送给他亲老爹的生日礼物是"一小担财帛"。

梁中书送的，是十万贯，共十个担子。因此一担约装有一万贯。所以夫人送的一小担应不足一万贯。

梁中书的十个担子里面，最多只有表面的一层是金银财宝，以掩盖下面的石头。所以，这一趟"生辰纲"的实际总值只有一个担子多一点（一万贯多，合人民币300多万元）。

这个估值，才与白胜分的那点小钱是相符合的，才与晁盖很快就没钱用了是相符合的。因为只抢到了蔡夫人孝敬她老爹的那一担钱。

而梁中书自己，则神不知鬼不觉的，落下了至少价值人民币两千八九百万元的"金珠宝贝"。

欲知后事如何，且听下回分解。

05 究竟是谁出卖了杨志

在小说《水浒传》中，杨志押送着"十万贯"金珠宝贝的生辰纲，半路上被晁盖一伙人抢了。

那么，晁盖一伙人，共七个，并没有一个是专业从事情报工作的，他们又怎么会准确无误地认出杨志来呢？他们事先只知道大体的路线，要经过黄泥冈，但没有理由认识杨志啊。

究竟是谁出卖了杨志？今天就来解破这个谜。

话说当时梁中书安排老都管和两个虞候一起去的时候，吩咐道："杨志提辖，情愿委了一纸领状，监押生辰纲十一担金珠宝贝赴京，太师府交割。这干系都在他身上。你三人和他做伴去……"

"这干系都在他身上。"你看，梁中书安排得明明白白，押运出了事，责任全在杨志的身上。

而杨志也是表了态的："小人情愿便委领状。倘有疏失，甘当重罪。"因此，梁中书不怕出事，出了什么事，都要由杨志来结算。

杨志也是知道押运难度的，所以提出了"化装成商客"蒙混过关的方案。这样一来，强盗们其实并不容易认出来了。因为没有大名府的车子，梁中书的旗子，也没有"贺太师生辰纲"的字样。

于是，那两个虞候就故意找茬挑事，存心拖延时间。

我们来看挑担子的人，一共是十一个，"担子又重，无有一个稍轻。"天气热了行不得。杨志赶着，催促要行。"轻则痛骂，重则藤条便打，逼赶要行。"

因此，赶路最艰难的人，其实是这十一个挑担子的人。而那两个虞候，既年轻，又不挑担子，却老是掉队，跟不上节奏，"也气喘了行不上"，你说这事怪不怪？

杨志也嗔怪道："你两个好不晓事！这干系须是俺的！你们不替洒家打这夫子，却在背后也慢慢地挨。"

两个虞候道："不是我两个要慢走，其实热了行不动，因此落后。"

杨志又骂。两个虞候干脆不走了，坐在柳阴树下乘凉，等老都管来。此后，又挑唆那十一个挑担子的人，都"口喃喃讷讷地怨畅"，抱怨杨志没人性。

两个虞候又在老都管面前"絮絮聒聒地搬口"。那十四个人，没一个不怨畅杨志。

直到这个时候，还没有一个强盗出现。

到了黄泥冈，也就是最危险的地方，大家都不走了，无论杨志怎么骂，怎么打，就是不走了。"打得这个起来，那个睡倒。"杨志无可奈何。

而晁盖一伙七个人，也化装成了买枣子的商人，预先潜伏在这里。

那么，他们认不认识杨志呢？不认识。他们总不至于每见到有行人就上去打劫吧。那他们又是如何知道这些人就是押运生辰纲的呢？

我们来看，晁盖派出一个兄弟过来打探时，书上这样写道："只见对面松林里影着一个人，在那里舒头探脑价望。"

这个前来偷听打探的人，都听到了些什么呢？

杨志拿着藤条喝道："一个不走的，吃俺二十棍。"

众军汉一齐叫将起来。数内一个分说道："提辖，我们挑着百十斤担子，须不比你空手走的。你端的不把人当人。便是留守相公自来监押时，也容我们说一句。你好不知疼痒，只顾逞办！"

我们知道，杨志这次押运，是化装成商人身份秘密进行的。一路上都把官家的身份瞒得紧紧的。在前面没有强盗的时候，也没有谁故意泄露身份，但这个时候，强盗出现了，他们就把身份故意泄露了。

一句"提辖"，暴露了杨志官职身份的秘密。

一句"留守相公"，暴露了大名府梁中书的身份。

紧接着，那老都管又喝了一声。"喝"，就是大声的意思。

老都管喝道："杨提辖且住，你听我说。我在东京太师府里做奶公时，门下官军见了无千无万，都向着我喏喏连声。……"

一句"东京太师府",又暴露了最为关键的行踪!

提辖,近似"营长""连长"。杨志现在明明是个商人的打扮,他们却左一声"营长",右一声"杨营长"地乱叫!那么,杨志的化装,还有什么意义可言呢?!

当有强盗来打探的时候,他们连续暴露了"提辖""留守相公""东京太师府"这三个关键词。直到杨志发现时,那个人才跑。

就这样,押运生辰纲的人,把杨志出卖了,杨志还不知道。(杨志应该再打他们,必须称"杨老板"才正确。)晁盖一伙,完全可以知道杨志他们就是押送生辰纲的人了。

然后,白胜来卖酒,无论杨志怎么劝,他们就是要喝。最终被迷晕了,担子被全部劫走。

丢失了生辰纲后,大家一起商量:"我们回去见梁中书相公,何不都推在他身上。"

回去后,见到梁中书,"齐齐都拜翻在地下告罪。"梁中书道:"你们路上辛苦。多亏了你众人。"又问:"杨提辖何在?"

这句话一说,就知道梁中书是在演戏。

1. 大家都跪在地下告罪,又不见杨志的人影,梁中书居然不产生任何疑惑。这只能说明他早就料到如此结局。

2. 大家从出发到回来的时间,明显很短。再者,太师六月十五的生日还没到呢,他们就已经提前回来了,梁中书居然不产生任何疑惑,还故意说辛苦你们了。

3. 并且,押送生辰纲的十五人中,只追究杨志一个人!"若拿住他时,碎尸万段!"其余的十四个人,则根本就没有受到半点责罚或任何连带责任。

最难受的是蔡太师了。蔡太师大惊道："这班贼人，甚是胆大！去年将我女婿送来的礼物打劫了去，至今未获贼人。今年又来无礼，更待干罢，恐后难治。"

06 鲁智深如何制服杨志

杨志丢了生辰纲后，准备去抢夺二龙山的寨子，当强盗。
在这里遇到了鲁智深。鲁智深也是准备去抢夺二龙山的。
两条好汉以前并不认识，见面的时候，很有意思。

杨志来到林子里，吃了一惊。只见一个胖大和尚（鲁智深），脱得赤条条的，背上刺着花绣，坐在松树根头乘凉。

那和尚见了杨志，就绰了禅杖，跳将起来，大喝道："兀那撮鸟！你是哪里来的？"

鲁智深骂他是"撮鸟"，他就骂鲁智深是"秃厮"。

杨志问鲁智深："你是哪里来的僧人？"

那和尚也不回说，抢起手中禅杖只顾打来。二人就林子里一来一往，一上一下，两个放对。斗到四五十合，不分胜败。

最后，鲁智深叫停，二人开始对话：

那僧人叫道："兀那青面汉子，你是甚么人？"

杨志道："洒家是东京制使杨志的便是。"

那和尚道："你不是在东京卖刀杀了破落户牛二的？"

杨志道："你不见俺脸上金印？"

那和尚笑道："却原来在这里相见。"

杨志道："不敢问师兄却是谁？缘何知道洒家卖刀？"

那和尚道："洒家不是别人，俺是延安府老种经略相公帐前军官鲁提辖的便是。为因三拳打死了镇关西，却去五台山净发为僧。人见洒家背上有花绣，都叫俺做花和尚鲁智深。"

这一段对话，细细品之，好妙哉！足见作者施耐庵老先生深厚的文字功底以及浑厚的生活阅历。令人回味无穷。

因为在这一段文字里面，看起来很平常，然而，句句话都是在有意无意间"抬自己，踩别人"，豪爽中掩不住本性的流露。

下面，我们就来逐一分解：

鲁智深先骂杨志是个"撮鸟"，接着不再回话，抡起禅杖只顾打。

这说明鲁智深根本就瞧不起杨志，完全没把他放在眼里。也不知道对方的底细究竟如何，反正要先打死你这"撮鸟"再说！

但是，斗到四五十回合后，鲁智深突然发现根本就打不死他，这个对手也不是一般的厉害，所以鲁智深就率先跳出圈子外叫停，开口问道："你是甚么人？"

鲁智深主动让步了，问对方是什么人，就是给对方及自己都好有个台阶下。

从这个时候起，最初的敌意，正在逐步地消失。

杨志说，洒家是东京制使杨志。

"制使"是个什么官呢？制使在宋代是殿前司所属的军官。殿前司是皇帝的禁军（国防部），很牛的。制使的位置，至少可以对应现在的"团长"级别。

杨志说他是制使，并且还特别强调：他是东京（中央）的制使！

这是杨志一生中，担任过的最高职务。后来犯了案，梁中书又抬举他做了"提辖"（营长），他自己不说他现居"提辖"一职，还是念念不忘地说他是"制使"。因为提辖没有制使的级别高嘛。

其实，杨志现在丢了生辰纲之后，什么官也不是了，是个通缉犯。但在鲁智深的面前，这些都不提，偏要报出自己曾经的最高职务"东京制使"。这就是面子。

鲁智深一听，难怪你这么牛呢！原来你比老子的级别高啊。老子以前最高也只才做到"提辖"呢。

"提辖"比"制使"矮了一大截。更何况，人家还是"中央"的制使，老子不过是个"边区"的提辖。

人比人，气死人呀。当然就不服气了。

于是，鲁智深就当场揭他的短，道："你不是在东京卖刀杀了破落户牛二的？"

杨志在东京卖刀，正是他身无分文的那段难忘的时光，一生中最难于启齿、最不堪回首的往事。而杀牛二，则是杨志命运的转折点，从此沦为了囚犯。

你这个制使不是很牛吗？鲁智深哪壶不开提哪壶。

杨志道："你不见俺脸上金印？"鲁智深就笑起来了，笑道："却原来在这里相见。"

矛盾全部消除，两人不打不成交，马上就像自家兄弟一般。

杨志就问他，师兄是谁？你怎么知道洒家卖刀的事？

是呀，他怎么知道杨志卖刀的事呢？

或许是这样一种可能：被杀的牛二，以前极有可能是鲁智深手下的一个泼皮小弟。仅仅只是猜测而已，不做多说了。反正鲁智深就是不说出消息来源，一个字也不提。

鲁智深回避了这个问题，却滔滔不绝地为自己做了一番自我介绍："洒家不是别人……"

这"不是别人"四个字，就是有意摆谱，显摆自己的名气很大，不是个一般的人。

"俺是延安府老种经略相公帐前军官。"其实当时，鲁智深早就不在老种经略处工作了，而是已经调到了小种经略处（打死镇关西的时候，就是在小种经略处）。

小种经略是老种经略的儿子。一说是侄子，管他是谁，反正是听老种经略指挥的。总之一句话，小种经略没有老种经略牛！

所以，鲁智深偏要报出自己曾经的最高职务："老种经略相公帐前军官。"而"小种经略"就没有必要再提了。

并且，鲁智深还念念不忘地格外强调自己："三拳打死了镇关西"。

三拳，我是用拳头打死的人。当然比你用宝刀杀人要牛！

你杀的那个人，也叫人吗？！你只不过杀了个"破落户"。而老子打死的可是"镇关西"！

说杨志杀人，就不说他杀了个"东京有名的大虫（猛虎）"，偏要说他杀的是个"破落户"（"破落户"是混得很差、很穷的人）！

而说自己打死的人，就不说打死了一个卖肉的，偏要说他打死的是"镇关西"（"镇关西"的绰号，就是整个关西地区的第一黑老大）！

鲁智深以前是不能容忍郑屠自称"镇关西"的，但他自从打死郑屠以后，就极力追认郑屠是真正的"镇关西"，以衬托自己更牛。

最后，二人联手夺了二龙山。书上写道："鲁智深并杨志做了山寨之主。"

可见，尽管杨志以前的地位职务要比鲁智深高，但在二龙山的英雄排座次，鲁智深还是排在了老大的位置上。

第四 宋江篇

01. 宋江为何要私放晁天王　　　　02. 宋江真是晁盖的心腹兄弟吗

03. 王伦如何不能容人　　　　　　04. 林冲为何杀王伦

05.《水浒传》里的"强盗分金"　　06. 揭秘"送金门"背后的大阴谋

07. 梁山好汉为何不近女色　　　　08. 杀二奶血案是如何酿成的

09.《水浒》中的"无间道"　　　　10. 宋江为何对武松一见如故

11. 揭秘宋江的名气究竟是怎样炒作的

01 宋江为何要私放晁天王

"生辰纲"被劫之后，上级官府差人去济州下公文，限期济州府尹十天之内破案，若十天之内破不了案，就要"请"他到沙门岛走一遭——流放。

府尹大惊，马上把（缉捕使臣公安局长）何涛叫来，大骂一顿，说他不用心缉捕，恐吓道："先把你这厮迭配远恶军州，雁飞不到去处。"便唤过文笔匠来，去何涛脸上刺下"迭配……州"字样，空着发配州名。喝道："何涛，你若获不得贼人，重罪决不饶恕。"

何涛四处打探消息，终于捕获了白日鼠白胜。白胜交代了犯罪经过，把晁盖供出来了："郓城县东溪村晁保正。"

于是，何涛便去郓城县捉拿晁盖。

这一次抓捕行动是非常秘密的。先是"三更"时分，抓住白胜，逼出口供，然后，"星夜"来到郓城县。

按说，是不会走漏消息的。

那何涛来到郓城县县衙门口。只见县里走出一个吏员来——这个人，便是宋江。

这是宋江第一次出场，在小说的第十八回：

那押司姓宋名江，表字公明，排行第三，祖居郓城县宋家村人氏。为他面黑身矮，人都唤他做黑宋江。又且于家大孝，为人仗义疏财，人皆称他做孝义黑三郎。……平生只好结识江湖上好汉。

当时，宋江见了何涛，问："上司到弊县来，不知有何公务？"

何涛就把来捉晁盖的事都说了。

宋江听罢，吃了一惊，肚里寻思："晁盖是我心腹弟兄。他如今犯了迷天之罪，我不救他时，捕获将去，性命便休了。"然后，通过请何涛喝茶，绊住何涛，自己转身就去给晁盖报信，叫他快跑！

那么，宋江为什么要私放晁盖呢？

仅凭"心腹弟兄"是说不通的。虽然嘴上说的是"心腹弟兄"，但实际上，仅仅就只是"认得"而已，也谈不上有什么深厚交情。

1. 晁盖七人聚在一起密谋"生辰纲"时，从头到尾，压根就从来没提到过还有宋江这个心腹弟兄。

2. 晁盖天天和吴用聚在一起商量，这两个才是走得最近的人！关系不是一般的密切！

3. 我们再看当他们遇到宋江时，吴用却问道："这是谁人？"可见，天天和晁盖混在一起的吴用，居然不认识宋江！两人从来也没见过面！

所以，说宋江和晁盖是心腹弟兄，就很令人怀疑。

话再说回来，即使真的是心腹弟兄，在生死关头，也没几个人舍得抛弃自己的性命去通知人家逃跑的。

可见，这里面还有文章。那么，究竟是什么原因呢？

（一）高收益

无论宋江报不报信，晁盖逃走的可能性，都非常大！

我们假如宋江不去通风报信，那么，接着必然就是时文彬县令安排朱仝、雷横这两个刑侦队长去抓晁盖。

而朱仝、雷横这两人，都是有心要故意放走晁盖的人。结果，还是捉不住晁盖！

所以，宋江抢先去报信，其本质，只是一次"投机"行为！和义气的关系反倒不怎么大了。

这样，宋江可以在江湖上轻易获得"讲义气"的好名声的机会。并且，还有望因为"义气"而分到"生辰纲"赃物十分之一的巨款（约人民币300万）！

在《水浒传》里，宋江去报信，这叫得"人情"。那么，人情是什么？其实就是银子！

雷横抓放刘唐的时候，是晁盖的"人情"，价格：十两银子。

后来放晁盖、放宋江时，朱仝得了银子，而雷横没得到。所以雷横说："想那朱仝和晁盖、宋江最好，八成是他放了去，只是我没了人情！"

"吏道纯熟"的宋江，平日没事就成天在那衙门口"转悠"，寻找卖人情钱的商机。宋江经常资助的唐牛儿，并不是无条件的，而是"但有些公事去告宋江，也落得几贯钱使"。

卖"人情"如此榨钱。所以阎婆惜说："公人见钱如蝇子见血！"

（二）低风险

宋江只是县里的一个小吏。何涛到县里来，是来找县令时文彬先生的，不是来找宋江的，他遇到宋江，纯粹是偶遇。

因此，本县与该案有干系的人，是时文彬县令。

无论晁盖是跑了，还是被捉住了，其实和宋江的关系都不大，（该案不归宋江负责），而是和时文彬县令关系重大。

所以，晁盖如果逃跑了，该时文彬负责，根本就不会追究到宋江身上！宋江和这个案子是没有任何关系滴！

宋江偷偷地溜出去，神不知鬼不觉地通风报信，叫晁盖快跑，他是不用负法律责任的。根本就没他说的"冒死"那么严重。

（三）除绊脚石

宋江这个小吏，相当于现在一个小科长，是个注定没有前途的行业。按当时的制度，他是没有机会做官的。但是他仗义疏财，挥金如土。这个小科长的收入就有些不明不白了。

《水浒传》第十三回结尾写：

且说山东济州郓城县新到任一个知县，姓时名文彬，当日升厅公座，但见：为官清正，作事廉明。每怀恻隐之心，常有仁慈之念。争田夺地，辩曲直而后施行；斗殴相争，分轻重方才决断。闲暇抚琴会客，也应分理民情。虽然县治宰臣官，果是一方民父母。

可见，这时文彬县令是新调来的，时间不长，为官清正，作事廉明。

这样一来，这个县令的清廉，或多或少都会影响到脚踏黑白两道的宋江的灰色收入了。

所以，宋江跑去通风报信，其实是一件低（无）风险、高收益的投机行为！同时，还可以坑害时文彬县令，实在是一举多得。

⓿2 宋江真是晁盖的心腹兄弟吗

当时，宋江骑着快马赶来给晁盖通风报信。来到晁盖庄上，庄客进去通报。

晁盖问道："有多少人随从着？"

庄客道："只独自一个……"

从这里我们可以看出：晁盖对宋江还是持有很强的戒备和警惕心理的，先要问清楚他带了几个人来。并不是嘴上说的"心腹弟兄"那样放心。

上回我们说了，晁盖和宋江之间，实际上就只是"认得"而已，谈不上有什么深厚交情。因为天天和晁盖混在一起的吴用，居然不认识宋江！两人从来也没见过面！

现在，宋江进来了，说道："哥哥不知，兄弟是心腹弟兄，我舍着条性命来救你。如今黄泥冈事发了。白胜已自拿在济州大牢里了。供出你等六人……'三十六计，走为上计。'若不快走时，更待甚么！……"

先夸自己的功劳，"我舍着条性命来救你"。

再讲你现在出了事，你应该快点跑。

真正的心腹弟兄，是不会挂在嘴上念的。而宋江一进门，开口第一句话就说："哥哥不知，兄弟是心腹弟兄。"

宋江都说完了，晁盖却未必相信。

姓宋的，你小子该不是在诈我吧。

哦，你叫我跑，我就跑？我有那么傻吗？！我一跑，不就是不打自招吗？哼哼，我晁盖怎么会中你这个黑押司的圈套呢？

姓宋的，你小子该不是也想浑水摸鱼，分一杯"生辰纲"的羹吧？再说了，我抢的那几个担子，是"生辰纲"吗？里面也没几个钱呀。

哼哼，想诈老子，没门！

老子就不跑。

事实上，晁盖本人，当时听了宋江的话之后，并没有逃跑。

我们来看书上的记载：

宋江回去后，装模作样地对县令向前禀报。

知县看了公文，大惊道："这是太师府差干办来，立等要回话的勾当。这一干贼，便可差人去捉。"

知县大人正要马上去捉。宋江道："日间去，只怕走了消息。只可差人就夜去捉拿得晁保正来，那六人便有下落。"

宋江叫夜里去捉，明显是在故意拖延时间，好让晁盖有充分的时间逃脱。

应该说，当时就去捉，即使有人报信，消息泄露的速度也不会比缉捕人员快。因为到晁盖庄上，不需半个时辰。并且，大白天肯定要比夜里更容易抓捕。

下面，我们就来算一算这个时间差：

宋江跑去报信的时间，是巳牌时分，上午9点钟，知县退了早衙，大家吃早饭的时候。而朱仝、雷横两个缉捕队长去抓晁盖的时间是夜里一更天气，黑定了。

中间有至少12个小时的时间。

晁盖如果是相信宋江的，那早就跑得没人影了。

无论如何，晁盖不至于待12个小时还不跑！朱仝、雷横夜里来的时候，晁盖根本就不应该还待在家里！！！

这个晁盖，大大的狡猾，多疑。他先叫其他几个人转移了，自己却待在家里观望：

如果宋江说的是真的，他再走不迟；

如果宋江说的是假的，他就完全没必要跑了。

结果，朱仝、雷横来的时候，庄客们看见，来报与晁盖说道："官军到了，事不宜迟。"

晁盖就放火烧了房子，跑了。

事实证明，宋江说的是真的。那么，晁盖真的会感激宋江吗？他又会怎样报答宋江呢？

03 王伦如何不能容人

晁盖等七人逃往水泊梁山。

梁山的老大，王伦，会不会收留他们呢？在我们一般人的印象中，总是觉得王伦是个不能容人的人。不想收留他们。

那么，王伦为什么不肯收留他们呢？

细读《水浒传》，我们发现，王伦一开始其实还是比较欢迎各路好汉来投奔梁山的。

当晁盖等人来投的时候，书上这样描写：

先是"王伦领着一班头领，出关迎接"，然后，"山寨里宰了两头黄牛，十个羊，五个猪，大吹大擂大筵席"。

非常热情，非常好客。王伦招待晁盖他们，开始还是很够意思的。

但是，当晁盖把抢了生辰纲，又杀了五百官兵的事，从头至尾都说了之后，书上写道："王伦听罢，骇然了半晌。心内踌躇，做声不得。"

也就是说，从这个时候起，王伦的态度开始发生了细微的变化。

我的妈呀，犯的是弥天大罪，收留他们，不是在找死吗？

不想收留了。怎么办呢？

请大家都吃饱了，王伦叫端个盘子上来，白送一盘子金银，作为跑路费。我这里太小了，安不下许多真龙，还是麻烦大家到别处去寻个大寨安身，些许薄礼，万望笑纳。

婉言拒绝，礼数周到。

我们再看林冲来的时候：

来到聚义厅。只见中间交椅上，坐着一个好汉，正是白衣秀士王伦。左边坐着杜迁，右边坐着宋万。

朱贵向王伦介绍，说这位是东京八十万禁军教头林冲，绰号豹子头。因被火烧了大军草料场，杀死三人，"逃走在柴大官人家，好生相敬。因此特写书来，举荐入伙"。

紧接着，书上原文：

林冲怀中取书递上。王伦接来拆开看了，便请林冲来坐第四位交椅。朱贵坐了第五位。一面叫小喽罗取酒来，把了三巡。

从这里我们看出，林冲一来，王伦不假思索，就请林冲坐了第四位交椅。取酒来招待。王伦与林冲有交情吗？根本就没有。这完全是看的柴进柴大官人的面子。

开始还是非常客气的。但是，酒过三巡之后，王伦蓦然寻思道："我却是个不及第的秀才，又没十分本事。……他是京师禁军教头，必然好武艺。……不若推却发付他下山去便了。免致后患。"

"蓦然"之间，感觉到这个人的存在，对自己是一种威胁。怎么办呢？

安排酒食筵宴，请林冲吃饱了，端个盘子上来，送给他"五十两白银，两匹纻丝"。很有礼貌地站起来说，我这里是个小寨，恐怕日后误了足下，亦不好看。略有些薄礼，望乞笑留，寻个大寨安身歇马，切勿见怪。

婉言拒绝，礼数周到。

从王伦对林冲、晁盖这两次的表现来看，一开始，对他们都是很好的，都是中途临时改变的主意，不想收留他们了。那么，究竟是什么原因呢？

王伦只是个干"小买卖"的小盗，还没有引起朝廷的足够重视。而林冲、晁盖都是十恶不赦的通缉要犯，收留他们，毫无疑问是在惹火烧身、自掘坟墓。

根本就没必要承担这种风险。你们往别处跑，才对大家都好。

（而杨志就不存在这个问题，王伦还一而再、再而三地挽留他。怎么说不能容人？）

梁山的老大是王伦。王伦当然可以收留他们，也可以不收留他们。现在，王伦突然想通了，不想要了，就打发他们走，更何况还倒贴了价值人民币两三万元的跑路费。这又有什么不对的呢？

因此，王伦这个人其实还是非常够意思的。只不过本事太小，能力有限，在性格上显得有些"小肚鸡肠"罢了。而在行为上，实在是没有任何过错的。

这就是所谓王伦不能容人的原因。

不过，梁山的第一任头领王伦，这个小肚鸡肠的王伦，他恰恰是个能够容人的人。如果你硬赖着不走，王伦还是可以容得下。

不信的话，我们可以看林冲，林冲就是个典型的例子：

当时，王伦端一盘银子给林冲跑路，林冲硬是赖着不走。

王伦就直拿白眼翻他，他还是赖着不走。

王伦就叫他去拿个投名状来（杀个人头）。说好了，三日不得，你自己走。

林冲说"这事也不难"，可三日都过了，也没拿到个投名状。还是赖着不走。

王伦有没有逼他滚蛋呢？根本就没有，投名状的事，提都不提了，还是让他坐了第四位交椅。林冲从此才有了一个安身之处。

从这里，我们依然可以看出，王伦的本质并不坏。他只是希望你能走，这是最好；你若不走，他也并不会赶你滚蛋。

既然是这样，王伦为什么又被杀了呢？下回分解。

04 林冲为何杀王伦

林冲杀王伦，是梁山上非常精彩的一幕，历来被人们津津乐道。这里面有什么问题呢？我们还是依据《水浒传》原著的记载，先将其详细经过列出：

（一）萌发阶段

最先有杀王伦动机的人，不是别人，正是林冲。这一点，早被眼尖的吴用看出来了。

吴用道："……只有林冲那人，原是京师禁军教头，大郡的人，诸事晓得。今不得已坐了第四位。……我看这人，倒有顾眄之心……"

是吴用最先发现了林王二人不和的端倪。于是决定挑拨，利用林冲来除掉王伦，"小生略放片言，教他本寨自相火并。"

（二）密谋阶段

吴用正想利用林冲，岂知，林冲比他还急，竟不请自来了。一大早私下来访，使吴用喜出望外。

林冲是来干什么的呢？他一进门，说道："小可有失恭敬。虽有奉承之心，奈缘不在其位。望乞恕罪。"

什么意思？就是明确地告诉晁盖等人，若我林冲在其位，必然留下你们；现在，我虽有留你们之心，奈何我不在其位呀。

吴用就挑拨道："非是吴用过称，理合王伦让这第一位头领坐，此合天下之公论。" 既表明知晓林冲心思，又拨旺其胸中闷气。

林冲道："此人（王伦）只怀妒贤嫉能之心，但恐众豪杰势力相压。夜来因见兄长所说众位杀死官兵一节，他便有些不然，就怀不肯相留的模样……"

吴用就故意说道：既然王头领有这般之心，我们投别处去算了。

林冲听说他们准备投别处去，便说道："众豪杰休生见外之心。林冲自有分晓。小可只恐众豪杰生退去之意，特来早早说知……"说明林冲非常担心他们走了，特地赶来劝他们留下，别走。

　　"倘若这厮（王伦）今朝有半句话参差时，尽在林冲身上。"强烈暗示：王伦今天只要有半句话不对，就会要他的命。都在我身上。

　　最后说道："量这一个泼男女，腌脏畜生，终作何用！"可以算作是已经对王伦判了死刑。杀王伦之心已下，只是时间问题。

　　林冲对王伦强烈不满的情绪，完全传达出来了。

　　但是，晁盖、吴用他们，究竟是走是留的信息，却完全没有传达出来。

（三）杀害阶段

　　王伦的礼数很周到，摆了酒席，请晁盖七人来吃。"三四次人来催请"，又抬七个轿子来接。

　　酒席上，王伦婉言拒绝晁盖等人入伙，并叫人端一盘银子上来，毕恭毕敬地奉上：不是不收留你们，是粮少房稀，怕误了你们，不好看。

　　说的也很在理啊。但林冲突然大叫起来！三番话：

　　1. "你又发出这等言语来。是何道理？"

　　2. "我其实今日放他不过！"

　　3. "量你是个落第腐儒，胸中又没文学，怎做得山寨之主！"

　　此时，林冲与王伦已彻底撕破脸皮了。吴用就连忙站起来说，我们走的。（迫使林冲骑虎难下。）

　　王伦还在喊，吃完了再走……

　　林冲把桌子只一脚踢在一边，抢起身来，衣襟底下抽出一把明晃晃刀来。晁盖、刘唐两个大汉就过来虚拦住王伦，假装劝架，叫道："不要火并！"

　　林冲就上前，心窝子里只一刀，捅死了王伦！

那么，林冲为什么要杀王伦呢？

林冲自己说的理由是："这梁山泊便是你的？你这嫉贤妒能的贼！不杀了要你何用？你也无大量大才，也做不得山寨之主！"

两个理由：嫉贤妒能，无大量大才。

林冲说的对，王伦就是这种人。但，以这个理由杀人，也太过分了吧！人家虽然嫉贤妒能，无大量大才，难道这就该死呀！强盗逻辑。

所以，平心而论，冤得很，王伦还不至于死。

林冲不是为了抢头领的位置，这一点应该肯定。杀王伦，就是要出一口恶气！要泄愤！在王伦手下，林冲憋屈啊，你天天拿白眼翻老子，说些馊话下作老子，老子早就受够了！

如果泄愤说是成立的，那么只能说：林冲的心胸其实比王伦还要狭窄！

作者究竟想讴歌林冲什么？赞美他武艺高强？不像。杀一个秀才并不足以突出武艺高强。赞美他为民锄害？也不像。王伦还没有坏到该死的地步。

因此，你找不出作者想赞美他哪一点美德。那么，作者为什么要安排林冲来杀王伦呢？

前面说过了的，最为负义是林冲。

林冲走投无路之时，请你记住，是王伦收留的他，不是别人。王伦对他毕竟有恩，这不能否认吧。就因为受了些委屈（只有委屈，并没仇），他就把恩人杀了。

王伦是柴进的下线。梁山是柴进出资建成的秘密基地。柴进、王伦收留了林冲，林冲才有了立足之地。现在，他站稳了，就杀掉王伦，将柴进的基地拱手献给了姓晁的。

而真正的仇人，高俅，他敢杀吗？

所以作者最后把林冲的结局写得最为凄惨。让他东战西讨，立下大功，眼看要熬出头了，正要回京封官加爵的时候，让他先行风瘫掉，再折磨个半年而死。死的最与众不同，令人感慨万千。

05 《水浒传》里的"强盗分金"

有一个数学故事："强盗分金"，想必大多数人看过，说的是几个强盗抢到一袋子金币后，究竟怎样分，才能使自己的利润最大化。

恰好，小说《水浒传》中也有一个"强盗分金"的故事。

话说晁盖做了梁山泊之主后，就对大家说，我们这几个人的性命呀，都是宋江救的，那家伙胆子够大，敢给我们通风报信，我们都是讲义气的人，是不是应该表示一下呢？（其实另有目的，下回再说。）

于是，就叫刘唐背了一袋子金子，到县里来答谢宋江。

宋江见了这一袋金子，不为所动。

刘唐劝他收下，宋江坚决不收，最后，他说只取其一条就行了。又叫刘唐把金子都背回去了。

这个动作，给我们每一个读者、观众都留了非常深刻的印象。因此，宋江获得了美名：讲义气，不贪财。

但是，按"强盗分金"中利润最大化的逻辑来看，宋江应该把这一袋子（一百两）金子全部都收下才是利润最大化的，可他为什么偏偏要利润最小化，只取其中一条呢？

果真是宋江不贪财吗？看到这一大袋金子不动心吗？

我们还是来看看宋江的姘妇是怎么说的："公人见钱，如蝇子见血。他使人送金子与你，你岂有推了转去的。这话却似放屁！……"

可见，送上门的钱不要，没几人相信。

而事实上，宋江的确真的又叫刘唐都背回去了。

所以，最后大家一致得出结论：宋江真的是一个不贪财的人，是一个讲义气的人，是一个高尚的人。

那么，宋江究竟为什么不收这一袋金子呢？我们还是从小说原文中寻找答案，比较客观公正。

当时，刘唐打开包裹，取出书信，递给宋江。看罢，宋江把那封书……就取了一条金子，和这书包了，插在招文袋内。

刘唐吃了酒，又要去拿金子。

宋江慌忙拦住道："贤弟，你听我说——"你们七个弟兄，初到山寨，正要金银使用。宋江家中颇有些过活。且放在你山寨里，等宋江缺少盘缠时，却教兄弟宋清来取。今日非是宋江见外，于内受了一条。朱仝那人也有些家私，不用与他。我自与他说知人情便了。雷横这人，又不知我报与保正。况兼这人贪赌，倘或将些出去赌时，他便惹出事来，不当稳便。金子切不可与他。贤弟，我不敢留你，相请去家中住。倘或有人认得时，不是耍处。今夜月色必然明朗，你便可回山寨去，莫在此置阁。宋江再三申意众头领，不能前来庆贺，切乞恕罪。"

宋江一口气说了这么长一大段。

从头到尾，自始至终，他说过他不要金子了吗？并没有说过一句"不要"的话。谁说他不想要这一大包金子了？！

96

他说的意思，共有如下五个方面的内容，我们按顺序列出来：

1. 你们七个弟兄，初到山寨，正要金银使用。

首先，把弟兄们的利益摆在最前面，对弟兄们很关心。说明宋江"义"字当头，能够体谅弟兄们的难处。

2. 且放在你山寨里，等宋江缺少盘缠时，教兄弟宋清来取。

就是说，这一大包金子，一百两金子，他都收了，只是暂放在山寨里。怎么说他不要了？

到以后要用钱的时候，就叫宋清来取款。

将钱收下了，再转手把资金投资于梁山周转，既得实利，又得美名。这才是宋江！

3. 朱仝有钱，不用给他。

4. 雷横好赌，不能给他。

5. 若有人认得你，可不是闹着玩的！你今夜就走，莫在此置阁。

宋江为什么要说这么多话呢？提朱仝、雷横做什么？我们还得继续往前寻找答案，看刘唐究竟是怎么说的。

刘唐来的时候，背着一个大包裹，走得汗流如雨。

他对宋江说，晁盖做了头领，想兄长大恩，无可报答。"特使刘唐赍书一封，并黄金一百两……"

可以看出，刘唐带来的，共是两样东西：书信一封，金子一百两。

带来干什么的呢？

来感谢恩人的。

"特使刘唐赍书一封，并黄金一百两，相谢押司并朱、雷二都头。"

哦，原来，这一百两金子，不是给宋押司一个人的，而是给宋押司、朱都头、雷都头三个人分的。（放晁盖走，是这三个人。）金子交给宋江后，再由宋江转交朱、雷二人。

这样一来，宋江只划33.33两。

宋江嫌少。如果当时接了，那就必须还得分给另外的两个人。

所以就先不接，"且放在你山寨里"，要用就去取。这样就可以独占那一百两金子了。

紧接着再说，朱仝那人，他有钱，就不用给他了。（这是什么混账逻辑啊？！怎么能够因为人家有钱，就不还人家的人情了呢？）

雷横这人，也不能给他！

说了半天，都是叫不分钱给他们。

现在，看明白了吧。

最后，还担心刘唐再去找他们俩送金子，所以就恐吓刘唐，小心你小子被人认出来了！今夜，你必须回去！再不能呆在这里耽搁了！

因此，可以得出结论：宋江不是不要金子，而是想要得到全部的金子！（并且还落一个"义"的好名声。）而朱、雷二都头，一分钱也没得到。

这就刚好和"强盗分金"里利润最大化的逻辑是一致的：我得全部，你们不得。

06 揭秘"送金门"背后的大阴谋

刘唐背着一大包金子，像个蜗牛一样，来到县衙门前探头探脑，打听宋江。说是代表梁山前来送金子以致谢。

这一段，粗看似乎合理，然细读则疑点重重。

首先，刘唐并不认识宋江。按理说不应该派他来。

虽然他曾经和宋江有过一面之缘，但大家谁也没怎么看清楚。（当时宋江报信，匆匆给大家拱了拱手，转身就走了。）即使当面站一起，刘唐还是不认得。

既然这样，为什么还要派他来呢？怎不派个熟点的人来呢？

其次，我们再看刘唐：他号称"赤发鬼"，这家伙不是一般人的长相，一身黑肉，紫黑阔脸，鬓边一搭朱砂记，上面生一片黑黄毛。豪无疑问，他的相貌，是所有强盗们中最有显著特征的一个了。

就因为他这副尊容，一看就不是个好鸟，所以案发前，他虽没干坏事，也曾被巡逻队抓住过。为什么抓他？只因他看起来就像个坏人。

好奇怪哟，为什么不派别人来？偏偏要派他这个最有显著特征、最容易被人识别的家伙来呢？

其三，刘唐背着一大包沉甸甸的金子，在县衙门口探头探脑，是非常容易被逮住的。因为这县衙里好多人都认得他！至少就有二十几个人，在晁盖庄上捆过他！吊过他！还又为十两银子大干过一架！

因此，在众多的弟兄中，衙门里的人并不认识别人，却恰恰就只认得这个"赤发鬼"刘唐！——派谁来都可以，就是不该派他来！这该有多危险啊！

营救白胜，还知道要安排陌生人去。说明晁盖、吴用并非脑残。可给宋江送金子，却偏要安排在衙门里早已挂了号的刘唐去冒险。这一点，太不应该了呀。

背后定有蹊跷。所以最合理的解释就是：故意而为之！

故意要坑害刘唐！

要坑死这狗日的刘唐！

因为晁盖他后悔了。

本来过得好好的，家里也有钱、有庄园，还是个村干部。就因为

黑水浒

听信刘唐一句话，去抢什么生辰纲，晁盖干下了一件最为后悔的事！

抢了几担石头，没几个钱。不得已上梁山，为了拉拢人心，竟把"自家庄上过活的金银财帛"都拿出来大家分了。搞得他"正没金帛使用"（第二十回）。

都是这刘唐害的。晁盖暗忖道，把老子害惨了，叫你也不好过！叫你们大家都别想有好日子过！就算是死，也要多拉几个垫背的。

于是，刘唐被置于最大危险处，安排他送金子。另带一封书信。书信意味着：我有你们"通匪"的把柄。

这封书信也是专门用来害人的！否则，何必写那么多的总结报告机密事宜？若是出于礼貌，简纸一函，也就够了。

这一布局，可能会坑害到一大阵人：

1. 刘唐背着一大袋金子，本身就不正常，背到县衙门来，就是叫他"自投罗网"！因为要找宋、朱、雷三人中的任何一人，都必须要到衙门里来！这样，刘唐就极有可能被捉住。或许就会供出宋、朱、雷三人。

2. 若刘唐没被捉住，则书信会坑害到宋江；或是一百两金子让宋、朱、雷三人分账不均狗咬狗。

3. 朱仝暗放晁盖，宋江哪里知道?！又凭什么要让他知道！现在故意让他知道了，就又可以多拖一个人下水。（故意出卖暴露朱仝。）

4. 雷横从来就没有表明过立场，在抓捕现场时，雷横根本就没有碰到过晁盖，也没说过一句话，"私放"从何谈起？所以，晁盖根本就用不着谢他。却也分金子给他，这样就又可以多拖一个人下水。若出了事，雷横真的是有口莫辩！

5. 宋江去报信，朱、雷二人根本就不知道。而朱仝私放晁盖时，宋、雷二人也完全不知道。雷横其实什么也没做。三个人本不是一伙的。现在，就是要搞得让大家都知道才好，把他们变成栓在一根绳上的蚂蚱。

6. 只要能坑害到其中的任意一个人，就可能会牵连到相关的一大阵人！从而可以有效地转移官府的视线，减轻梁山的压力。就算是死，也多几个陪葬的。

所以，派刘唐送金子，表面看来，当老大的晁盖，是在讲义气、够朋友。而实际上，则是想利用金子、书信来害人。

最先发现这个逻辑问题的是金圣叹，他觉得晁盖没道理让宋江知道朱、雷二人"通匪"啊，何况雷横也没做什么。更不应该让宋江向朱、雷二人转交赃款，这不是逼着他自己暴露自己吗？

解释不清，问题很严重，为了维护晁盖的义气形象，金圣叹只好将原文做了删改。就是在他删改后的版本里面，依然没法完全掩盖、美化，都无济于事，不能自圆其说。

因为真相只有一个。他拿金子、书信，如此"大弄"，与相谢的差距实在太过了。

后来，宋江就因为那封信坏了事，杀人逃走。也就是N种偶然中的一种必然了。

许多人不能理解，既然宋江与晁盖是"心腹兄弟"，那宋江又为何死活不愿上梁山呢？原因就在这里。宋江终于想明白了，原来晁盖是想害他。（就像后来他们坑害卢俊义一样。）

宋江将何以应对？

07 梁山好汉为何不近女色

梁山好汉，不近女色。一近女色，便不是好汉的勾当。

事实果真如此？今天我们只看宋江。

宋江，在县里当押司，手里有点钱，他这个大款被阎婆惜母女俩看中了（看中了他的银子），硬要宋江包阎婆惜当二奶。

宋江初时不肯，后来不知怎么就答应了。

就在县西巷内，讨了一所楼房，置办些家火什物，安顿了阎婆惜娘儿两个那里居住。没半月之间，打扮得阎婆惜满头珠翠，遍体金玉。……又过几日，连那婆子也有若干头面衣服。端的养的婆惜丰衣足食。

从这一段描写，可以看出宋江出手阔绰。

既然他已经包养了二奶，并且夜夜都和阎婆惜睡在一起，又怎么说他不近女色呢？说不通呀。

于是，为了维护、美化宋江的光辉形象，作者笔锋一转，继续写道：

初时，宋江夜夜与婆惜一处歇卧。向后渐渐来得慢了。却是为何？原来宋江是个好汉，只爱学使枪棒，于女色上不十分要紧。

呵呵，施耐庵老先生写的有些令人摸不着头脑。

第四　宋江篇

他硬要说宋江是因为爱学使枪棒，才渐渐来得慢了。

可是，宋江的武艺，大家都知道的，他根本就没有什么武艺，也从没见他施展过什么枪棒棍法。

讲武艺，比枪棒，宋江绝对是108好汉中的倒数几名。

那么，宋江究竟为什么渐渐来得慢了？

很简单。他这个大男人，对这个十八九岁的小女人，一开始很新鲜，后来就相处腻了，当然就渐渐来得慢了。就是腻了，哪有那么多奇奇怪怪的理由！

许多人觉得，是好汉就不应该近女色，可这并不合人之常情。

凡不近女色，必是如下三种原因：

首先，是生理上有问题了。你想啊，一个人的功能要是出了障碍，他就是想近女色，也没招啊。

如果生理上没问题，那就是经济上有问题了。当穷得没有吃的，连生计都发愁的时候，那就只好被迫不近女色了。

如果经济上、生理上都没有问题，还是不近女色，那是什么原因呢？我告诉你，这叫有病！神经病！心理变态。

心理上出问题了，肯定不正常了。就会有着与常人不同的怪异癖好。

现在，我们再来看宋江，他经济上没有问题，生理上也没有问题，因此，可以断定他是心理上有问题。

有什么问题呢？《水浒传》中有一段详细的描写：

那一天晚上，宋江和阎婆惜在房里，两个面对面坐着。
宋江低了头不做声。不知道他在想什么。

看官，你道他在想什么？真的是不近女色？不是的。他是在装正人君子，坐怀不乱，他是想要阎婆惜自己主动把自己送过来迎奉他。

而阎婆惜的心思根本就不在宋江身上，坐着不动，肚里寻思："我只心在张三身上，兀谁奈烦相伴这厮！"

那婆子见女儿不迎奉宋江，心中不悦。便哈哈地笑道："你两个又不是泥塑的，做甚么都不做声？押司，你不合是个男子汉，只得装温柔，说些风话儿耍。"

婆子一语道出了宋江的真病，"装温柔"，不是个男子汉。

但宋江仍低着头不做声，女儿也别转着脸弄裙子。

婆子走了。

宋江在楼上肚里寻思说："……夜深了，我只得权睡一睡。且看这婆娘怎地，今夜与我情分如何？"

这是宋江的心里话。接着，作者又写道："却说宋江坐在杌子上，只指望那婆娘似比先时先来偎倚陪话。"

反复说明，宋江是在等待阎婆惜像先前一样，主动过来迎奉他，偎倚陪话。

阎婆惜想，你一个大男人不来理睬我，我干吗要理睬你，"只见说撑船就岸，几曾有撑岸就船！"

就这样，两个人一直坐着都不动。宋江想着阎婆惜，阎婆惜想着张三。各想各的心思。

当下宋江坐在杌子上，睃那婆娘时，复地叹口气。

一直坐到夜里11点，那婆娘不脱衣裳，就上床去，朝里面睡了。宋江看了，寻思道："可奈这贱人全不睬我些个！她自睡了。"

你看，就因为阎婆惜没有主动迎奉他、偎倚他，心理就开始变态了，阎婆惜就变成"这贱人"了。

阎婆惜上床睡了，宋江也跟着上床去睡。两个人一动不动。

大约转钟12点的时候，听见那婆娘发出一声冷笑。宋江心里气闷呀，如何睡得着！憋着这口气一直捱到早上5点钟，熬不住了，爬起来，冷水洗了脸，穿了衣，开口大骂道：

"你这贼贱人好生无礼！"

"这贱人"，变成了"这贼贱人"。

这一夜，宋江总共就只说了这一句话，开口就是骂人。骂得莫名其妙，阎婆惜并没犯贱啊，也没见她好生无礼呀。

宋江何以要骂她？完全是因为宋江期待她仍像往日一样犯贱，却一直没有等来！变态的心理没有得到满足，最终而爆发。

由此观之，所谓的"好汉不近女色"，都是无稽之谈，其背后掩盖的则是一种荒诞的阴暗的变态的扭曲的心理。

08 杀二奶血案是如何酿成的

晁盖送来的那封信——害人的信，无意中落到了阎婆惜的手中，果然坏了大事。

阎婆惜收了金子和信件，乐坏了：天教我和张三买东西吃，我正要和张三做夫妻，单单只多了你这个黑宋三。今日也撞在我手里！原来你和梁山强贼通同往来。

宋江急匆匆赶回来，遭到阎婆惜的勒索。

阎婆惜向宋江提出了三个条件：

第一，你要写保证书，任我改嫁张三。

第二，你原先在我身上花的钱，不许你再要！

第三，晁盖送的一百两金子，快把来与我，我便饶你这天字第一号官司！你若怕是贼赃，快溶过了与我。

这娘们宰得够深！

宋江就为难了，因为那一百两金子的确拿不出。

阎婆惜冷笑道，那咱就到衙门里说，你也说不曾有这金子。

宋江就发起怒来，哪里按捺得住！睁着眼道："你还也不还？"那婆娘就是不还，若要还时，在郓城县衙还你。

宋江便扯开那婆惜盖的被，伸手来夺。原文写道："一不做，二不休，两手便来夺。那婆娘哪里肯放。宋江在床边舍命的夺，婆惜死也不放。"

你看，两个手，夺不赢一个娘们。宋江原来没力气，更不谈武功。

慌乱中，拽出那把压衣刀子。宋江便抢在手里。那婆娘叫："黑三郎杀人也！"

只这一声，提起宋江这个念头来。那一肚皮气正没出处，婆惜却叫第二声时，宋江按住那婆娘，右手去那婆惜嗓子上只一勒，鲜血飞出。宋江怕她不死，再复一刀，那颗头伶伶仃仃落在枕头上。

郓城县宋科长怒杀二奶案发生了！

接着，宋江马上将书信烧掉，毁灭证据。然后，走出楼来。看到这里，不禁奇怪，尸体怎么办？难道不需要掩饰处理么？不怕被发现么？

还有更离谱的。

宋江下楼，那妈妈上楼，两个正撞着。

婆子问：你两口儿在闹什么？

宋江竟没有半点害怕的样子，也没有连哄带骗地把老妈妈支开，而是直截了当地说："你女儿忒无礼，被我杀了。"

就像是他亲妈似的，爽快地承认了罪行。

婆子不信，笑道："瞎说什么，休要取笑。"

宋江道："你不信时，去房里看。我真个杀了。"

宋江杀了人，居然完全没当回事！老子真的把她杀了，不骗你的！不信，你去看呀。宋江咋就这么牛叉呢？！

那婆子道："我不信。"推开房门看时，叫声："苦也！"

宋江道："我是烈汉，一世也不走。随你要怎地。"

关于这一段比较离谱的描写，就有人说了，这宋江是不是弱智啊，既然已经杀了人，又被她老妈撞见，那何不干脆也一刀做了！杀人灭口，伪造现场，脱身干净？还让她去告官？

又说有人说了，这正是宋江的坦荡之处。他尊重司法，敢作敢当，是个好汉，杀了人也不畏罪潜逃。

呵呵。怎么说呢。分析一个问题，不能片面地看，我们应该联系上下文，整体地看：

宋江在杀二奶之前，怕得要死！一听说要见官，就要杀人。杀了二奶之后，反而气定神闲，他不怕了！前后表情卓然相反！为何？

其转折点就在：烧毁信件！

宋江杀二奶，是因为恐惧！恐惧那封信，才杀人灭口。当信件烧毁后，恐惧就消失了。宋江之所以不杀那老妈，是因为不恐惧，当然就不必再杀人灭口了。

也就是说，在宋江看来：他怕的是"通匪罪"，却并不怕"杀人罪"！

通匪罪是什么？"天字第一号官司"！这一定会要了宋江的小命！

而杀人罪，宋江则不怕。

既非他弱智，也不是坦荡。而是宋江这个小吏，太熟知官场潜规则了！

后文有交代，抓捕他的刑警队长雷横，曾说过这样一句话："你听我说，宋押司他犯罪过，也未便该死罪。"

明白了吧，这句话道出真谛。杀个人，宋江不会死，用不着抵命。

1. 以宋江的社会关系，最多判个"误杀"。是因为二奶与张三通奸，两人怄气揪斗起来，一时失手，误杀了。你看，不用抵命了吧。

2. 阎婆子一家只剩她一个了，又是老远的外来人口，举目无亲，根本就没有人帮她。县令又怎么会帮她呢？这还不好摆平啊。

3. 命，是有价的。"这个二奶的命价等于她妈后半生的丰衣足食。"宋江当然出得起这个价。

4. 就算去坐牢，一遇到皇恩浩荡，天下大赦，宋江就又回来了。

怎么算都行，反正不会死罪。

甚至，死者阎婆惜的尸体，怎样处理，宋江早就想好了：这个容易。到外面陈三郎家买一具棺材来，仵作入殓时，我自分付他。几十两银子，打发的干干净净。

正因为这样，宋江杀掉这个"命贱"的二奶，才不会紧张，也不会害怕。反而还会趾高气扬牛哄哄地说，我把你女儿杀了，我真个杀了！我杀了人也不跑，我随你要怎地！

大有其奈我何的姿态！

因此，我们可以把二奶阎婆惜的死因归结为两点：

1. 死于她的贪婪。宰大款，宰得太过分了。遭来杀身之祸！

2. 死于她的无知。她不知道大款都精于潜规则！只需支付较低的成本，就可以取她一条人命！

　　当二奶也不容易。警钟啊，千万别学阎婆惜。

09 《水浒》中的"无间道"

　　《水浒传》第二十二回，讲到阎婆子告官，宋江逃走。

　　当时，宋江直接回到了家里。

　　他既没有去梁山投奔晁盖，也没有漫无目标地流浪天涯。他就待在自己家里。

　　于是，就有人说了，宋江，你脑子是不是有问题呀，你杀了人还不快跑！待在家里等人来捉你吗？那鲁提辖还知道要急急卷了衣服盘缠，细软银两，一道烟跑了。你怎么就不跑呢？

　　上回说过，宋江在郓城县这个小地盘上很牛叉。就连县令也想徇私枉法替他开脱。

　　所以，宋江就用不着慌不选路，先待在家里看形势，只要花钱把事情摆平了，他照样还是可以再露面的。

　　但是，阎婆子大闹公堂，逼得县令也没办法，只好叫公人去搜捕。当然没找到。那张三又怂恿阎婆子三番五次地闹，每日县衙里喊冤叫哭的威胁，县令只好敷衍，又叫朱、雷二都头带人去搜找。

　　紧接着，奇怪的事发生了。

朱仝队长（都头）猜测宋江就躲在自家的地窖里，一进去，就"搜"到了宋江，兄弟，休怪小弟今来捉你，但最后又答应私放宋江逃走。宋江马上就开始出逃，远走高飞去也！

这一回故事就叫做《朱仝义释宋公明》。是朱仝讲义气，私放了宋江。所以，就连清初第一才子金圣叹也在此处评曰："朱仝出色过人。"都说他讲义气。

但是这样一来，义气虽然突出了，可逻辑上就完全说不通了！这个漏洞奇怪得令人匪夷所思。

你看，宋江最后是逃跑了。既然要跑，何不早跑？他有充足的时间可以早就跑得无影无踪，又何必要等到朱仝来捉他，再放他，他才逃跑呢？

那么，请问，在朱仝到来之前，宋江在家里做什么呢？什么都没做呀！

难道说，他就是要待在家里专程坐等朱仝过来，先捉住他，再放掉他，最后道一声，兄弟，你很讲义气！才跑的？

很显然，没这种事。

因此，逻辑上就一定是：宋江一开始并没有跑的意思。如果想跑，那早就在第一批公人捉他之前（或之后）就跑了，决等不到朱仝、雷横他们来。

先不打算跑 — 见到朱仝 — 谈话后 — 决定逃走。

因此，宋江的逃亡，肯定与朱仝有着莫大的关系！

当时，朱仝到了宋江家，叫士兵们把宋家包围，让雷横先进去搜查，自己却不进去。为什么要这样做？究竟出于何种用意？

真的是为宋江考虑吗？不是的，只有一个目的：试探雷横！

按照原文的描述，宋江曾于酒后告诉过朱仝，他家佛堂下面有个地窖可以藏身。那么，宋江是否也向雷横透露过呢？雷横知道这个秘密吗？朱仝不能确定。所以要试探一下雷横。

否则，完全没有必要如此古怪地一个先搜一个后搜。一起进去才是正常的，两个人晃荡一圈就走，敷衍了事，不是很好吗？（即使每天来捉一次，也捉不到。）

如果雷横知道这个秘密，抓住了宋江。那么，就是雷横不讲义气！而朱仝便有了两个选择：既可以和雷横一起到县令那邀功，又可以向私放晁盖那样故意让宋江逃脱，做个讲义气的人！

如果雷横不知道这个秘密，搜不到宋江。朱仝就可以再进去，那么，这个"人情"，就铁定是他的了。是他最讲义气，私放了宋江。

这就是朱仝要雷横先进去搜的真正原因！

果然，雷横出来说不在里面。朱仝就独自一人进去，走入佛堂，揭起那片地板，将绳子一扯，铃声一响，宋江就从地窖子里爬出来了。

宋江知道刚才已经搜过一次了。（雷横究竟有没有找过宋江，其实朱仝、外人都无法确定。）这次大概是他父兄，没想到却是朱仝，宋江大吃了一惊！

朱仝对宋江说的话，内容有三：

1. "只是被张三和这婆子在厅上发言发语，道本县不做主时，定要在州里告状。"

（阎婆子要到州里去告状！就是县太爷也罩不住你了！）

2. "我只怕雷横执着，不会周全人，……此地虽好，也不是安身之处。倘或有人知得，来这里搜着，如之奈何？"

（我虽然能放过你，但我不能保证别人也会放过你呀。威胁！）

3. "兄长可以作急寻思，当行即行。今晚便可动身，勿请迟延自误。"

（必须走，你今天晚上就走！）

当夜四更，宋江逃走。

所以说，宋江逃亡，是在见到朱仝之后。而事实上，宋江一走，那阎婆子就不告状了，"这婆子也得了些钱物，没奈何只得依允了"。

表面上看，是朱仝放了宋江。

而实际上宋江心里清楚得很，这也正是宋江后来为什么不领朱仝的情，不仅不还他的"人情"，还要反过来害他的原因。

宋江和他的弟弟宋清，两个人一起逃亡。宋清也没有犯罪呀，他跑个什么，本来没罪的，现在不成了包庇罪？他是陪同保护宋江的。看来，宋江开始感到恐惧了。

宋江既怕被官府捉去，更怕被梁山晁盖派人来劫去，拉他下水，这才是他最为恐惧的原因。

因为宋江早已从刘唐处知道了朱仝是晁盖的人！

从晁盖送那封信来，宋江就一直没有好日子过，最终被害成今天这个局面，所以即使慌不择路，也绝不去梁山投晁盖！怕晁盖再害他。这也是大家奇怪宋江为何不往梁山跑的原因。

宋江没头没脑地一气行了数程后，才思量道："我们却投奔兀谁的是？"

咦？太奇怪了，他平时朋友不是挺多的吗？怎么关键时候竟不知道去投奔谁呢？

❿ 宋江为何对武松一见如故

话说宋江在路上思量道："我们却投奔兀谁的是？"

宋清答道："我只闻江湖上人传说沧州横海郡柴大官人名字，说他是大周皇帝嫡派子孙。只不曾拜识。何不只去投奔他。"

于是，兄弟两个直奔沧州而来。

来到沧州，见了柴进柴大官人。好酒好肉款待，吃了半夜，宋江去上厕所，经过东边走廊时，那走廊下有一条大汉，猥猥琐琐，躺在那里烤火。一把铁锹，乘着炭火。

宋江趄了步，仰着脸，只顾踏将去，正踏在锹柄上，把那炭火都掀在那汉脸上。那汉吃了一惊，跳将起来，把宋江揪住，大喝道："你是甚么鸟人，敢来逍遣我！"

于是，宋江在这里认识了一条好汉：武松。

武松本来是准备痛打宋江一顿的。经过柴进赶来介绍之后，二人都相见恨晚。

武松说，我是你的粉丝，有眼不识泰山！

宋江说，我也是你的粉丝，多幸，多幸！

紧接着，书上描写宋江：

1. "宋江大喜，携住武松的手，一同到后堂席上。便唤宋清与武松相见。”

2. “宋江连忙让他一同在上面坐。武松哪里肯坐。谦了半晌，武松坐了第三位。”

3. “宋江在灯下看那武松时，果然是一条好汉。但见：……”

4. “当下宋江看了武松这表人物，心中甚喜。”

5. “宋江听了大喜。当夜饮至三更。酒罢，宋江就留武松在西轩下做一处安歇。”

宋江一见到武松，就拉着他的手，要他一起到席上去喝酒；喝酒的时候才开始仔细观察打量这个人；酒喝完了又拉着他一起去睡觉。

宋江为什么对素不相识的武松这么好？这么客气？并且，还两个大男人睡一起，这也太亲热了吧。

一般人都不知道真实的原因。所以，大家都猜测：是宋江慧眼识英雄，说宋江的眼力过人，看人看得很准，一眼就看出武松不是个一般的人。

其实呀，我告诉你，宋江的眼力很一般。因为后来宋江说武松："兄弟，你如此英雄，决定得做大官。"你看，根本就不准。

那么，宋江当时究竟为何要极力拉拢武松呢？且听我慢慢道来：

话说当时宋江来投柴进。

为什么要投柴进呢？因为宋江把所有可去的地方都再三斟酌后，还是决定必须先去找柴进。怕，也要去。

宋江最担心的是，晁盖害他，拉他下水。而晁盖的对头，正是柴进。因为晁盖他们杀了柴进的下线王伦，强夺了柴进的梁山基地，柴进当然不甘心。所以，宋江只有投柴进才安全。

但是，宋江给晁盖报过信，晁盖给宋江送过金子。那么，柴进会不会认为宋江也是晁盖的人呢？如果是，就更麻烦了，这个误会，就必须要消除。

所以，宋江无论是为了消除误会，还是为了和柴进一起联手对付晁盖，他都有必要冒险到柴进庄上走一遭。

宋江来了。

柴进道："闻知兄长在郓城县勾当，如何得暇，来到荒村弊处？"

宋江答道："今日宋江不才，做出一件没出豁的事来。弟兄二人寻思，无处安身。想起大官人仗义疏财，特来投奔。"

柴进听罢，笑道："兄长放心！遮莫做下十恶大罪。既到弊庄，但不用忧心。不是柴进夸口，任他捕盗官军，不敢正眼儿觑着小庄。"

宋江便把杀了阎婆惜的事，一一告诉了一遍。

柴进笑将起来，说道："兄长放心！便杀了朝廷的命官，劫了府库的财物，柴进也敢藏在庄里。"

这就是宋江见柴进后的全部谈话内容。共说了两个话题，柴进共笑了两次。

这两次笑，笑得宋江浑身发麻，恐惧万分。

柴进问他，怎么有时间来我这里？他不实说，把事说小，只说自己不才，做了一件没出息的事。

柴进笑道，点他的筋：你就是犯了"十恶大罪"，也不用忧心。

宋江一听，便只说一半，只把杀阎婆惜的事说了；而私放晁盖的事则紧紧相瞒，一个字也不提！

这样，宋江表达的意思就是：自己的婆娘与人通奸，一时怄气就杀了这娘们。而晁盖这伙强盗，则和他没有丝毫的关系。

柴进又笑，点他的穴："杀了朝廷命官""劫了府库财物"。

不提别的，偏偏只提这两桩事，都是晁盖干的。不要跟老子装，不要以为老子不知道。

所以，当时宋江一听，就非常害怕，知道柴进把他当做晁盖的兄弟了。会不会报复他呢？因此就特别担心自己的人身安全问题。喝酒的时候，被十几个人轮番灌，怕被灌醉了，便借机离席说"我且躲杯酒"。

这时，恰好撞着了武松！

看这个人，有这么大一块头！看样子很会揍人！最最重要的是，这个庄上只有他一人敢与柴进做对！

所以，宋江才会见了大喜！才会定要他去陪酒！还一定要他夜里陪着自己一起睡！因为怕呀。

你再看以后，宋江又见到武松时，热情度则一次比一次低。对武松这么器重，也就只这一次。

⓫ 揭秘宋江的名气究竟是怎样炒作的

《水浒传》里的宋江，长得又黑又矮，也没什么武艺，力气只有娘们大小。可奇怪的是，各路好汉只要一听说他是"宋江"，马上就翻身下拜，跪在地上给他磕头！

这宋江的面子够大吧，名声够响吧。

那么，宋江在江湖上为何会有如此大的名气呢？他又是怎么炒作自己的呢？今天，我们就来揭这个谜。

　　最初，宋江一出场时，作者先虚设结论：

　　平生只好结识江湖上好汉。但有人来投奔他的，若高若低，无有不纳。便留在庄上馆谷，终日追陪，并无厌倦。若要起身，尽力资助。端的是挥霍，视金似土。……以此山东、河北闻名。

　　这一段，作者除了预设一个结论，刻意灌输宋江有名之外，却并无相应的例证来证实。相反，书中倒是有不少的例证，可以来证明宋江其实是个"无名之辈"。

　　宋江接济过的人，也只有郓城县的三四个，并没一个英雄好汉。

　　阎婆母女受过他的恩惠，可后来成了杀身仇人，卖糟的唐牛儿，常得宋江资助，可害了他无故充军，卖汤的王公，曾许下他一副棺材本，但至今也没兑现。

　　根本就看不出宋江收买过什么好汉。

　　再看本县最近的、近在眼前的教书先生，吴用吴学究，就连他也不认识宋江！只是听说过而已。

　　因此，说宋江的名气如何如何的大，是一件很令人怀疑的事。

　　再看本县不远处石碣村的阮氏三兄弟，他们哥三对黑社会有着莫名的冲动与向往，可奇怪的是：他们竟也不认识宋江！

　　你看，宋江以他押司的身份，虽在郓城小县城里有些名气，但在江湖好汉中的影响力并不大。

　　郓城县，只是一个小去处，从这里来往的江湖好汉并不多。所以，从外部环境上讲，就阻碍、限制了宋江与各路好汉结交，也就更谈不上什么资助了。

　　我们可以再看：究竟有哪些外地的好汉来过郓城县呢？在劫"生

辰纲"之前，是刘唐和公孙胜。可他们是来找晁盖的，他们都听说"晁盖是条好汉"，都愿意和晁盖干上这一票，却没人来找宋江。

我们不防再把108条好汉的名单看一看，宋江此前究竟又认得几个人呢？至多也就是他的弟弟宋清；本单位同事朱仝、雷横；朋友花荣；徒弟孔明、孔亮；柴进只是通过信，并没见过面。

你看，才7个人，连零头也不够。绝大多数的好汉，他都不认识。并且，他所认识的这几个人，全部都没有受到过他的接济。

因此，我们可以肯定地说，宋江，他在江湖上其实根本就没啥名气。

大约四个月后，宋江第一次出门，行走江湖，来到柴进庄上。

在这里，第一次遇到这种场景：一个素不相识的大汉（武松），一听说他是宋江，就跪在地上拜他，又说出一番对他无限景仰的话来。

那汉（武松）道："我虽不曾认的，江湖上久闻他是个及时雨宋公明。且又仗义疏财，扶危济困，是个天下闻名的好汉。"……"却才甚是无礼，万望恕罪！有眼不识泰山。"跪在地下，哪里肯起来。

宋江慌忙扶住道："足下高姓大名？"

并且，从这以后，这种场景便多次重复出现。老是遇见一个好汉，就跪下拜他，赞美他。几乎形成一个套路。

这就奇怪了，宋江为何很快就获得了这么大的江湖名声呢？他究竟是用什么方法炒作自己的呢？呵呵，大家都不知道滴。

所以有人这样猜测：说宋江有灰色收入，用来收买好汉。

可是，宋江的钱再多，也绝对没有柴进的多，柴进好歹也可以相当于一个过气王爷的身份，论银子，不知要比宋江多多少倍！

于是，就又有人猜测：说宋江虽然没有柴进富有，但他比柴进更会拉拢人心，所以名气比柴进还大。可这也完全不对！毫无根据！

你看，当柴进指着宋江说："此位便是及时雨宋公明。"武松就问："真个也不是？"宋江道："小可便是宋江。"仅仅只报了个名，还没开始拉拢人家呢，那汉定睛看了看，纳头便拜。

你再看后边，宋江被一伙强盗捉住，要挖他的心吃。他叹口气说"可惜宋江死在这里！"也仅仅只是报了个名号，并没拉拢人家呀，可人家一听说他是宋江，马上就跪地拜他了！

综上所述：

1. 宋江在江湖上原本并没什么名气。是实。

2. 宋江行走江湖时，名气非常之大。也是实。

3. 宋江既没炒作自己，也没收买、拉拢其他好汉。也是实。

这就是一个悖论。于是，读者骂道，施耐庵，你会写书吗？你怎么要前言不搭后语，写得自相矛盾？

果真是吗？我看并不矛盾。因为任何表面的矛盾里面，一定有着一个统一这个矛盾的载体。那是什么？

那就只有一种解释！是晁盖！是晁盖要坑害他！

晁盖要坑害他，就四处放风，派人到处去散布，说宋江如何如何的英雄好汉，在最关键的时刻，可以不顾自身安危，去给强盗们通风报信，连自己的小老婆都杀了！真正的"及时雨"呀！

尤其，宣传的重点是在柴进庄上。转移柴进的视线，嫁祸于宋江。同时，煽动、遣散柴进养的门客们。一箭几雕。

所以，原本无名的宋江，在短短数月之内，突然之间就变得名声大噪了！所以，武松在还不认识宋江之前，就吵着闹着要去投宋江！说宋江是个天下闻名的好汉。

就连柴进也莫名其妙地问道："如何见的他是天下闻名的好汉？"

第 五 武 松 篇

01. 武松打虎

02. 奔走在喝酒吃肉的道路上

03. 潘金莲是怎样变成淫妇的

04. 武松究竟有没有爱上过潘金莲

05. 《水浒传》中最变态的摧花狂魔是谁

06. 好汉的第二副面孔：谁说武松不好色

07.揭秘《水浒传》里"好汉"二字究竟指什么

08. 武松醉打蒋门神

09. 解读武松：我自打他，干你什事

01 武松打虎

《水浒传》描写武松打虎这一段，非常精彩。

作者从很早之前就预先埋下伏笔，交代武松上路的时候，"拴了梢棒要行"；"提了杆棒相辞了便行"；酒店里，"武松倚了梢棒下席坐了"；"拿了梢棒出酒店"；"提了梢棒，"；"提着梢棒"……

那个棒子，不厌其烦地被写了十多次。让读者产生幻觉，以为棒子会有大用场，但真到了有大用场的关键时刻，作者却突然将棒子毁掉！让他打不成虎，从而营造紧张气氛。

当时，武松"双手轮起梢棒，尽平生气力，只一棒，从半空劈将下来"。只听得一声响——原来慌了，没打到老虎，却打在树枝上，"把那条梢棒折做两截"。

这样，武松就只有被迫徒手斗猛虎。

徒手搏虎这一段，作者写得也非常有意思。

那老虎扑过来，武松望后一跳，却退了十步远。老虎的两只前爪刚好搭在武松的面前。武松就将半截棒丢了，腾出两只手来，就势把老虎的顶花皮揪住，一按，按在地上，死死地不放。

那老虎急要挣扎，被武松双手尽气力纳定，哪里肯半点儿放松？同时，脚也没闲着，望老虎的脸上、眼睛里只顾乱踢。

那大虫（猛虎）发狂了，咆哮起来，又挣不脱身，爪子乱抓，把身底下扒起两堆黄泥，做了一个土坑。

呵呵，这老虎自掘坟墓。

正好。武松就把那老虎的嘴望下按，一直按到老虎自己刨好的那个坑里面，刚好塞进去，看你还怎么咬！

接着，左手紧紧地揪住顶花皮，偷出右手来，提起铁锤般大小拳头，尽平生之力，只顾乱打！

一口气连打了五七十拳，打得那大虫眼里、口里、鼻子里、耳朵里，都迸出鲜血来。一顿拳脚之后，那大虫动弹不得，只有出的气，没了入的气。

武松还不放心，又把那打折的棒橛寻在手里，只怕大虫不死，把棒橛又打了一回。

最后，武松准备把虎尸拖下山去。"就血泊里双手来提时，哪里提得动？原来使尽了气力，手脚都酥软了，动弹不得。"

就这样，武松一个人，徒手打死了一只老虎。

仔细品味，究竟写得好在哪呢？哦，原来，施耐庵把武松打虎的过程，其实描写得非常"笨拙"。

看过"唐打虎"的朋友应该知道，那个杀法，才叫专业！才叫技巧！一把小刀，瞬间叫猛虎开膛破肚！

武松呢，既没唐氏祖传的这种精致技术，也没职业猎户那样的捕杀工具。他就凭一身蛮力，搯住老虎，与之肉搏！

武松已经吓懵了，分析他的"战略战术"，似乎没有多大意义。那老虎倒是很有战略战术的，一扑，一掀，一剪。武松只能靠着条件反射和他的自然反应，与猛虎周旋。

最后，武松竟然是把老虎按在地上！我们可以想象，把老虎按在地上，应该是各类捕杀老虎的方法中，最笨的一种方法了吧。

对。武松就用这种最笨的方法将老虎制服，老虎居然挣不脱。

注意：作者并不是说武松笨，而是只有这样描写，才能更加突出武松的神力！试想，如果用工具捕，用刀杀，用棒打，或用其他什么巧胜方法，其"天人神力"的效果，必然又逊色得多了！

一人一兽，相互都面对着面，扭缠在一起，都各以体力相角，都各以性命相搏。这样描写，展现出来的，就是武松的绝对实力了。此时的武松，就比野兽更野兽，野兽的力气还没他大。

暴力，顿时宣泄至极致。

曾有人怀疑过，是不是这个老虎根本就不凶狠？

这是没道理的。因为书中写老虎的战绩非常清楚："坏了三二十条大汉性命"；"我们猎户，也折了七八个"；"过往客人，不计其数，都被这畜生吃了。"

那么，武松能够徒手击毙这只凶残的猛虎，就只能说明武松真的是神人、是天人。在《水浒》里排第一，当之无愧。

前面也写过一个展现神力的人，鲁智深"倒拔杨垂柳"。但和武松一比，就又逊色了。因为树是不会动的，树更不会咬人。

武松徒手击毙老虎，虽有偶然性，但我们如果从理性的角度（寻找量化数据）来解释，那就是：武松的实力比老虎更强大。

武松的实力可以从以下三个方面来看：

1. 武松本身就是徒手格斗的一流高手。以现代标准来衡量，少说也是九段水平。

2. 武松的力气之大：第二十八回，举起四五百斤的石墩。以现代标准看，相当于举重冠军的成绩。但武松还能将石墩抛起来，再接住。可见其臂力最少要大于500斤，且游刃有余。

3. 武松的身法其实比那老虎还灵活。"只一跳，却退了十步远"，老虎扑了他好几次，一次也没扑中。

一只老虎有多重呢？平均体重是在三四百斤。

景阳冈的这只老虎，又不是东北虎，总不至于有500斤吧。所以，从这些数据上看，老虎的实力其实比武松要小。那么，只要在不被它抓伤、咬伤的情况下，武松就有实力打死它。

正因为武松有着如此强悍的实力，《水浒传》中无人能及，所以其性格上也就必然有着相应的弱点。

02 奔走在喝酒吃肉的道路上

武松的哥哥武大郎，是这样评价武松的：

"我怨你时，当初你在清河县里，要便吃酒醉了，和人相打，时常吃官司，教我要便随衙听候。不曾有一个月净办，常教我受苦。这个便是怨你处。"

尽管作者极力掩饰武松的过去，可从他亲哥哥嘴里，我们还是很容易看出武松以前在家里的时候，是个什么样的人。

武松在家待业的时候，是这样的：

要去喝酒；酒喝醉了就去打人；一打人就被抓起来关黑屋；关起来后就叫家长拿钱来交罚款领人；人领出来后，再去喝酒；喝醉了再打人……

周而复始，没哪一个月是清净的，折腾得他老哥够呛。

终于有一天，酒后醉了，和一个有身份的人相争，只一拳打得那厮昏沉。以为打死了人，也不管他哥要赔多少钱，就一个人跑了，闯荡江湖去也，投奔到柴大官人处躲避。

柴进供武松白吃白喝了一年。刚来时待为上宾，后来就疏慢了，病了也不管他，看武松住的位置：柴进家的走廊里，"当不住那寒冷"。所以武松愤怒地叫道："人无千日好，花无百日红！"

柴进为何这般对他？我们从后文景阳冈酒店里或许可以看出些端倪：

武松问有什么饱肚子的菜？酒家说有熟牛肉。武松道："好的。切二三斤来吃。"酒店家切出二斤熟牛肉，做一大盘子端上来。

"三碗不过冈"。这是普通客人的酒量。"吃了三碗的，便醉了。"

武松笑道："我却吃了三碗，如何不醉？"

酒家见武松全然不动，又筛三碗。

武松吃道："端的好酒！主人家，我吃一碗，还你一碗钱，只顾筛来。"店家被他发话不过，一连又筛了三碗。

武松道："肉便再把二斤来吃。"酒家又切了二斤熟牛肉，再筛了三碗酒。接着，又连吃了六碗。

你看这个人！他居然把十八碗酒都喝肚里去了（是普通人酒量的六倍）！牛肉也被他吃下了四斤！吃四斤肉是个什么概念啊。

这还只是一餐的量！

你想啊，要是天天都这样搞，搞上一年，就算柴进嘴里不说什么，他手下人也有意见啊。

更要命的是，武松恶习不改，喝了酒之后又要打人，把柴进家的那些庄客们，一个个的都打遍了，所以后来就闹得大家都不喜欢武松了。

"柴进虽然不赶他，只是相待得他慢了。"

怎么怠慢呢？再不喊他喝酒了。

柴进请宋江热闹喝酒，武松却蜷缩在墙角里哆嗦，所以武松挥着拳头叫道："人无千日好，花无百日红！"

按武松的这个逻辑：柴进应该请武松大酒大肉吃上三年（千日），才算讲义气。

柴进与武松之间，根本就不存在仇，只有恩。为何还要闹矛盾犯别扭呢？实在是找不出其他的什么理由啊，就只一个原因：

不为别的，就因为柴进不再请武松吃肉喝酒了。

这义气的产生，往往由纯朴的感情建立。然而这义气的维系，则需要大量的酒肉来支撑。因酒肉而聚，无酒肉则散。

客观地讲，《水浒传》对武松的描写，还是正面的居多。

比如说，武松打死老虎，尽管"为民除害"是无意中做出来的，但他处理赏钱的做法，却是令人咋舌！

他得到的赏钱是"一千贯"啊，这一千贯，合现在的人民币30万，对武松来说，就已经算发财啦！但是你看他，竟然全部都当众分给众位猎户了！图个什么？什么都图不到！

30万已经到了手，转手间又散给了大家伙，把县太爷都感动了。这一举动，足以说明武松的光明磊落，武松的大气！

因此，武松的武艺不仅排第一，义气（仗义疏财）也是排在第一！没有谁比他还仗义疏财的了。正因为他自己是这样，也难怪他会认为柴进不够义气了。

这样看来，好汉们的追求，大体可以分为两种：一种是精神追求，一种是物质追求。

对精神的追求，大概都好像已达到了极限——任我为所欲为！

而对物质的追求，一般都不过分，又似乎很容易满足——就是酒和肉！

钱财任意撒，只要酒和肉！要快活地"大碗喝酒，大口吃肉"！所以我们看到了各位好汉们在做出各种行为的间隙，总是穿插着大量的喝酒吃肉的场景。

出门前，先喝酒吃肉，中途停下来歇会，又喝酒吃肉，到达目的地后，还是喝酒吃肉。因此可以说，好汉们的日常生活，其实就是在喝酒吃肉的道路上奔走。

现在，武松的工作有了，在县里当了个都头（警察局长），名气有了，尊严有了，酒肉也都有了。一切似乎皆大欢喜的时候，又有了新的问题。

那就是，武松遇到了第一个女人，嫂子，他哥哥的老婆潘金莲。

武松好不好色，我们不知道，只知道他好酒。可酒是色媒人……

书上描写武松见到潘金莲时，"武松当下推金山，倒玉柱，纳头便拜。"这一拜，也就一瞬间的事，也就只看了一眼。

武松看那妇人时，但见：

眉似初春柳叶，常含着雨恨云愁；
脸如三月桃花，暗藏着风情月意。
纤腰袅娜，拘束的燕懒莺慵；
擅口轻盈，勾引得蜂狂蝶乱。
玉貌妖娆花解语，芳容窈窕玉生香。

眉像什么，脸像什么，腰里系着什么，口上涂着什么，都看得非常仔细。武松是个非常精细的人，就这一眼，看出了她"暗藏风情月意"（旺盛）、"常含雨恨云愁"（饥渴）。

03 潘金莲是怎样变成淫妇的

一提起潘金莲，大家都说她是个坏女人。但在小说《水浒传》中，作者却是这样介绍潘金莲的出场：

那清河县里有一个大户人家，有个使女，小名唤做潘金莲，年方二十余岁，颇有些颜色。因为那个大户要缠她，这女使只是去告主人婆，意下不肯依从。那个大户以此恨记于心，却倒赔些房奁，不要武大一文钱，白白地嫁与他。

这是第一阶段，讲的是"结婚前的潘金莲"。（与《金瓶梅》不同。）

潘金莲，一个大户家的使女。地位极其卑微，命运受人操纵。最后将她嫁给了又矮又丑的武大郎。

大户将潘金莲嫁给武大郎的动机，极其单一：就是因为记恨，而要报复！故意要把这朵鲜花插在牛粪上。为何记恨报复？就因为潘金莲不肯陪他上床。

如果单单只从最现实的"利益"角度而言，潘金莲要是能够勾搭上这个大户的话，无疑是条"捷径"，至少经济上。

要知道，老板能看上女员工的机会，其实也少得可怜呢。现在，机会就在潘金莲眼前，但是，潘金莲她居然不肯依从！

你是老板就了不起啊，没门儿！

那么这就只能说明：潘金莲并不是一个水性杨花、随随便便的女人。

过去，买使女，一般是八九岁的，最大不过十四五岁，总之要童女，不是妇女。注意潘金莲的年龄："年方二十余岁。"

二十几岁的美女，早该嫁人了，她妈总不至于等她过了二十岁，还把她冒充童女卖出来。

那么，潘金莲应该在大户家里工作有些年头了，少说也有六七年，这么些年来，那个大户一直霸住迟迟不肯让她嫁人，为什么？因为"那个大户要缠她"。总不会只一次，只有长年累月不到手，才会因爱生恨，不到绝望之时，又怎会轻易白白给了武大？

你看，纠缠了好几年，也没上手，已成大龄女了。这潘金莲熬得住、把得牢！不为片时欢娱所动，不为利益出卖自己，不仅不肯屈从于老板的淫威，逼急了还不顾一生的幸福，去向主人婆告状！

原来，这潘金莲竟是个守身如玉的贞妇烈女！哪怕遭到报复。

不容易啊，拒绝诱惑，并不是每个女人都能做到的，尤其潘金莲这样的美女。

第二阶段，是潘金莲和武大郎结婚之后，到遇到西门庆之前。

这段时间，潘金莲的婚姻虽不美满，颇有怨言，但其表现依然不错，大门不出，二门不迈，良家妇女形象。你就从来看不到潘金莲上过街，接触过任何其他外姓的男人。甚至也很少下楼。"真个蝼蚁也不敢入屋里来。"

一句话，是个不出门的女人。不出门，哪来外遇？

请注意：《水浒传》里的潘金莲是不出门的。这一点和《金瓶梅》有很大差异，《金瓶梅》中的潘金莲，每天打发武大郎出去后，她就坐在门口，磕着瓜子，唱着色情歌曲，露出小脚，勾引浮浪子弟。

《水浒》里没有这段描写。倒是写她每天早早的"先自去收了帘子，关上大门"。

直到有一天，遇到了西门庆。也正因为潘金莲关门关早了，才遇到了西门庆，恰好西门庆经过时，叉杆掉下来打着了西门庆的头。

第三阶段，当潘金莲遇到西门庆之后。

话说那叉杆打着了西门大官人，潘金莲连忙道歉：

这妇人情知不是，叉手深深地道个万福，说道："奴家一时失手，官人休怪。"……这妇人自收了帘子叉竿归去，掩上大门，等武大归来。

道歉之后，就进去关了门等武大回来。

书中没有任何关于潘金莲在见到西门庆后的遐想描写。也找不出半点要勾引西门庆的证据，甚至连西门庆长什么样子也未必看仔细了。在匆匆道了歉之后，就立即回到屋里，把大门关了。

在潘金莲眼里，西门庆也就一个"路人甲"。

然而，西门庆却在这一瞬间，被潘金莲的美貌吸引住了，不能自拔，"临动身也回了七八遍头。"

于是，西门庆在王婆的帮助下，设计与潘金莲进行了幽会，两人独处一室。一个恶棍，一个贞女。

这个男人，虽见过一面，但绝对不可能熟悉，更谈不上有什么感情。

在此之前，潘金莲一向都是大门不出，二门不迈的，所以，这是潘金莲的第一次幽会，也是她第一次接触到一个十分陌生的男人。

西门庆就按照王婆的计谋，把筷子拂落在地，连忙蹲下身去拾，乘机在潘金莲小脚上捏了一把，试探了一下，想看看潘金莲会有什么反应。

这个时候，奇怪的事情发生了：

那妇人（潘金莲）便笑将起来，说道："官人休要罗唣！你真个要勾搭我？"

（另一版本作："官人休要罗唣！你有心，奴亦有意。你真个要勾搭我？"）

这个女人，居然问这个陌生男人，你是不是真的要勾搭我？你就不要演戏了，你有这个意思，我也有这个意思。

好干脆！直奔主题！就是真的荡妇，恐怕也难于如此直接地说出这般话来！这几乎是不大可能的。

西门庆就慌忙跪下了。

"那妇人（潘金莲）便把西门庆搂将起来。当时两个就王婆房里，脱衣解带，共枕同欢。"

简直太不可思议了！居然是潘金莲主动把西门庆搂抱到床上，两个在别人家里脱衣服脱裤子。

第一次幽会，潘金莲在这个陌生男人面前，就已经淫荡到了极点。

怎么看，怎么别扭。前后完全不一致，分歧太严重了。为什么以前那么正派，突然就变得如此淫荡？

咱们下回接着再讲。

04 武松究竟有没有爱上过潘金莲

当潘金莲遇到小叔子武松时，曾暗暗地把他和自己的老公做了个比较：

都是一妈所生，他生的这般长大，我嫁得这等一个，也不枉了为人一世。你看我那三寸丁谷树皮，三分相人，七分似鬼。我直恁地晦气！

"直恁地晦气！"潘金莲嫁给武大郎，就只有自认倒霉。

一见到高高大大的武松，当然会有所心动，也是一种正常心理。这个大家都知道的。

那么，大家所不知道的是，武松呢？当他见到如此美貌的嫂子时，有没有动心呢？当然也有，否则，他盯着漂亮嫂子上上下下地看，看那么仔细干嘛？！

在许多读者看来，武松见到潘金莲时，是没有任何感觉的。作为好汉的武松，也不应该有任何感觉才是对的。

因为施耐庵老先生没有对武松的心理感受进行描写，所以给大家造成了一种错觉：觉得武松始终是冷冰冰的，冷血动物一个，不可能对女人动心思。

呵呵，这咋可能呢？你想啊，武松那么强壮的男人，雄性激素过剩，会对美女没感觉？

下面，我们就把《水浒》原文中，武松一系列的行为表现，读出来你听：

（一）与嫂子说话

潘金莲叫武大郎到外面街上去买菜。

此时，武松独自坐在潘金莲房里，和她说话。潘金莲问什么，他答什么，你一言我一语，也有多时，两个人，似乎有说不完的话。因为书上写明：等武大买菜回来的时候，他俩的话，还没有说完。

武松并没觉得有什么不好意思的地方。

可是，当三个人一起吃饭的时候，武松却突然不好意思起来了。

原文："那妇人吃了几杯酒，一双眼只看着武松的身上。武松吃她看不过，只低了头，不恁么理会。当日吃了十数杯酒，武松便起身。"

潘金莲只是看着武松。看着他，有什么不对吗？难道不许人家看呀。

武松，你紧张什么？难道嫂子多看了你一眼，你就不自在了？这根本就说不通呀，因为此前，和嫂子独处一室，说那么久话，嫂子早把他看了又看！也不差现在这一眼啊。他先前怎么就没觉得不自在、不好意思呢。

先前，那诱人的眼神，的确是舒服的。但是现在不舒服了，这是为什么？

我来告诉你，是因为武松喝了酒。

前面我们已经知道，武松只要一喝酒，肢体就不受大脑控制。所以当他连吃了"十数杯酒"后，莫名的冲动便驱使着他逐渐狂躁起来，不知自己将会做出何种惊人的举动。

对面那个人，是亲嫂子呀，况哥哥就坐在旁边……武松实在是受不了了……只好起身而去……

走的时候只说了这么几个字："只好恁地，却又来望哥哥。"这句话怪怪的，语句不通是吧。怎么理解呢？典型的酒后"语无伦次"。

（二）搬嫂子家住

潘金莲叫他搬到家里来住。

武松道："既是哥哥嫂嫂恁地说时，今晚有些行李，便取了来。"潘金莲最后说了一句不知道是不是属于"暗示"的话："叔叔是必记心，奴这里专望。"

武松别了哥嫂，径投县里来。

径，就是直接。正值知县坐衙（上班时间），武松禀过老爷，就收拾行李，都搬到哥哥家来。

潘金莲见了，"却比半夜里拾金宝的一般欢喜"。

潘金莲喜什么？因为她希望武松能搬过来住，武松虽然嘴上说的是，等晚上再搬过来。而实际行动却是：一转身，径直来到县里，马上就把东西都搬了过来！哪还等到什么晚上！

哦，原来在他的内心深处，其实是非常渴望搬来和嫂子一起住的。

潘金莲一定会这样想。也许，他对我有意吧，不然，他明明说是晚上来的，为什么这么快就搬来了呢？只因我对他说过，"奴这里专望"。

（三）给嫂子送礼

此后，潘金莲每天早起，烧洗面汤，舀漱口水，伺候武松洗漱了，去县里画卯。画了卯，再回来吃早饭。把武松的起居生活照料得好好的。潘金莲说："自家的骨肉，又不扶侍了别人。"

就这样，"过了数日，武松取一匹彩色缎子与嫂嫂"。

那么，这样一来，会不会给潘金莲造成一种错觉呢？

哦，原来他对奴非常有意。潘金莲一定这样想。也许，他也打心底里喜欢我，不然，他为什么要送我缎子布呢？缎子布好贵啊！还是彩色的呢，还是一匹，这得花他多少钱呀。

（四）陪嫂子喝酒

十一月，那天下大雪。武松清早到县里画卯，没回来吃早饭，直到中午，回来吃中饭。

潘金莲问他："奴等一早起，叔叔怎地不归来吃早饭？"

武松道："便是县里一个相识，请吃早饭。却才又有一个作杯，我不奈烦，一直走到家来。"

这一番话，是什么意思呢？

1. 因为早上，有个同事请我吃早饭，所以就没回来。

2. 刚才中午，又有一个人请我去喝酒，我不奈烦了。

咦？有人请武松喝酒，武松居然会不奈烦！好奇怪哟，武松不是非常好酒的吗？为什么有人请他喝酒，他还不耐烦呢？

因为他自己说得很清楚，他要赶快回家。

别人影响了他回家，他当然就不耐烦了。这又是为什么？

因为回了家，他就可以和嫂子一起喝酒了。

哦，原来他已经离不开我了。潘金莲一定这样想。不然，他为什么要冒这么大风雪回来？为什么要拒绝跟别人喝酒？为什么才一个早上不见面就不耐烦了，急匆匆赶回家来？

潘金莲好感动好感动。于是，决定向武松表白。

从以上四处，我们可以清晰地看出，武松对潘金莲不仅有感觉，而且还是一次比一次的强烈、冲动。

只是他，永远也没办法说出口！他现在唯一能做的事，就是把这段情永远地憋屈在心底。最终就是，一早上不见潘金莲，就会变得焦躁不安，莫可名状。

05 《水浒传》中最变态的摧花狂魔是谁

一提起《水浒》里的色情狂，大家往往想到的会是那个"矮脚虎"王英。王英虽然好色，可详查他的一切行为细节，其心理仍然还是属于正常的，并不变态。

那么，最变态的是谁？我告诉你，这个人，就是武松。

话说那天中午，武松急急赶回去和嫂子喝酒。"那妇人把前门上了拴，后门也关了。"（强调气氛。）

潘金莲敬上一盏酒："叔叔满饮此杯。"武松接过，一饮而尽。

金莲又筛一杯："叔叔饮个成双杯。"武松又一饮而尽。

既然潘金莲存心要撩拨他，为什么武松还要吃下她的"成双酒"？只因武松发自内心真实的喜欢，因为书上写他不仅不拒绝，反而还"却筛一杯酒，递与那妇人吃"。

就这样，你敬我，我敬你，潘金莲便将"酥胸微露，云鬟半軃"。

潘金莲暗自盘算，对武松的暗昧行为，少说也有过五六次了，武松从来都没有拒绝过，哪怕一丁点，相反，都是默许的、配合的。所以，今天，她，要向他表白了。

又喝了三四杯酒后。潘金莲自己呷了一口，剩下半盏，看着武松道："你若有心，吃我这半盏儿残酒。"

一个多月的关怀，多少爱意，多少秋波，你到底有心还是无意？今天，你一定要给我个明白！

这是潘金莲这好几个月来，第一次说出的第一句半明半暗的带有明显试探性的话。

面对潘金莲犀利的进攻，武松突然一反常态，荒唐而粗糙地将酒擗手夺来，泼在地下，说道："嫂嫂休要恁地不识羞耻！"把手只一推，争些儿把那妇人推一交。

潘金莲顿时感觉被雷劈了。

武松喜欢与嫂嫂面对面独处一室的感觉。喜欢嫂嫂那痴痴的眼神，看得自己不好意思把头低下去。喜欢嫂嫂常把些半荤半素的语言来撩拨他，越撩拨，越硬心直汉。

虽然喜欢这种感觉，但永远也不可能得到她，由于好汉情结，武松是断然不肯做出违背人伦之事的。因为那是自己的亲嫂嫂呀。

可是，当武松出差回来后，得知嫂嫂潘金莲与西门庆通奸了，并且害死了哥哥，武松的心理就严重变态了。

一个深深埋藏在自己心底，只能偷偷喜欢的女人，并且注定自己永远也无法得到的女人，却被一个猪狗不如的泼皮无赖轻而易举地得到了。武松的心情究竟会糟糕到何种程度？他能不变态吗？！

武松的变态心理，从他杀嫂的详细过程可以看出（三个阶段很连贯）：

武松请了一席人在家里，叫手下当兵的守门，一个也走不脱。

第五　武松篇

1. 只见武松左手拿住嫂嫂。

读者很奇怪，既然在场的人都不可能逃走，那么，武松的手，为什么还要拉着潘金莲不放呢？有这个必要吗？怪怪的。

接着，武松开始发话。对王婆子，对众位邻居们，都说了一番话。

话比较长，反正在这说话的时间内，武松的手，一直都是拉着潘金莲的。这种心理实在是难于描述啊。

最后，武松对潘金莲说："你把我的哥哥性命怎地谋害了？从实招了，我便饶你。"

潘金莲说："叔叔，你好没道理！……干我什事！"

话还没说完，武松把刀插在了桌上，接着：

2.（武松）用左手揪住那妇人（金莲）头髻，右手劈胸提住。

一手揪头发，一手抓胸脯。

作者要表现武松的力气很大。抓住潘金莲的胸脯，可以把她整个人提起来，"一交放翻在灵床上，两脚踏住。"

但读者就会接着奇怪了，武松呀武松，你干吗要抓她的胸呢？

请不要奇怪，因为作者在前面早已埋下了伏笔，写潘金莲与武松喝酒时，潘金莲"将酥胸微露，云鬟半軃"，故意半露出胸脯，半垂下头发，撩拨着武松。武松当时只是默默地把头低下。

武松看在眼里，记在心里，无日不思，无时不想。

所以，作者此时写武松对她的动作就是，一手揪头发，一手抓胸脯，正好与前文对照呼应。

武松拿起刀，在潘金莲脸上撇了两撇。潘金莲慌忙叫道："叔叔，且饶我。你放我起来，我说便了。"

于是，潘金莲就都招了。武松接下来的动作：

3. 被武松脑揪倒来，两只脚踏住她（金莲）两只胳膊，扯开胸脯衣裳……

读者更加奇怪了。武松！你撕开她胸脯上的衣服干吗？真要报仇，一刀就够了，何必要扯开嫂子的胸脯衣裳！这样对待美貌的嫂子，是有着某种居心不良的企图呢？还是想获得最后的一丝兽意的满足？

如果武松对潘金莲是毫无感觉的，那他肯定不是这样干。

这样干的原因，或许可以有着许多种的解释，但在那心理的深处，其实是武松想在最后的关头，杀金莲之前，先看看自己深爱的这个女人——嫂子那美妙的胸脯，究竟长得和自己想象中的有无区别？这是他仅有的一次机会。

以武松的杀人技术，断不至于如此费力周折。我们再看那个不会武功的宋江，杀个娘们多利落！根本没听说过还要先把mm上的衣服扒开了再杀的。因为宋江看得多了，并无武松心中的这种纠结。

我们还看武松杀张都监一家十几口时，哪一个不是一刀毙命的？用得着先把衣服扒开了，再杀的？武松的这个举动，着实叫人费解。

也许有的人会说，那是武松要挖出潘金莲的心肝来，可怎么看都像是一种托词。而也只有从深层次的心理层面，才能揣摩一二。

那就是：爱之深，恨之切。

武松这种先扒衣后杀人的手法，显然与宋江不同。变态的手法中，有着几许变态的快意，这种快意，来自于他心底深爱着的嫂子，来自于他内心深处那个永远也无法弥补的遗憾。

06 好汉的第二副面孔：谁说武松不好色

在上一回中，从心理层面解析了武松那复杂的情感纠结，也许会有朋友批评我，认为我玷污了武松这条响当当的好汉，玷污了武松的光辉形象。

其实呢，说武松是条好汉，不假。说他好色，也同样不假。这两者本身哪有什么矛盾！并且这在原著中也是显而易见的，只不过大家不愿接受、不敢正视罢了。

下面，我们就再接着《水浒传》的原文继续往下看。

话说武松杀人之后，坐了两个月的监房，被发配到孟州。半路上，经过孙二娘的酒店时，孙二娘欲用蒙汗药害武松。

这孙二娘开的是黑店，但也并不是要把所有的人都害死。店里是有规定的，有三种人不可害他，是哪"三不害"？一者僧道，二者妓女，三者犯人，这三种人不害他性命。

而武松是个过路的犯人，本不在被害之列，可孙二娘为何还要害他呢？所以后来她老公张青问孙二娘道："却是如何起了这片心？"

张青不解。

孙二娘解释道："本是不肯下手。一者见伯伯（武松）包裹沈重，二乃怪伯伯说起风话，因此一时起意。"

从这番话中可以知道，孙二娘本来是不肯下手的，之所以要害武松，完全是"一时起意"，临时性的。其中很重要的一个原因，就是因为武松"说起风话"。

说风话，是什么意思呢？今天的读者可能多数人不太清楚。风，就是"风月"的风。

孙二娘怪他说风话，就是说：武松调戏了她！

因为武松说流氓话，调戏了她，所以她马上就临时起意，要下药害武松！

看官莫不是以为我在胡编？呵呵，那你可以查下相关典籍是怎么解释"风话"的。或者干脆直接把"风话"这两个字百度一下，看是不是指男女间戏谑、挑逗的话。

下面，我们再结合作者原著中的上下文，来看看武松究竟说了哪些话，做了哪些事。他又是如何调戏孙二娘的呢？

话说当时武松来到了孙二娘的酒店门口。

看官切记：这是武松被关监了几个月出来后，遇到的第一个女人。（后面等待他的仍是继续坐牢。）

所以当他见到这个女人的时候，看得格外真切：

只见她上面穿的绿纱衫儿，头上插了一头黄烘烘的钗钚，鬓边插着些野花。下面一条鲜红生绢裙，绷的很紧。搽一脸胭脂铅粉，铺了厚厚一层。敞开胸脯，露出桃红纱主腰，上面一色金钮。辘轴般蠢坌腰肢……

武松和那两个公人进来坐了，把包裹解了，枷下了，又把衣服也都脱了。很不文明的，当着女老板的面，"都脱了上半截衣裳"，打着赤膊，快活吃酒。

武松有心要调戏那女老板，就故意掰开一个馒头问道："酒家，这馒头是人肉的是狗肉的？"

第五　武松篇

那妇人嘻嘻笑道："客官休要取笑！清平世界，荡荡乾坤，哪里有人肉的馒头，狗肉的滋味？……"

武松又接着调戏道："我见这馒头馅内，有几根毛……"

你看这个武松，什么下流话说不出来！他竟胆敢当着一个女人的面，说人家包子里包的有阴毛！

看官千万别一厢情愿地认为武松是个好汉，就不会说流氓话了。更不要强行为他辩解，那几根毛，是头发。

你再看武松的原话："我见这馒头馅内，有几根毛，一像人小便处的毛一般。"呵呵，这头发不会长在小便处吧。

如果你到馆子里吃饭，也学武松那样，叫个女服务员过来，喂，你这菜里怎么有几根阴毛啊！试一下，就知道是什么后果了。

武松见这个店十分僻静，前不挨村后不着户的，又没见到有其他人在场，到现在为止，也只有老板娘一个人，所以武松今天胆子特大，就又故意问道："娘子，你家丈夫却怎地不见？"

那妇人道："我的丈夫出外做客未回。"

武松道："凭地时，你独自一个须冷落。"

孙二娘心里骂道，贼配军！却不是作死！不是我来寻你。你倒来戏弄老娘！于是，就临时起意，下了蒙汗药给武松喝。

有的朋友可能会说，武松是因为她开的黑店才要调戏她的。

其实武松这个人疑心非常重，到哪个馆子里吃饭，他都会怀疑人家开的是黑店。比如景阳冈的酒店，人家那么善良、那么好心劝他，他也说人家是企图害他性命谋他钱财的黑店，又何况孙二娘呢？

所以，武松就假装喝了酒，假装中了毒，把眼虚闭了，扑地仰倒在凳边。仰面朝天。

孙二娘叫道："小二、小三，快出来。"只见里面跳出两个蠢汉，先把两个公人扛了进去。再来扛抬武松时，哪里扛得动！

黑水浒

孙二娘喝道："你这鸟男女，只会吃饭吃酒，全没些用！直要老娘亲自动手！这个鸟大汉却也会戏弄老娘。这等肥胖，好做黄牛肉卖。那两个瘦蛮子，只好做水牛肉卖。扛进去，先开剥这厮。"

原文：那妇人一头说，一面先脱去了绿纱衫儿，解下了红绢裙子，赤膊着，便来把武松轻轻提将起来。

武松赤膊着，衣服先已脱了（搭在窗棂上）。孙二娘此时也赤膊着，不仅衣服脱了，连裙子也都脱下了。

武松在孙二娘的眼里，就是一堆货物，好做黄牛肉卖。正在得意把武松算计了，却不知道武松也在算计她！

原文：武松就势抱住那妇人，把两只手一拘，拘将拢来，当胸前搂住。却把两只腿望那妇人下半截只一挟，压在妇人身上。那妇人杀猪也似叫将起来。

手，搂住胸，腿，挟住下半截。武松先是躺在下面的，可不一会儿，武松就压到上面来了，"那妇人被按压在地上"，只叫道："好汉饶我！"

武松一句话也没说！

也不追究她，也不打她，就只是这样压按在地上不起来。待她老公张青挑着柴回来的时候，还"望见武松按倒那妇人在地上"。

如果武松不好色，当那两个公人被蒙汗药放倒的时候，武松为何不跳将起来，烧了她的鸟黑店？为何还要假装醉倒？醉倒了为何又还不让人抬动？

所以呀，这一切的一切，都是在等孙二娘亲自过来抱他这一个目的呀！

07 揭秘《水浒传》里"好汉"二字究竟指什么

三国讲"英雄",水浒讲"好汉"。

大家都知道《水浒传》里有许多好汉,先是单个单个的好汉陆续登场,最后规模化地汇总了108条好汉,聚啸山林,打家劫舍。

那么,"好汉"这两个字,究竟又是什么意思呢?

从字面上来看,汉,是汉子、男子、男人的意思,好汉就是好男子、好男人的意思。按字典上的解释,指勇敢、坚强、有胆识、有作为的男子。

人们在习惯上往往喜欢把"好汉"这个词与"英雄"相提并论。其实不然,"好汉"与"英雄"之间的距离,实在是相差得太远!

用我们今天的眼光来看,在《水浒传》里,"好汉"——其实是一个贬义词。

读者先不要惊讶。因为《水浒传》的作者在第二十八回,为"好汉"这个词下有明确的定义。

当时,武松和张青两个人边喝酒边聊天,都说些什么呢?说的是江湖上好汉的所作所为。"两个又说些江湖上好汉的勾当"。究竟是什么呢?

书上原文:"两个又说些江湖上好汉的勾当,却是杀人放火的事。"

黑水浒

现在，我们就不难明白了，在《水浒传》里，好汉这个词，并不是我们大家凭感觉理解的那个含糊形象，而是有特殊专指的：敢杀人放火的人，才配称得上"好汉"，好汉的勾当，就是杀人放火的事。

武松遇到的这个张青，就是一条好汉。我们可以看一下这条"好汉"的来历：

张青曾经和鲁智深一样，在某座寺院里种菜。

不同的是，张青比鲁智深更没人性，只为争些小事，就把寺里的和尚们全部都杀光了，又放把火，把寺院烧做白地。后来就跑到十字坡当了强盗。

一天，有个老头儿挑着担子经过时，张青欺他老，就冲上去抢，却被那老头一匾担打翻。原来那老头做了一辈子的强盗，比他更厉害。那老头儿见张青是块当强盗的料，就把他带回去，又教了他许多本事，又把女儿孙二娘嫁给了他。

这张青和孙二娘便在此开店卖酒为生。过往客商，用蒙汗药麻翻了，将大块好肉，切做黄牛肉卖，零碎小肉，做馅子包馒头卖，如此度日。"小人因好结识江湖上好汉，人都叫小人做菜园子张青。"

张青的武艺肯定不如武松、鲁智深，张青也没做过什么行侠仗义、除暴安良的事，张青的日常生活与目标，非常简单，就是药死那些过路的普通客商，割他们的肉卖钱。

有些朋友在读《水浒》时，往往会困惑：为什么有的人武艺不高也是好汉？为什么有的人无恶不做也是好汉？为什么这张青开黑店卖人肉也堪配称做好汉？

想不通，那是因为你用的标准不同。

所以这好汉，与是否武艺高强、是否品性高尚、是否为民除害、是否见义勇为，等等等等，关系都不大。而认定"好汉"最重要的标准就是：敢不敢杀人，是否杀过人。

第五　武松篇

敢杀人的，就是"好汉"。没杀过人的，就不是"好汉"。就是这个标准。

按这个标准，我们还可以看后来108好汉中排第一名的宋江。

宋江是排第一的好汉，但是他在刚开始出场的时候，作者用了很长一段话来介绍他，什么孝义黑三郎、山东呼保义、豪杰宋公明，等等，溢美之词都用完了，就是不称他为"好汉"。

为什么？因为他那时还没杀过人，所以就够不上"好汉"的级别。

而杀了阎婆惜，哪怕杀的只是个娘们，也是杀了人的，这才能叫好汉！所以从这之后，"江湖上久闻他是个及时雨宋公明……是个天下闻名的好汉"。

我们再看武松，一出场就打死老虎，够厉害吧！这"打虎事件"，至少可以证明武松的武艺绝伦、为民除害这两点。按一般人的理解，那绝对是一条好汉了。

但是，那些猎户们却并不称呼武松为好汉。而是："壮士高姓大名？"称呼打虎的武松为"壮士"。

大家坐一起喝酒的时候，众猎户把盏说道："今日幸得壮士来到，除了这个大害。"对武松的称呼依然是"壮士"。

知县来赏钱的时候问他："你那打虎的壮士……"还是称呼他壮士。

所以，这打虎的武松，是个壮士，而不是真正意义上的好汉。

一直到后来武松杀了西门庆、潘金莲，在杀了人以后，才真正成为江湖上的一条好汉。

在《水浒传》里，凡是被称为好汉的，就绝非善类。而凡是直接当面称呼对方为"好汉"的语句，则多是"好汉息怒""好汉饶命""好汉饶我""好汉放我去吧"之类。

这不是尊称，而是一种畏称。乃是一种恐惧心理所致，毕竟，好汉的兽性十足，是会随时取人性命的。

"好汉"这个词，在《水浒传》里是一个贬义词。作者在内心深处对这些好汉是鄙夷的，所以，作者巧思妙想，精准地为他们设计了一个新的计量单位："条。"

"条"这个字，是计量动物用的，就像江湖里的鱼一样。不说他们是一名好汉、一位好汉、一个好汉，而是"一条好汉"。也只有好汉才用"条"这个字。

相信各位都没听说过有什么"一条英雄"的吧。

08 武松醉打蒋门神

"凭着我胸中本事，平生只要打天下硬汉，不明道德的人。"这是《水浒传》中武松所说的原话。

武松要打硬汉，要打"不明道德"的人。那么，他自己究竟明不明道德呢？我们来看他替施恩出力这一段。

话说武松发配到孟州牢营，小管营施恩不仅免了他一百杀威棒，还大酒大肉，好吃好喝地伺候他。"武松自到那房里住了三日，每日好酒好食，搬来请武松吃。"又"住了数日，每日好酒好食"。

吃得多了，武松便问那送酒肉的人，为什么要白给他酒肉吃。

那人道："小人如何晓得。小管营分付道：教小人且送半年三个月，却说话。"

武松道："却又蹊跷！我自是清河县人氏，他自是孟州人，自来素不相识，如何这般看觑我！必有个缘故。我且问你：那小管营姓甚名谁？"

那人道："姓施名恩，使得好拳棒，人都叫他做金眼彪施恩。"

武松听了，道："想他必是个好男子。你去请他出来和我相见了，这酒食便可吃你的。你若不请他出来和我厮见时，我半点儿也不吃你的。"

从这一段我们可以看出：武松与施恩"自来素不相识"，但武松却说施恩"想他必是个好男子"。好男子就是好人的意思。想必这施恩是个好人。

凭什么说他是个好人呢？就凭他天天送酒肉来给我吃，所以想他必是个好人。

这就是武松的逻辑。

接着，小管营施恩出来了。武松问他究竟有甚话说？

施恩先说""久闻大名，如雷灌耳，只恨无物款待。因此怀羞，不敢相见。"又说"却如何造次说得？"又说："因为兄长是个大丈夫，真男子，有件事欲要相央。只是兄长远路到此，气力有亏，未经完足。且请将息半年三五个月，待兄长气力完足，那时却对兄长说知备细。"

吞吞吐吐，就是不肯明说。

武松再问，施恩就说："再养几时，方敢告诉。"

因此，施恩从头到尾，一直也没有明说他究竟为什么要请武松白吃白喝。

但武松却已经猜出来了，是要请他去揍人。

因为武松说道："你要教人干事，不要这等儿女像，颠倒凭地，不是干事的人了！便是一刀一割的勾当，武松也替你去干。若是有些谄佞的，非为人也。"

不要说是揍人，就是杀人，"一刀一割的勾当，武松也替你去干。"

到这个时候为止，人家还没有提出任何要求呢，武松就很爽快地答应去帮他揍人或是杀人，都行。至于后果，武松其实也很清楚："拳头重时，打死了，我自偿命。"

明知道要干坏事，也要去干，并且还承诺由自己来承担后果与责任。为什么？就因为我吃了他的酒肉。

施恩这才说：小弟此间东门外，有一市井唤做快活林，有百十处大客店，三二十处赌坊、兑坊。小弟倚仗随身本事，捉着营里八九十个弃命囚徒，去那里开着一个酒肉店。但有过路妓女之人来时，先要参见小弟，然后许她去趁食。每朝每日，如此赚钱。近来被蒋门神那厮夺了小弟的道路，吃那厮一顿拳脚打了，两个月起不得床。久闻兄长是个大丈夫，怎地得兄长与小弟出得这口怨气，死而瞑目！

快活林的经营权是谁的？先是施恩的。施恩是怎么得来的？是他凭着暴力抢来的。"小弟倚仗随身本事，捉着营里八九十个弃命囚徒，去那里……"

后来蒋门神也凭着暴力，把快活林的经营权从施恩手里抢了来。

因此，这快活林的经营权，是谁厉害归谁。

从本质上讲，施恩与蒋门神并无区别，都是黑老大。他们在霸占快活林时，所使用的手段都是完全一样的。

这两个黑老大中，只有施恩是好人。因为他给武松吃的了。

那个强盗张青，还知道不要坑害妓女，因为妓女赚钱艰辛。而这个黑老大施恩，尽赚妓女的钱，还"如此赚钱"——这，就不用武松多操心了。

以上分析，其实前人早已有过精彩论述。

下面，就再讲一段没人或是极少有人发现的问题：

施恩说，迟几个月去，也是一样。可武松究竟为什么一定要马上就去，越快越好呢？

前面说过，武松是好色的。虽然他是条好汉，但他的心理上却是好色的。这并不矛盾。况且，长期关在牢里，又怎可能见到什么女人呢？

现在，他之所以要急急而去的原因，就是因为听到施恩说了，快活林百十处大客店，有许多妓女。而武松在施恩面前越是表现得讲义气，就越是在掩饰他内心的真实想法。我们接着原文请往下看：

武松喝得大醉，来到快活林，看见蒋门神正躺在那里乘凉。心中自忖道："这个大汉一定是蒋门神了。"

看见蒋门神了，也认出来是蒋门神了，但他就是不上去打蒋门神，他还要继续往前走。这是为什么呢？你看：

武松继续往前走，一直走到一个酒店门口才停了下来。我们知道，快活林有百十处酒店，可武松为什么偏偏要停在这一家酒店的门口呢？这家酒店究竟有什么特色？

因为武松看见这家酒店的招牌上写着"河阳风月"四个大字。风月的意思，想必大家都知道，就不用我再解释了吧。

正是被这块风月之所的招牌吸引而停下了脚步，所以武松才"转过来看时"（这几个字用得极好），他停下脚步，转过身来，站在门口往里面一望，只见——

"里面坐着一个年纪小的妇人，那妇人生得如何？眉横翠岫，眼露秋波。樱桃口浅晕微红，春笋手轻舒嫩玉……"

武松正是看见这个小美女了，才进来的。你千万别告诉我，那是蒋门神的小老婆，可以调戏的。武松他知道个屁呀，他晓得那女的是谁？！他明明是往前走的，只因为被吸引了，所以才"转过来看"呀。

管她是谁！"武松看了，瞅着醉眼，迳奔入酒店里来。"

来干什么呢？来调戏这美女。当时武松就"双手按着桌子上，不转眼看那妇人"。把人家都看得不好意思了，"那妇人瞧见，回转头看了别处。"

武松道："过卖，你叫柜上那妇人下来相伴我吃酒！"

那妇人大怒，却待奔出来。武松早把土色布衫脱了，一手接住腰跨，一手揪住云鬟，望酒缸里只一丢，听得扑通一声，把这妇人泡在大酒缸里洗澡，浑身都湿透了。

武松呀武松，你不是只要打"硬汉"吗？你打这娘们干吗呀？凭良心说，人家招你、惹你了？

以武松的功夫，对付蒋门神只"鸳鸯脚"一招就够了。干吗还要那么详细地描写他调戏妇人呢？

如果武松不调戏这妇人，当时看见蒋门神乘凉时，就直接冲上去，给他几拳，再踹上几脚，还简单些。那蒋门神仍然还是要老老实实地滚蛋，效果难道不是一样的吗？

结果虽然是一样的，但这过程——武松的真实意图，可就大不相同喽！

09 解读武松：我自打他，干你什事

《水浒》里武松的故事，是由若干个小故事构成的。这些小故事间看似联系不紧密，但每一个小故事的高潮部分都是"暴力"。

所以，暴力就成为从头到尾贯穿这些不太相干故事的主线。

这是一个完整的过程，应该当作一个整体来解读。为了防止以偏概全，我们先把这些暴力事件归纳如下，进行全盘分析：

（一）打虎

打虎足以显示武松的功力，这使他牢踞水浒好汉中徒手格斗排第一的位置。并且，其社会意义是：为民除害。而人品则是更佳：把得到的大笔赏钱一千贯，分给了众位猎户。

因此，武松的光辉形象，已经是十分完美。

作者对他的认同度，接近100%，而读者对他的认同度，也能接近100%，后人只要一提起他，可以不知道别的事，但一定都知道"武松打虎"。

（二）杀西门庆潘金莲

由于官府不作为，武松便自行解决，怒杀西门庆、潘金莲。杀人后，投案自首，敢作敢当，没有丝毫逃跑的意愿。

作者对他的过激行为表示理解与同情。而读者对武松的犯罪行为，一般也不做追究。大致上比较认可。只是手段过于残忍血腥，处理某些问题略有欠妥。

虽然他杀了人、犯了罪，但依然还是有很大多数的支持者：杀得好！此时，人们对"武松"这个形象的认同度，少说也有80%。

（三）醉打蒋门神

武松在孟州牢营得到施恩好酒好肉的款待，就想必他是个好人，主动提出要帮他"干事"，"便是一刀一割的勾当，武松也替你去干"。（而此时，施恩尚未向他提出任何要求。）

武松本与蒋门神素不相识，无冤无仇。去打他时，"大路上打倒他好看，教众人笑一笑"。先什么理由也不说，直接揍倒后才说了三条：

第一，要你离开快活林，随即交还原主施恩。

第二，我饶你起来，把快活林为头为脑的英雄豪杰，都请来与施恩陪话。

第三，不许你在孟州住，我见一遍打你一遍，我见十遍打十遍。轻则打你半死，重则结果了你命！

施恩与蒋门神都是黑老大，本质上并无区别。蒋门神打跑施恩，不讲道理只讲狠！而武松打蒋门神，也没讲道理，一上去就是讲狠！

"自此施恩的买卖，比往常加增三五分利息。各店家并各赌坊、兑坊，加利倍送闲钱来与施恩。"有武松出头，施恩这个原先的黑老大，便开始加倍地刮钱！

武松也不住牢里了，被施恩留在快活林店里居住，"武松终日醉颜酡"。武松的形象由此而大打折扣！武松沦为一个不明事理的人了。

不过，也有人不从社会道德的角度来看，偏从江湖义气的角度来看：武松讲义气！够朋友！

于是，这两种观点互不相让，几百年也没结果。不过，这争议，正好说明：对"武松"的认同度，还有50%，还有一半的人认同他的行为。

（四）杀张都监全家

张都监、张团练、蒋门神正吃酒，武松跳进来把他们都杀了。在张家共杀了15人，全是一刀毙命！远没电视剧中打来打去的动作，如果武松还出第二刀，那一定是按在地上割头。没有人挨上第三刀。

坑害武松的人最多只4个，另外11个是无辜的，属于滥杀。

而作者对武松的形象，做进一步掉档次的刻画：先把桌子上的残酒残菜都吃了，又把喝酒的金银器皿拿走，不好带的，就"踏匾了，揣几件在怀里"。

杀了玉兰后，两个小的亦被武松搠死，一朴刀一个。又专寻女人杀，寻着两三个妇女，也都搠死了在房里。武松道："我方才心满意足。"

对于武松的滥杀行为，绝大多数人是不能认同的。不过，是张都监害他在先，恨极而杀也是有原因的。此时，对武松行为的认同度，则是在进一步地下滑，仅为30%左右了。滥杀无辜是要受到谴责的。

（五）杀道人

而到蜈蚣岭杀道人事件，对武松行为的认同度，只10%或无。

因为那道人究竟该不该死，还不太清楚。武松新得了两口好刀："刀却自好！到我手里不曾发市，且把这个鸟先生试刀。"

童子出来开门，这小道童也就一儿童，武松"先把这鸟道童祭刀"，说未了，道童的头落在一边。

已经变成纯粹的滥杀了。杀人，只是为了毫无意义地试一下刀。

（六）争抢酒肉

来到一酒店，与人打起架来。为什么？只为和人家争抢青花瓮酒和一只鸡肉吃。

武松"叉开五指，望店主人脸上只一掌，把那店主人打个跟跄，直撞过那边去。那对席的大汉见了大怒，看那店主人时，打的半边脸都肿了，半日挣紥不起"。

那大汉指责武松，好不依本分，怎地便动手动脚？却不道是出家人勿起嗔心。

武松道："我自打他，干你什事！"

结果就是，当面指责武松的大汉，被他放翻在地，打了二三十拳，提起来，扔到了门外的溪里（当时是寒冷的冬月）。

人家不给他吃，他就打！多管闲事的人，打！

一句"我自打他，干你什事"，武松的形象终于被彻底否定。

照此则：潘金莲自毒武大郎，干你什事？西门庆自奸潘金莲，干你什事？蒋门神自打施恩，干你什事？

这句话直接否定了他自己标榜的"路见不平，拔刀相助"，否定了他"专打不明道德的人"。而现在的自己，也正在变成以前想揍的人。

（七）武松打狗

水浒武松部分的故事中，最后一次打斗，是和一条狗。

"一只大黄狗赶着吠。武行者大醉，正要寻事。恨那只狗赶着他只管吠，便将左手鞘里掣出一口戒刀来，大踏步赶。那只黄狗绕着溪岸叫。武行者一刀砍将去，却砍个空。使得力猛，头重脚轻，翻筋斗倒撞下溪里去，却起不来。冬月天道，寒冷的当不得……淋淋的一身水……只在那溪水里滚。"

还拿着刀呢，竟被一只狗把他弄到水里去了，起不来！出丑态。读者废书而叹，这难道不是作者有意在奚落武松？

施耐庵究竟怎样写武松呢？从故事的编排顺序来看，非常有层次，武松的形象是一次又一次地往下滑，对他的认同度从100%逐步降到0，一直到最终被彻底否定。

这是一个英雄沦落的全过程。以打虎胜出开局，以杀狗落败收尾，所谓"虎头狗尾"。作者究竟想赞美他什么呢？或许另有深意吧。

　　而人们习惯上把武松看得很高大，那是因为只记得他打虎、杀西门庆的故事，那只是早期形象罢了，却并非施耐庵所描写的整个全盘过程。

第 六　李 逵 篇

01. 宋江如何拉花荣下水

02. 宋江如何拉秦明下水

03. 《水浒》里"出场即结束"的一条好汉是谁

04. 宋江究竟为何死活不肯上梁山

05. 天真大儿童黑旋风的出场

06. 《水浒传》里最脑残的一条好汉

07. 揭秘黑老大如何教唆青少年犯罪

08. 《水浒传》里被"文字狱"陷害的好汉

09. 揭秘《水浒》"劫法场"中的大阴谋

10. 108好汉中真正的"智多星"是谁

11. 业务能力最强的梁山好汉

01 宋江如何拉花荣下水

话说宋江去清风寨找兄弟花荣，半路上被燕顺、王矮虎、郑天寿三个强盗捉住，要剖他的心肝，做醒酒汤吃。

宋江叹口气道："可惜宋江死在这里！"

燕顺听得"宋江"两字，便起身问道："兀那汉子，你认得宋江？"宋江道："只我便是宋江。"燕顺吃了一惊，唤起王矮虎、郑天寿，三人纳头便拜。

宋江再一次遇到这种事，为什么人家一听说他是宋江，就要下拜呢？所以，惊魂未定之余，便问道："三位壮士，何故不杀小人，反行重礼？此意如何？"

燕顺道："仁兄礼贤下士，结纳豪杰，名闻寰海，谁不钦敬。梁山泊近来如此兴旺，四海皆闻。曾有人说道，尽出仁兄之赐。"

有人说了，梁山泊如此兴旺，都是你所赐呀！

前面我们已经分析过，宋江的名气是晁盖散布的，现在由大盗燕顺一语道破天机。

把宋江和梁山泊扯一起是什么后果？会要了宋江的小命！宋江是非常害怕滴！为此还杀了一个人封口。

"曾有人说"，指谁呢，当时知情的人也就只有晁盖几个呀。

此时才恍然大悟的宋江不寒而栗。

好你个晁盖！老子好心放你一马，你却四处散布，坑害老子，弄得四海皆闻！看老子怎么玩死你！

宋江意识到自己随时都将性命不保。手下的小弟又太少了，为了能够最终击败晁盖，就必须建立自己的铁血势力，必须拉更多的人下水！于是，他想到了颇有身份势力的好兄弟：清风寨的副知寨花荣。

当时，王矮虎捉住了清风寨正知寨刘高的夫人，欲奸污。宋江要做人情放了刘夫人。请看：宋江如何劝说王矮虎。

宋江道："但凡好汉犯了'溜骨髓'三个字的，好生惹人耻笑。我看这娘子说来，是个朝廷命官的恭人，怎生看在下薄面并江湖上'大义'两字，放她下山回去，教他夫妻完聚，如何？"

宋江的意思是：好色就不是好汉的勾当。那么，宋江自己也曾包养过阎婆惜，哪怕戴着绿帽子还想睡阎婆惜，强盗抢个压寨夫人就不算好汉了？可见，好不好色与是否是好汉并无必然联系。

而宋江又亲口答应，以后为王矮虎找个好的，不是自打嘴巴么？

所以说，"好汉犯了'溜骨髓'三个字，好生惹人耻笑""好色就不是好汉的勾当"都是些经不起推敲的话，只起一个作用："冠冕堂皇"。做足表面文章，以达到内心不可告人的目的。

大家看《水浒》、看宋江，千万别和那些个好汉们一样，以为他说什么就一定是什么。那只是表面现象，嘴上说一套，其内心必然还有另一套。否则他就不是宋江，也做不了老大，收不了那些好汉。

那么，宋江究竟为什么要放走刘夫人呢？

那是因为他真正看中的是人家的身份，"是个朝廷命官的恭人"。这个人是个非常有价值的利用对象，送给王矮虎，的确糟蹋了。如果放她回去，让她去害花荣，最终拉花荣下水，这个价值就大了！

于是，宋江正气凛然地以"江湖大义"来要求王矮虎放了她。

王矮虎道："如今世上都是那大头巾弄得歹了，哥哥管他则甚？"这世道都被那朝廷官员搞坏了，我睡个官员的女人，你管那么多干吗？

宋江一听，无可辩驳，便又使出一招——给王矮虎下跪求情。王矮虎一看，大哥都下跪了，也只好心不甘情不愿地依了他。

原文：宋江跪一跪道："贤弟若要压寨夫人时，日后宋江捡一个停当好的，在下纳财进礼娶一个服侍贤弟。只是这个娘子是小人友人同僚正官之妻，怎地做个人情，放了她则个。"

她是我好友（花荣）的同僚正官之妻，做个人情，放了她。表面做好人下的真相是：看在花荣的面子上才放你的。向这个女人出卖花荣！花荣和我们清风山的强盗是哥们。那女人回去不说才怪！

如果宋江真的要为花荣着想，就绝不能放她回去！就算毫无经验之人，只要不是白痴，大概都不会当着这个女人的面大泄自家的秘密！

宋江来到清风寨，见了好兄弟花荣。

当日筵宴上，宋江把救了刘知寨恭人的事，对花荣说了一遍。花荣听罢，皱了双眉说道："兄长没来由救那妇人做什么！正好教灭这厮的口。"

宋江此时又开始以兄长的身份大做表面文章，专说一些看起来非常正派的话来："却又作怪！我得说是清风寨知寨的恭人，因此把做贤弟同僚面上，特地不顾王矮虎相怪，一力要救她下山。你却如何恁的说？"批评花荣说的不是。

花荣说，小弟是个武官副知寨，每每被这厮（正知寨刘高）怄气，恨不得杀了这贼。这婆娘极不贤，只调拨她丈夫行不仁的事，残害良民，贪图贿赂。兄长错救了人！

宋江劝道："贤弟差矣！自古道：'冤仇可解不可结。'他和你是同僚官……他虽有些过失，你可隐恶而扬善。贤弟休如此浅见。"再次批评花荣说的不是。你要隐恶扬善，休要如此浅见。做人要光明。

接着一段时间，宋江天天到街上闲逛，却一直没被刘高逮住。

元宵节这天，宋江竟故意跑到刘高的大墙院门首去看灯，"宋江看了，呵呵大笑"。

刘知寨夫妻两口儿，听得宋江笑声，那刘知寨的老婆，于灯下却认得宋江，便指与丈夫道："兀那个黑矮汉子，便是前日清风山抢掳下我的贼头。"终于，宋江被捉住了！

刘知寨审问宋江，喝道："你这厮是清风山打劫强贼，如何敢擅自来看灯！今被擒获，你有何理说？"宋江告："小人自是郓县客人张三，与花知寨是故友……"

那妇人便说道："你这厮在山上时，大喇喇坐在中间交椅上，由我叫大王，哪里睬人！"

宋江道："恭人，全不记我一力救你下山，如何今日倒把我强扭做贼！"

任何人在此时都应该有个最起码的抵赖。死活不承认，只说是花荣的朋友，没上过清风山，没当过强盗，更没救过什么刘恭人。不信？叫花荣来对质。不就没事了吗？！

可宋江偏说："恭人，全不记我一力救你下山。"这就等于承认自己是清风山的强盗，坐中间交椅的老大！这就彻底出卖了花荣！

做过多年押司的宋江，一个司法官吏，居然不知道狡辩抵赖，这符合宋江的职业特征吗？！

后面的事可想而知，花荣被定为反叛朝廷罪。丢了铁饭碗，终于被宋江神不知鬼不觉的几句话拉下了水，落草为寇。

而在花荣眼里，宋江则永远都是那么正气凛然光明磊落，是一位真正值得为他去死的好大哥。

02 宋江如何拉秦明下水

话说花荣反了以后，青州军分区司令（本州兵马统制）秦明，奉命前来平叛，点齐一百马军，四百步军，直奔清风寨而来。

宋江此时已有花荣、燕顺、王矮虎、郑天寿四个小弟。

在他们的布置下，大败秦明军。陷马坑里活捉了秦明，剥了浑身战袄、衣甲、头盔、军器，拿条绳索绑了，捉到山寨里来。花荣亲自为他解了绳索，宋江等五位好汉纳头下拜。

这五位好汉，平时与秦明并无什么交情，甚至可以说不认识，为什么还要给他这个俘虏下跪呢？其根本原因就是看中了他"兵马统制"的身份，级别不是一般的高，相当于现在分军区的司令。

下跪就是演戏，把戏演足，其目的就是要拉秦明下水。说好听点，叫劝他归顺。

宋江就是要把这个军区司令也收编成他手下的一个小弟。

而秦明却说道："秦明生是大宋人，死为大宋鬼。朝廷教我做到兵马总管，兼受统制使官职，又不曾亏了秦明。我如何肯做强人，背反朝廷！你们众位要杀时，便杀了我，休想我随顺你们。"

此时的秦明，态度非常坚决，宁死也不肯反叛。

众好汉见劝不动他，只好口头上答应送他回去，只是现在太晚了，不如吃了晚饭再走不迟。秦明寻思："他说得是。"于是就和那五位好汉轮番把盏，吃得开怀大醉，扶到帐房里睡了。

书上写道："这里众人自去行事，不在话下。"

那么，宋江安排众人究竟去行什么事呢？

他们穿上秦明的衣甲，冒充秦明，带着人马来到青州城外，把当地数百人家的居民们杀了个精光！把房屋都放火烧做白地一片，尸体横七竖八，杀死的男子妇人，不计其数。

前面交代过，所谓好汉的勾当，其实就是杀人放火的事。

这些居民们，和宋江往日无冤，近日无仇。宋江干吗要在一夜之间，无缘无故地杀掉这几百条人命呢？其目的只有一个，就是要坑害秦明！栽赃陷害说是秦明杀的！从而拉秦明下水。就这唯一的目的。

你看，这就是及时雨宋江干的事。好黑的黑宋江！

第二天早上，秦明醒来要走，众好汉又还假惺惺地都来相留："总管，且吃早饭动身，送下山去。"

秦明吃了早饭，披了挂，上了马，取路飞奔青州，来到城门口大叫："城上放下吊桥，度我入城。"城上便擂鼓呐喊，没人开门。秦明又叫道："我是秦总管，如何不放我入城？"

只见慕容知府立在城上大喝道："反贼，你如何不识羞耻！昨夜把许多好百姓杀了，又把许多房屋烧了……你这厮倒如何行此不仁！早晚拿住你时，把你这厮碎尸万段。"

秦明听了莫名其妙，大叫冤枉。

知府喝道："我如何不认的你这厮的马匹、衣甲、军器、头盔！你如何赖得过！……你如今指望赚开城门取老小。你的妻子，今早已都杀了。你若不信，与你头看。"

军士把秦明妻子的脑袋挑起在枪上，教秦明看。秦明看了，气破胸脯，分说不得，只叫得苦屈！城上弩箭如雨点般射将下来，秦明只得回避。

无家可归的秦明，纵马回走不到十来里路，只见林子里转出一伙人马来。当先五个好汉，不是别人，宋江、花荣、燕顺、王英、郑天寿，随从一二百小喽罗。

那宋江于不动声色中玩死了好几百无辜的百姓，玩死了秦明的一家老小，弄得秦明家破人亡走投无路。所以他极力掩饰住内心的洋洋得意，在马上欠身道："总管何不回青州？独自一骑投何处去？"

你怎么不回去呀？兄弟，我在关心你呢。

秦明怒道："不知是那个天不盖，地不载，该剐的贼，装做我去打了城子，坏了百姓人家房屋，杀害良民。到结果了我一家老小，闪得我如今有家难奔，有国难投！着我上天无路，入地无门！我若寻见那人时，直打碎这条狼牙棒便罢！"

宋江便说道："总管息怒！既然没了夫人，不妨……"

你看宋江，人家死了老婆，他居然是轻描淡写的两个字"不妨"。

为什么不妨呢？我再给你找一个老婆就是了。

如果宋江把坑害秦明的事瞒着，不说，也罢了，秦明永远也不会知道宋江就是自己的仇人，永远也不会知道宋江竟是如此毒辣卑鄙不择手段的一个小人。可宋江偏偏又十分得意地都对他说了：

"总管休怪！昨日留总管在山，却是宋江定出这条计来，叫小卒似总管模样，穿了足下的衣甲头盔，骑着那马，横着狼牙棒，直奔青州城下杀人……因此，杀人放火，先绝了总管归路的念头。今日众人特地请罪。"

这宋江真是牛啊，我杀人，都是为了你好啊！

秦明现在全知道了，按说应该"直打碎这条狼牙棒便罢"才对，不共戴天之深仇大恨啊！但秦明却和这个仇人结为了兄弟。

为什么呢？究竟为什么呢？

施耐庵解释不通了，居然解释说，这秦明和大仇人宋江结为兄弟呀，乃是上天的安排，"上界星辰契合"。你相信吗？

如果说秦明怕斗不过他们，完全可以跑啊，可以跑回去向上级申述，或许就水落石出；也可以隐姓埋名干点别的；就是当强盗也可以自己单干。

总之，选择非常之多，就是没必要当大仇人宋江的小弟。那么，这究竟是为什么呢？答案其实很简单：就是因为一个女人。这秦明就是个没头没脑没心没肺的人。

宋江道："虽然没了嫂嫂夫人，宋江恰知得花知寨有一妹，甚是贤慧。宋江情愿主婚，备财礼，与总管为室，若何？"秦明见众人如此相敬相爱，方才放心归顺。

宋江不过是花荣多时没见面的一个朋友而已，他居然不征得花荣的同意，也不征得花荣妹子的同意，就自作主张地把花荣妹子当作筹码送给了秦明。把秦明和花荣两个反贼绑在了一起。

众人对秦明只有相坑相害，实在是看不出有什么相敬相爱，全都是些令人作呕的屁话！唯一的一点，就是送了他花荣妹子，算是相敬相爱，而秦明也正是在听到宋江的这一番话后才表示归顺的。

从秦明的老婆被杀，到再娶花荣妹子，总共还不到三天时间。而原先信誓旦旦地说"生是大宋人，死为大宋鬼""要杀便杀"等等话，就当都没说过吧。

03 《水浒》里"出场即结束"的一条好汉是谁

话说宋江和燕顺带着手下十几号人马，先行往梁山方向前进。

半路上经过一家酒店时，进来喝酒。酒店里只有三张大桌子，几张小桌子。只见一张大桌子旁，坐着一条大汉，在那里独自饮酒。

宋江就对酒保说，我们的人多，你去叫那个客人换个座位吧，把大桌子让给我们坐。

酒保就走过去非常客气地对那条大汉说了："有劳上下，借这付大座头与里面两个官人的伴当坐一坐。"大汉一听，火冒三丈，发起狂来，牛得不得了！

双方对话如下：

那汉焦躁道："也有个先来后到！什么官人的伴当要换座头！老爷不换！"

燕顺听了，对宋江道："你看他无礼么？"

宋江道："由他便了，你也和他一般见识！"却把燕顺按住了。只见那汉转头看了宋江、燕顺冷笑。

酒保又小心道："上下周全小人的买卖，换一换有何妨。"

那汉大怒，拍着桌子道："你这鸟男女，好不识人！欺负老爷独自一个要换座头！便是赵官家，老爷也鳖鸟不换。高则声，大脖子拳不认得你。"

酒保道："小人又不曾说什么。"

那汉喝道："量你这厮敢说什么！"

燕顺听了，哪里忍耐得住，便说道："兀那汉子，你也鸟强！不换便罢，没可得鸟吓他。"

那汉便跳起来，掉了短棒在手里，便应道："我自骂他，要你多管！老爷天下只让得两个人，其余的都把来做脚底下的泥。"

这一段细节描写，对读者来说，极具吸引力。

人物是谁，还没交代，性格、特征早已跃然纸上。作者对场面的渲染，对气氛的营造，对情节的推进，可谓波澜起伏，错落有致。

不过，这里面的问题却是：那大汉究竟为何要如此狂妄呢？他是这十几个人的对手吗？

宋江要他让个座，很过分吗？并不算什么十分过分的事。并且，宋江等人也没因人多势众而对他强横无礼，何况还是叫酒保过去先与他商量商量。

那么，他又为什么要主动地无礼挑衅生事呢？不换座，还自称老爷，再转头看着宋江、燕顺冷笑。这不是在存心惹事找茬么？

酒保有没有对他无礼呢？也没有，酒保非常客气地称呼他"有劳上下"，却无端遭到一顿恐吓。那么，大汉为什么要恐吓他呢？其实还是在存心惹事找茬。

果然，宋江这边的人只开口说了一句话时，那汉子就跳起来，拿了短棒要动武。

因此，我们可以明确地看出：是这个大汉在存心惹事，要把他们这十几号人"都把来做脚底下的泥"。

宋江这边人多势众，都是杀人不眨眼的职业强盗，你大汉主动无礼去挑衅，这究竟是为什么？你就是不想换座，也没有必要主动惹事逞强斗狠啊，难道你的武功很高么？

这大汉名叫石勇。以前是个赌徒，就算他喜欢练武，也不可能像史进那样意外地遇到禁军教头的指点。更不可能有武松鲁智深那样的神力。所以他的武功应该很平常。

我们再看他的武器：一条短棍。这说明什么呢？

无论施耐庵还是金庸，在塑造人物时，都会有意无意地使人物与他的武器相匹配。牛人用牛器按级别排，高人的武器多为宝的、重的、锋的，等等，读者很容易根据武器的特征猜出他的级别。

十八般兵器中，杀伤力最强的是利器、钝器，极易致人死亡。而棍的伤害力最小，石勇偏偏用的就是棍。而棍又可以根据长短分类，石勇偏偏用的是攻击范围最小、伤害力量最轻的短棍。

从他的武器，完全可以看出他的功夫不是一般的差。

我们还可以看梁山好汉的排名。石勇究竟排第几位呢？第九十九位，也就是排在垫底子的倒数第九名！简直烂到底了。

就这样一个菜鸟，他竟然敢大言不惭，主动无礼去挑衅、激怒这帮职业强盗，不是脑子进了水么？！人家燕顺已经说了，你不换座位也就算了，"不换便罢"，可你为什么还要没事找事，主动跳起来动武呢？！

以一敌十多，武艺又差劲，又全没占道理，比李逵还李逵，李逵再卤莽，还知道打不赢要跑！这石勇其实也不是特卤莽的汉子，真不知道他凭什么有勇气敢发起挑战！岂不找粪？

不过，我们从他说话的次序来看，又是井井有条，并非神经病。

因此，我们有理由怀疑，石勇其实是认识宋江的！

石勇和别的好汉不一样，他上梁山前没有详细经历，上梁山后也无什作为。他在水浒中只有一个任务：就是在这个特定的时候特定的地方，遇到宋江后，狂发一顿飙，再送一封书。他的使命就结束了。

而这个特定的时候特定的地方，正是宋江在两天前决定的路线，正是宋江带着大家来到这里的，正是宋江要求大家进入该酒店的，也正是宋江要求酒保去叫那大汉让座的。（而大家都没有要他让座的意思。并非没有别的位置坐。）

而当燕顺被激怒后，绰起板凳就要收拾他的时候，正是宋江"横身"拦住说且慢！我问他说的两个人是谁。

燕顺等人自然就不会打他了，因为有宋江的庇护，所以他才敢毫无理由地、如此狂妄地胡乱发飙！

接着，石勇假装不认识宋江，在燕顺等人面前故意神吹道："我天下只让两个人，一个是柴进，一个是宋江。便是大宋皇帝也不怕。"结果当然就是"宋江看了燕顺暗笑"。

然后，宋江说"我便是黑三郎宋江"，石勇就翻身下拜。

在《水浒》中，石勇本人并无正戏，他的出场，仅仅就是为了毫无理由地发一通飙，再送一封十分可疑的信，所以就导致了这一条好汉"一出场就结束了"。

这样一来，宋江在燕顺这帮小弟面前，就更加巩固了自己江湖老大的地位。并且，还有另外一个目的，那就是：利用石勇传书，乘机甩掉这些小弟！并且甩掉这些小弟后，他依然还是老大！

那么，宋江在把戏做足之后，又为什么要甩掉这些跟着他卖命的小弟呢？

欲知详情如何，且听下回分解。

04 宋江究竟为何死活不肯上梁山

　　宋江在清风山一带共收了八九个小弟。大家说好了一起上梁山落草，可是，宋江自己却中途变卦，撇开了大伙，一个人溜之大吉去也。

　　宋江为何不肯上梁山呢？第一个原因是：怕晁盖！

　　宋江弄到今天这个地步都是晁盖送金子所赐。所以，宋江在逃亡的一年半时间里，去了好几个地方，就是不去梁山。怕晁盖害他。

　　第三十五回大伙商量时，宋江道："且住，非是如此去。假如我这里有三五百人马投梁山泊去，他那里亦有探细的人在四下里探听。倘或只道我们来收捕他，不是耍处。"

　　宋江认为，晁盖那里一定有探细的人在四下里探听自己的动向。如果宋江去投奔晁盖，晁盖有可能认为宋江是来收捕他的。

　　这一段话，深深说明了宋江对晁盖的不信任，并无什么"心腹兄弟"之情谊。

　　而晁盖方面，在长达一年半之久的时间里，对逃亡的宋江竟不闻不问，也不派人寻他，也不派人送钱给他。哪有半点关心的意思呢？

　　所以，宋江口头上与晁盖交好，其实是怕他的。所以，宋江要暗暗地组建一支自己的队伍，积蓄更大的力量才能与之抗衡。所以，宋江现在上梁山根本就不是时候。

第二个原因是：宋江还有盼头。

当时，宋江把约好的八九个小弟全部都送上了梁山，他自己却"飞也似独自一个去了"。逃回去很好吗？也不好，一回去就被官府捉住了。

不过这一次，宋江的表现却是非常地希望能去坐牢。

因为宋江既没有躲避，也没有辩解，更没像以前一样藏到地下室里让人家去搜。而是自己主动站了出来，让他们把自己捉住的。

宋江道："你们且不要闹。……且请二位都头进敝庄少叙三杯，明日一同见官。"开了庄门，请两个都头到庄里坐下，连夜杀鸡宰鹅，置酒相待。取二十两花银，送与两位都头。

当夜，两个都头在宋江庄上歇了。次早天明，同到县里来。宋江一一招供后，被发配到江州牢城。

他为什么要主动去坐牢呢？

因为宋江和别的梁山好汉不同，他只不过杀了个没钱没势的阎婆惜，问题并不大，和这帮十恶不赦的反贼相比，性质上轻多了。

第三十五回，宋太公道："近闻朝廷册立皇太子，已降下一道赦书，应有民间犯了大罪，尽灭一等科断。俱已行开各处施行……"

当官府来捉宋江的时候，宋江道："孩儿便挺身出了官，明日便吃官司也不妨。已经赦宥事了，必当减罪……"

因为已经得到了可靠消息，朝廷册立皇太子，宋江必然减罪，所以还很有盼头，并非到了逼上梁山的尽头。坐一段时间牢，很快就可以遇赦出来，就又可以恢复往日的风光了。

那么，坐牢是不是要比上梁山好呢？在宋江看来，要好得多！因为宋江说，吃了官司，反而有幸。

"官司见了，到是有幸。明日孩儿躲在江湖上，撞了一班儿杀人放火的弟兄们，打在网里，如何能够见父亲面？便断配在他州外府，也须有程限。日后归来负农时，也得早晚伏侍父亲终身。"

也许有的朋友会问，宋江在清风山一带，杀刘高，杀老百姓，逼反秦明、花荣，犯下如此血案，也会赦免吗？

宋江相当的狡猾，他没用自己的真名，无论是刘高，还是慕容知府，都不知道他的真名叫宋江，所以，在所有的官方备案中，都是这个名字：张三——原先的情敌，和阎婆惜偷情的那个同事张三！

因此，宋江犯下的案子其实很轻，依然还有前途，所以现在当然不肯轻易上梁山落草为寇。

到江州牢城的路上，要经过梁山泊，宋江再次害怕遇见晁盖，便想绕道走，和两个公差商量道："我们明日此去，正从梁山泊边过……我和你两个，明日早起些，只拣小路里过去。宁可多走几里不妨。"

结果，绕道走，还是不行！约莫走了三十里路，仍然没走脱，被刘唐一伙人撞着了。

刘唐为什么会在这里呢？他说："奉山上哥哥将令，特使人打听得哥哥吃官司……今番打听得断配江州。只怕路上错了路道，教大小头领分付，去四路等候，迎接哥哥，便请上山。"

原来，晁盖早已设下四路埋伏，专门"等候"这宋江。

宋江不想上山去见晁盖，便对刘唐说："这个不是你们弟兄抬举宋江，到要陷我于不忠不孝之地，万劫沈埋。若是如此来挟我，只是逼宋江性命。我自不如死了。"

说完就要自杀，刘唐慌忙夺了刀，道："哥哥，且慢慢地商量。"

宋江硬着头皮来到山寨，见到了坐在第一把交椅上的晁盖。这是分别了快两年后的第一次见面。

晁盖假惺惺地说："自从郓城救了性命，弟兄们到此，无日不想大恩（事实上则是不闻不问）。前者又蒙引荐诸位豪杰上山，光辉草寨，恩报无门（这是在威胁宋江，你可不是什么忠臣良民啊）"。

宋江答道："……本欲上山相探兄长一面，偶然村店里遇得石勇，稍寄家书，只说父亲弃世。不想却是父亲恐怕宋江随众好汉入伙去了，因此诈写书来唤我回家。……今配江州，亦是好处。适蒙呼唤，不敢不至。今来既见了尊颜，奈我期限相逼，不敢久住，只此告辞。"

宋江的这番话中尽是矛盾，矛盾来源于内心的恐惧。

原先是带人来入伙的，却改口成了上山相探兄长一面；既然是相探兄长，却又是"适蒙呼唤，不敢不至"。不想来，被逼来的。既然不敢不至，却又不敢久住……

简直是语无伦次。

不过却十分明确地表达出了这样一个意思：我不会上梁山，更不会把你当王伦。向晁盖示弱。

晁盖是满意的，但还不放心，继续逼宋江。宋江道："如哥哥不肯放宋江下山，情愿只就兄长手里乞死。"死，是死在兄长手里的。

说罢，泪如雨下。便拜倒在地。

晁盖这才答应放他走。

05 天真大儿童黑旋风的出场

《水浒传》中有一条好汉，姓李名逵，绰号"黑旋风"。他的出场是在小说的第三十七回。

黑水浒

在一般人的印象中，李逵这个人物形象还是颇受读者欢迎的。就连金圣叹也评论说他"一片天真烂漫到底"。说他质朴、敦厚、天真、善良，等等，像个长不大的儿童一般。

那么，李逵究竟是个什么样的人呢？在施耐庵的笔下，李逵真的很可爱吗？很天真吗？很烂漫吗？我们还得从《水浒传》的原文来进行分析。

李逵在小说中刚一出场，施耐庵就从他的形象、语言和行为这三个方面进行了刻画：

（一）形象描写

话说宋江被发配到了江州牢营。这一天，正和戴宗说话时，忽听得李逵在楼下闹事。戴宗道："又是这厮在下面无礼。"

一句"又是这厮"，就把李逵的过去，未出场的部分，一笔都交代清楚了：这厮经常无礼，喜欢闹事——又是他。

李逵上来了，一条黑凛凛的大汉。"宋江看见，吃了一惊。"

宋江也是见过大场面的人，行走江湖，阅人无数，杀人放火，什么事没干过，为什么见了李逵会大吃一惊呢？

原来，李逵长得太吓人了！仅从他的相貌上看，长得就是个暴徒像。但见他生得：黑熊般一身粗肉，铁牛似遍体顽皮。交加一字赤黄眉，双眼赤丝乱系。有诗为证：

家住沂州翠柳东，杀人放火恣行凶。

不搽煤墨浑身黑，似着朱砂两眼红。

这是作者对李逵刚一出场时的外貌描写，肉粗皮厚（先天拙劣），浑身煤黑（档次低下），两眼血丝（熬夜赌博），一字眉毛（傻子一个）。

这副尊容，看上去就像个杀人放火恣意行凶的家伙，所以把宋江吓了一大跳。

这是见面后的第一感觉，像动物一样粗糙。形象很不好。

第一感觉，就是看上去像什么。也许第一感觉有时并不怎么可靠，所以还需要做进一步的了解。

于是，宋江便问戴宗："院长，这大哥是谁？"

戴宗就为他简单介绍了一下，这个是小弟身边牢里一个小牢子，黑旋风李逵。因为打死了人，逃走出来。流落在此江州，能使两把板斧，人多惧他。现在是这所监狱里的一名狱警。

（二）语言描写

宋江正看着李逵吃惊，那李逵也在看着宋江，问戴宗道："哥哥，这黑汉子是谁？"

宋江见他黑，只在心里，并没说出来，称他"这大哥是谁"，他却当着人家的面，直呼"这黑汉子是谁"。（可见宋江面黑不逊李逵。）

从李逵出场开口的第一句话，就可以知道他没有什么礼仪观念，是一个说话不经过大脑的人，完全不懂得顾及他人的感受。

戴宗道："我且与你说知。这位仁兄，便是闲常你要去投奔他的义士哥哥。"

李逵道："莫不是山东及时雨黑宋江？……若真个是宋公明，我便下拜。若是闲人，我却拜甚鸟！"

"鸟"这个字，音读diao，，这是水浒传里最常见的骂人口头语。

这个人，可能是宋江，如果不是宋江，便是个鸟！是宋江，我便拜他，若是鸟，却拜甚鸟！

这就是李逵的逻辑。

当着人家的面说这样的话，万一，要是这个人不是宋江，而是戴宗的其他别的什么朋友，听到他说自己是不值一拜的"鸟"，究竟会作何种感想？但李逵自己是不会考虑这么多的。

所以说，李逵说话是不经过大脑的，也不会顾及他人感受的。

宋江问他："却才大哥为何在楼下发怒？"

李逵说，刚才向别人借十两银子，那人不借，所以大闹起来。"叵耐这鸟主人不肯借与我。却待要和那厮放对，打得他家粉碎，却被大哥叫了我上来。"

人家不肯借钱给他，他便要"打得他家粉碎"。这就是李逵的逻辑。

（三）行为描写

听说李逵借钱没借到，宋江就马上取了十两银子，借给了李逵。李逵走的时候说，等他赎了银子便来还宋江的钱。

那么，李逵借了钱后，究竟是干什么去了呢？

戴宗道："兄长吃他赚漏了这个银去。他慌忙出门，必是去赌。"

戴宗猜他出门必是去赌，一猜就中，这是为何？因为那李逵头脑太简单，行为太单一，戴宗太了解他了。

果然，李逵就把这十两银子拿到小张乙赌房里来。十两银子，合现在人民币最少3000块钱，如果拿去赌博，应该很能消磨一下时光。

但是你看李逵，总共才玩了两把，前后还不到三分钟，就输了3000块钱，输干净了。这个赌法，足以说明李逵的智商明显是有问题的。你说，他平时又怎可能不缺钱呢？

至此，李逵从出场到现在，看他的形象，看他的谈吐，看他的行事风格，给人的整体感觉，就是一个智障型的好汉，四肢异常发达，脑子不太好使，有着严重的暴力倾向，却又没什么心眼。

这样的好汉，对于宋江来说，简直太妙了！所以，宋江现在决定对李逵做个皮试，测试一下：

1. 看他究竟坏到什么程度。

2. 看他究竟能不能当枪使。

3. 看他究竟忠不忠心自己。

06 《水浒传》里最脑残的一条好汉

李逵一出场，就是找人家借钱。人家不借，他就想不通了，凭什么呀？你凭什么不借给老子？就要砸人家的店，声称要"打得他家粉碎"。

所以，有时揣摩施耐庵为何要给他取这个名时，就会联想到——李逵的谐音就是"理亏"。

然而，李逵的脑子被门卡了的，他不认为自己理亏，相反，都是别人不对。

宋江借了十两银子给李逵，李逵就拿去赌。

戴宗提醒宋江说，你这钱一借给他，他就要拿去赌博，如果赌输了，他哪有什么钱还你？

宋江笑道："……何足挂齿。由他去赌输了罢。我看这人倒是个忠直汉子。"

宋江说他"忠直"，怎么叫忠直呢？忠直就是好控制、好操纵、好摆布的意思，和我们理解的那个可能不完全一样。

"由他去赌输了罢"，宋江的心思，与戴宗相反！他就是想要李逵去输，只有输了他还不起，才好掌控他，李逵自然也就唯宋江马首是瞻，乖乖地受他摆布了。

现在，李逵带着借来的钱，来到了小张乙的赌房。

只玩了两把，就输了个精光。

李逵输红了眼，想赖账，又开始脑残了："我这银子是别人的。"

小张乙道，你输都输了，还说什么。

李逵喝道："你们还我也不还？"小张乙道："李大哥，你闲常最赌的直。今日如何恁么没出豁？"

李逵也不答应他，就来硬的，抢！不仅把自己的银子抢回，又抢了别人赌的十来两银子。

这就不对了，把输的银子抢回已经不对了，你还要抢人家的银子干什么呢？难道，这就是所谓的好汉行径？

小张乙急向前夺时，被李逵一指一交。十二三个赌博的，一发齐上，被李逵指东打西，指南打北，把这伙人打得没地躲处，一脚踢开门便走，没一个敢近前。

这是李逵今天第二次无理取闹。虽然有点脑残，但功夫的确厉害。

这时，戴宗、宋江赶来。李逵见了，惶恐满面。

宋江大笑道："贤弟，但要银子使用，只顾来问我讨。"

大笑，显耀自己身份，给李逵看，也给众赌徒们看，让周围的人群都听到。老弟，要钱用，只管找我要！说出这么牛的一句话，帮李逵摆平了。（在众人面前，叫他"贤弟"，表明宋江是老大！在私下场合却又称他"李大哥"。这是宋江的领导艺术。）

李逵呢，惶恐满面，只有乖乖地听大哥发话。

宋江接着又命令他、支配他："今日既是明明地输与他了，快把来还他。"

李逵只得从布衫兜里取出钱来，都递在宋江手里。

李逵应该把钱还给小张乙才对，可他为什么要先递给宋江呢？因为李逵有点脑残，听宋江说成了"快把来——还他"，所以就老老实实地按着要求把钱给了宋江。

这充分说明了李逵在心理上，已经完全臣服于宋江了。宋江才是老大，他是宋江最忠直的小弟。他的一切，都要由宋江来为他做主。

宋江便叫过小张乙前来，都付与他。小张乙不敢要了，怕李逵记仇。

宋江道："你只顾拿去，不要记怀。……兄弟自不敢来了。我自着他去。"

这就是当众宣布：有我在，他不敢来了。只有我架得住他。

戴宗严厉地批评了李逵。但宋江却没有说李逵有任何的不对。不仅不批评他，不教育他，反而，甚至还有些鼓励他的意思！因为宋江立即请李逵上馆子喝酒了。

李逵先前是"惶恐满面"的，可现在大哥不责怪他，还请他喝酒，还叫他换大碗喝酒，所以李逵认死了，只有宋江对他最好！"真个好个宋哥哥！便知我兄弟的性格！结拜得这位哥哥，也不枉了！"

李逵吃饭，不用筷子，用手去碗里捞起鱼来，连骨头都嚼了吃了。宋江看见，忍笑不住，便放下筷子不吃了。李逵便把宋江碗里的鱼也捞了吃了，又把戴宗碗里的也捞过来吃了。滴滴点点，淋一桌子汁水。

宋江见李逵把三碗鱼和骨头都嚼吃了，估计他是饿了，就把酒保叫来："你可去大块肉切二斤来与他吃。少刻一发算钱还你。"酒保道："小人这里只卖羊肉，却没牛肉。要肥羊尽有。"

宋江要切大块肉，酒保说只有羊肉没有牛肉。这有什么问题呢？什么问题都没有。

李逵听了，便把鱼汁劈脸泼将去，淋了那酒保一身。

这是李逵今天第三次闹事。无缘无故的，端起鱼汤来，就泼了人家一脸！

李逵为什么要把鱼汤泼人家身上呢？莫名其妙！根本就没有任何理由。所以，我们只能认定：脑残。

不仅脑残，而且坏蛋，十足的大坏蛋！

戴宗喝道："你又做什么！"

李逵应道："叵耐这厮无礼，欺负我只吃牛肉，不卖羊肉与我吃。"

李逵的意思是，因为他不卖羊肉给我吃，所以我就要用鱼汤泼他！可是，人家酒保说得清清楚楚，"要肥羊尽有"，他却硬要说人家不卖羊肉给他吃。还说是人家无礼。

你说，你说，这不是脑残，又是什么？！

在《水浒传》里，鲁智深、武松也喜欢打人，但他们可以说是事出有因，他们身上多多少少还是有些闪光点的。而李逵则完全是在干坏事，尽干些令人发指的坏事！

所以最后，弄得戴宗好没面子，对宋江说，我今天真是不该把这种人喊来吃饭。

但宋江说了，李逵的脾气，没有必要改。

宋江自有宋江的盘算，他还要鼓励李逵继续干坏事，看他究竟有多坏。

07 揭秘黑老大如何教唆青少年犯罪

《水浒传》里，天不怕地不怕的李逵，从不把任何人放眼里，可他为什么单单只服又矮又弱的黑宋江呢？作为黑社会老大的宋江，他又是怎样驾御、控制李逵的呢？

宋江见到李逵的第一眼，就知道他是个喜欢惹是生非的痞子，就想把他吸收为自己的金牌打手。所以就有意培养、锻炼李逵的犯罪胆量与犯罪能力。

李逵在赌房里抢钱打人，戴宗批评了他，宋江却一个字不提，默许认可，不仅不批评他，反而还立即请他上馆子喝酒。这就使李逵觉得：宋江这位大哥才是最贴心的人。

喝酒的时候，李逵又故意找茬，殴打酒保，用鱼汤泼了人家一身。

戴宗喝道："你又做什么！"

宋江依然不动声色，默许认可。对酒保说，你只管去切肉，我给你钱。酒保忍气吞声，切了两斤肉。李逵都吃了。

宋江道："壮哉，真好汉也！"

明的是说他会吃，暗的其实是在鼓励他、赞扬他。李逵才是真正的好汉！

连闹了三场事，撒谎、耍赖、放刁、抢劫、斗殴，只要是坏事都干了，宋江不仅没有一句批评，最后反而还给了这样一句赞扬。

大哥给的赞扬，那就是动力。

李逵听了当然会这样想：老子刚才用鱼汤泼了那鸟人一身，大哥就在旁边叫："壮哉，真好汉也！"——大哥真他妈太欣赏老子了！

接着，宋江说这鱼不新鲜，去哪买点新鲜鱼来吃。

什么意思呢？这是在不动声色中故意说给李逵听的，想试试他的反应，是冲动还是迟钝，从而判断他究竟有没有把大哥的心思放在心上。大哥一发话，是否就马上行动。

结果，那李逵一听就跳起来道："我自去讨两尾活鱼来与哥哥吃。"

他不说去买，而是"讨"，也就是存心去白占人家便宜的。

戴宗不许他去，怕他又去惹事。

李逵道："船上打鱼的，不敢不与我，直得什么！"

"不敢不与我"，就是准备去白拿白抢，抢他几条鱼直得什么！

宋江虽然嘴里不说，但其实就是希望他去抢！锻炼锻炼他的犯罪胆量与能力。

为什么这样说呢？这是有根据的。因为宋江明明知道李逵身上没带钱，还叫他空着两个手去买鱼！叫他买鱼，又不给钱他，不抢还能咋的？！

李逵的衣服没有口袋，银子是掀起布衫兜着的，被宋江全部还给了小张乙。李逵只穿了这一件布衫，里面没穿衣服的，只用一条格子布的手巾系着。所以，李逵身上是一分钱也没有的。

不带钱还能买什么鱼呢？！结果，一上去就抢，无论人家说什么，都要蛮横地抢！人家不给就打，一个人追着七八十人打！

宋江一看，这兄弟厉害呀，打得八十个人飞跑，不见得比武松差呀。

第六　李逵篇

这是李逵今天的第四次闹事。把渔行老板张顺差点打死了，张顺又把李逵弄到水里差点淹死了。最后不打不成交，被宋江喊来一起吃饭。

施耐庵写李逵的顺序是：

李逵抢钱打人——宋江请他喝酒——酒桌上再打人

李逵抢鱼打人——宋江请他喝酒——？？？

下面一个环节是什么？依然还是酒桌上再打人！

宋江、戴宗、李逵、张顺四个人来到酒店。

四人饮酒中间，各叙胸中之事。正说得入耳，只见一个女娘，年方二八，生得冰肌玉骨，粉面酥胸，穿一身纱衣，来到跟前，深深的道了四个万福，顿开喉音便唱。

在这酒店唱歌的年轻女子，身后跟着一个老儿，这场景使人想到了金翠莲，莽汉李逵则像鲁智深。当时鲁智深是想救美女，现在李逵呢？你看他：

李逵正待要卖弄胸中许多豪杰的事务，却被她唱起来一搅，三个且都听唱，打断了他话头。李逵怒从心上起，恶向胆边生，跳起身来，把两个指头，去那女娘子额上一点，那女子大叫一声，蓦然倒地。

这是李逵今天的第五次闹事。恶狠狠凶巴巴，跳起来点倒了一名美女！

李逵为什么要对一个卖唱的弱女子下手呢？只因为她一唱歌，那三个男人就都听她唱歌。李逵心中无法忍受。

众人近前看时，那女娘子桃腮似土，檀口无言，四肢不举，晕昏不醒。当即就地下用水喷醒了，扶起来看时，额角上抹脱了一片油皮。

这个祸惹的不小，人家美女是靠这张脸吃饭的，李逵竟无缘无故地把人家小美女打破了相。以后唱不成了，要丢饭碗的。

那酒店主人一发向前拦住四人，要去告官。

最后，宋江出面，答应私了。赔了人家二十两银子的医药费，作为补偿，才算摆平了。

二十两银子是多少呢？合我们现在人民币6000元。折了点财。

所以戴宗埋冤李逵道："你这厮要便与人合口，又教哥哥坏了许多银子。"

"又教哥哥坏了许多银子"，就是说李逵又让宋江平白无故地破了财。这是戴宗在批评教育李逵。在戴宗看来，打一个人，赔6000块钱，好贵啊。

但是宋江却并没当回事，才6000块钱嘛，毛毛雨啦。当他把钱赔给人家之后，转身又取了15000块钱（五十两一锭大银），塞给了李逵，兄弟，小意思，你拿去花吧！

宋江不仅不批评不教育李逵，相反还一次性给了他一万五，这一万五和赔的医药费相比，是什么概念？

支持他，鼓励他，奖赏他。你打得好！你打得棒！你下次再捶人，老哥我再给钱你用。

宋江端的是仗义疏财！十两给李逵赌博，二十两为李逵赔医药费，五十两给李逵拿去挥霍。这一天的最低开销，共计人民币 24000 元。

请注意：这两万四，是全部花在了李逵一个人身上！

而别的好汉就未必能得到宋江的"及时银子"，比如武松，宋江拉拢武松，也不过才十两银子；又比如，最后这餐四个人吃的酒席，宋江说他请客，结果却是让张顺买了单。

所以说，仗义疏财也是有目标的，绝不可能对什么人都仗义疏财。

宋江不惜血本地在李逵身上投大资、下重注，每干一次坏事，就认同一次，称赞一次，奖励一次。正是在这种看不见的教唆之下，李逵也就死心踏地地沦为宋江的犯罪工具了，替他干下了许多令人发指的事来。

　　从后面我们可以看到，李逵杀人越多，赏钱就越多，经常是拧着人脑袋来和宋江结算。

　　最后，还有一点需要格外注意，那就是：宋江"不动声色"之境界。宋江从来也没有叫李逵做过一件坏事！喂，你去帮我干坏事，宋江咋可能这样说呢？宋江只会说忠义。

08 《水浒传》里被"文字狱"陷害的好汉

　　宋江坐牢的日子过得非常舒服，想出去玩就出去玩，想出去吃就出去吃，对他这个黑社会老大来说，这些都不在话下。

　　这一天，宋江又逛出来看江，边逛边琢磨着吃点啥好的，不觉来到了"浔阳楼"大酒店。宋江要了一个能看江的单间，点了美酒佳肴，一个人独自尽情享用。

　　喝着喝着，不禁伤感起来："如今三旬之上，名又不成，利又不就，倒被文了双颊，配来在这里！我家乡中老父和兄弟如何得相见！"

　　满肚子牢骚没处发，酒又涌了上来，就在墙上题了一首《西江月》，八句话。又连饮了数杯之后，酒力上来，写下了四句诗。写罢，书上五个字："郓城宋江作。"大醉而去。

　　巧的是，宋江写的诗，被一个叫黄文炳的人看到了。

黄文炳读道："自幼曾攻经史，长成亦有权谋。"冷笑道："这人自负不浅。"（有瞧不起他之意。）

又读："恰如猛虎卧荒丘，潜伏爪牙忍受。"黄文炳道："那厮也是个不依本分的人。"（有妒忌之意。）

又读："不幸刺文双颊，那堪配在江州。"黄文炳道："也不是个高尚其志的人。看来只是个配军。"（还不知道他是谁。）

又读："他年若得报冤雠，血染浔阳江口。"黄文炳道："这厮报仇兀谁，却要在此生事！量你是个配军，做得甚用！"（瞧不起他之意。）

黄文炳读到这里，并没认为这是什么反动诗词，平常得很，只是有瞧不起他的意思。接着，看到了下面的一首诗。

又读道："心在山东身在吴，飘蓬江海谩嗟吁。"黄文炳道："这两句兀自可恕。"（仍挑不出毛病。）

又读道："他时若遂凌云志，敢笑黄巢不丈夫！"黄文炳摇着头道："这厮无礼！他却要赛过黄巢！不谋反待怎地！"

宋江写的前十一句话，都是没有任何问题的。偏偏最后一句"敢笑黄巢不丈夫"，被黄文炳认定为反诗。

其实，"敢笑黄巢不丈夫"，未必就是要造反的意思。这句话可做多种理解，比如说"敢笑黄巢没有男性功能了，不是个男人了"，就更接近字面意思。还有其他多解，总之，"谋反"只是多意中的一种。并非肯定语。

说他有事就有事，说他没事也没事。

再说，宋江后来真的做了梁山之主，也从没有过想推翻朝廷的念头。即使他想造反，他这个人又怎么可能写出来给你看见呢？

所以，宋江当时写下"敢笑黄巢不丈夫"，应该不是为谋反而写的。至多是一句狂话，不过"酒后狂言"而已。并不是想造反，而是在人生不得志、不如意之时，发的几句牢骚话。

这样理解最恰当，因为书中有交代：

宋江寻思道："何不就书于此？倘若他日身荣，再来经过，重睹一番，以记岁月，想今日之苦。"

从这里可以看出，宋江今日（现在）很痛苦很郁闷，把这牢骚满腹，先记下来，假如将来有一天发达荣华了，可以再来看看。

尽管是在坐牢"虎卧荒丘"，仍还在幻想升官"他日身荣"。可见，宋江写这首词时，并无造反意念，不是为造反而题，不能叫反诗。

黄文炳和宋江并无过节，为什么硬要只揪住最后一句不放，说他要赛过黄巢！不谋反待怎地？！只因如此害了宋江，他便可以获得晋升之机，所以要在宋江身上大做"文字狱"。

当时，黄文炳借笔抄了这诗，藏在身边。吩咐酒保休要刮去了，马上跑去告发宋江。这江州蔡九知府是当朝蔡太师的儿子，黄文炳指望他引荐出职做官，就说抓到了一名写反诗的犯罪分子。

蔡九知府看了这个所谓的"反诗"，说："量这个配军，做得什么！"言下之意，就是说一个宋江，也没什么大不了的，翻不起浪来。

"相公不可小觑了他！"黄文炳上升到国家安全的高度，又引用街市小儿谣言来证明宋江是个破坏国家安全的犯罪分子。谣言曰：

"耗国因家木，刀兵点水工。纵横三十六，播乱在山东。"

黄文炳解释道：消耗国家的人，必是家字头，着个木字，明明是个"宋"字。兴起刀兵的人，点水旁，着个工字，明是个"江"字。这个人姓宋名江，作下反诗，郓城县正是山东地方，明是天数。

这样，宋江就很滑稽地被捕了，罪名是造反，证据是童谣。要把他押解到京城去请赏。蔡九知府就给蔡太师写了封信，叫戴宗送往京师。戴宗就把信送到梁山军师吴用手里，由吴用安排人马去营救宋江。

黑水浒

　　吴用看了，就叫圣手书生萧让仿照蔡太师的笔迹给蔡九写一封信，又叫玉臂匠金大坚仿刻了一枚蔡太师的印章，再叫戴宗送回去。

　　看起来天衣无缝，岂料，这封假信却被一眼识破！

　　戴宗也落了个勾结梁山匪寇的罪名，和宋江一起被判了死刑！

　　现在再回过头来看该案的全过程：

　　原先宋江的反诗，其实是可大可小的，不一定必死，证据毕竟不怎么充分。但是现在，吴用造的假信，却变成了宋江、戴宗他们谋反最直接、最确切的证据！宋江、戴宗就必死无疑了！

　　原先的"文字狱"，还只是捕风捉影；现在的"文字狱"，那可是真凭实据！

　　原先还要报到京师请上级批示，押到上级处理。现在可好了！不用押到上级，也不用请示上级，直接就在本地正法！因为证据确凿。

　　所以，最终坏了大事的，还是那封假信。

　　再看梁山吴用方面。

　　吴用把戴宗一送走，就当着众头领的面，装模作样，叫声苦不知高低。众头领问道："军师何故叫苦？"

　　吴用便道："你众人不知。是我这封书，倒送了戴宗和宋公明性命也。"

　　原来，这封假信要送了戴宗和宋公明的性命，吴用是知道的。吴用道："是我一时不仔细……只是这个图书，便是教戴宗吃官司。"

　　吴用为什么要把一封有明显破绽的假信送出呢？究竟是一时不仔细？还是另有阴谋呢？

　　我们下回接着再讲。

09 揭秘《水浒》"劫法场"中的大阴谋

上回说到，吴用一封假信，害了宋江、戴宗两人，都判了死刑。吴用为什么要把一封有明显破绽的假信送出呢？是否另有阴谋呢？

答案是显而易见的。

当时，吴用说，我一不小心，把书信弄出了破绽，现在，事不宜迟，我们只有这样，才能救他两个。书上原文：

晁盖道："怎生去救？用何良策？"

吴学究便向前与晁盖耳边说道："这般，这般，如此，如此。主将便可暗传下号令，与众人知道。只是如此动身，休要误了日期。"

众多好汉得了将令，各各拴束行头，连夜下山，望江州来，不在话下。说话的，如何不说计策出？管教下回便见。

怎样劫法场、救宋江，是吴用出的计谋，具体方案，书上没写，只用"这般，这般，如此，如此"八个字代替了。所以，我们大家都不清楚，他究竟出的是个啥子计谋呢？？？

好在作者有提醒："管教下回便见。"

就是说，你只要望下看，便会清楚吴用的计谋究竟是什么了。

一般人读书，不喜欢遵循逻辑，偏偏喜欢一厢情愿地理解成：计谋十分高深，所以要卖个关子，先不写出。

其实根本就不是的。因为我们顺着原文往下看，就会发现吴用的计谋一点也不高深。不仅不高深，而且还存在着三个致命的问题！

黑水浒

第一个问题：当刽子手举刀行刑的时候，究竟安排谁去干掉刽子手呢？

梁山方面，这次共出动了头领十七人，喽啰百余人，都已混进了现场。但却并没有提前安排任何一个人去对付、干掉刽子手。

当刽子手行刑的时候，是"梁山派"并不认识的一个人——宋江的心腹李逵，一个人孤身前来劫法场！

"茶坊楼上，一个虎形黑大汉（李逵），脱得赤条条的，两只手握两把板斧，大吼一声，却似半天起个霹雳，从半空中跳将下来。手起斧落，早砍翻了两个行刑的刽子手。"

是李逵砍了两个刽子手，才救了宋江、戴宗的性命。接着，李逵又去砍监斩官。再接着，众人簇拥蔡九知府逃命去了。再接着，东边那伙梁山好汉才最先"掣出尖刀，看着士兵便杀"。

李逵的出现，是吴用没有料到的。也就是说，如果没有李逵，按照吴用事先计划好的方案，就没有安排人去干掉刽子手，那么，宋江、戴宗的脑袋，多半会被砍掉。

第二个问题：营救宋江一旦成功后，大家这么些人，究竟如何才能全身而退呢？

并没有提前策划任何一种可以安全撤退逃跑的方案。不要说好的方案，就连一个最差的方案也没有。

于是，大家就如同无头苍蝇一般，不知道如何撤退。只见那个不认识的黑大汉，轮两把板斧，一昧地砍人，他第一个出力，杀人最多。所以晁盖他们众梁山好汉都"只顾跟着那黑大汉走"。

大家竟都跟着那个脑子有问题的李逵走。"只顾"，就是没有别的选择。可见，吴用的计谋，是没有给众好汉们留下后路的。

梁山众头领撇了车辆担仗，一行人尽跟了黑大汉，只顾跟着那黑大汉走。那黑大汉又在做什么呢？他在"只顾砍人"！他也没有什么方向目标，砍上瘾了，见人就砍！哪里人多，他就往哪走！

"当下去十字街口，不问军官百姓，杀得尸横遍野，血流成渠，推倒颠翻的，不计其数。……直杀出城来。"

杀出城后，一看，江边人多，"这黑大汉直杀到江边来，身上血溅满身，兀自在江边杀人。百姓撞着的，都被他翻筋斗，都砍下江里去"。

晁盖叫道："不干百姓事，休只管伤人！"那汉哪里来听，一斧一个，排头儿砍将去。

这李逵杀人，从街上杀到城门，从城门杀到江边，哪里人多，他就往哪走。他也不管要把大伙带向何方，大伙也不知道究竟会走向何处。

接着，沿江走了几里路，"前面望见，尽是滔滔一派大江，却无了旱路。晁盖看见，只叫得苦"。

李逵把大家带往绝境，前面没有路了！晁盖要哭了。

可以说，这一仗如果按照吴用事先的战术，梁山众人将个个死无葬身之地。因为他们并没有事先计划好的逃跑路线！

第三个问题：梁山来了这么多好汉，为什么没有发挥出作用？

在营救宋江劫法场的战斗中，梁山来的好汉，真正发挥的作用其实很小。主要是李逵起了大作用，是他一人突然袭击，把官军杀跑了。从砍倒刽子手，到知府逃跑，到众好汉撤退，全看李逵一个人的戏。

为什么梁山来的好汉，没怎么发挥作用呢？因为梁山来的这十七个头领，吴用是这样为他们布阵的，分成四组：

东组：阮小二、阮小五、阮小七、白胜。扮乞丐。武器：尖刀。

南组：朱贵、王矮虎、郑天寿、石勇。扮挑夫。武器：扁担。

西组：燕顺、刘唐、杜迁、宋万。扮杂耍的。武器：枪棒。

黑水浒

北组：晁盖、花荣、黄信、吕方、郭盛。扮客商。武器：车子。这里面有什么玄机呢？

1. 晁盖、刘唐、三阮、白胜，这几个本是一伙的。吴用把他们拆开，让花荣等四个（宋江的人）来钳制老大晁盖。

2. 燕顺、王矮虎、郑天寿、石勇这几个都是宋江的人。吴用把他们拆开，将原老大燕顺调开，让最弱的朱贵来领导。

3. 这个人员班子非常别扭，极不协调，战斗力必然减弱。

4. 武艺高的如林冲、秦明等，一个也不派来！来的人功夫都差！

5. 武器也太差！特别注意的是，凡宋江的人，武器最差！都是拿扁担、推车子的。

从宋江被救出，到大伙撤退逃跑，全是"江州派"李逵一人之功！而"梁山派"众好汉则是都跟着李逵在跑！救出宋江，和吴用的计谋，实际上并没有半点联系！

也就是说，众好汉们的行为，没有半点是出自吴用的计谋！因此，我们也就看不到吴用的计谋究竟有什么高妙之处了。

这正是吴用的高妙之处：想借着"劫法场"之机，将晁盖、宋江等人，全部都统统地一网打尽！！！

这从人员安排上就可以看出，来的不是晁盖的人，就是宋江的人，功夫都不行，武器也差，组合相互牵制，效率低下。也不安排他们如何行动，更不安排他们如何撤退，那就是叫他们来送死了。

可以估算的结局，无非三种：

1. 如果营救成功。那一定不用说，都是吴用的计谋高明。

2. 如果晁盖、宋江任死一人，都是减少了吴用的劲敌。

3. 如果晁盖、宋江都被一网打尽了，则吴用将成为新的老大！

如此险恶的用心，晁盖当然是看不出的。结果，情势很快就形成了吴用所想要的一种：那个脑残的李逵，虽然救出了宋江，却把众好汉们带到了死路！前面尽是滔滔大江，后面眼看官军就要追到！在这万分危急之时，坐以待毙，晁盖要哭了。

⑩ 108好汉中真正的"智多星"是谁

接上回。

营救宋江，有两条线：明线是"梁山派"晁盖等十七人，他们按照吴用的计划行动；暗线是"江州派"李逵一人，他真的是卤莽冲动吗？非也！他是按照宋江的计划在行动！

上回分析了吴用的计划，他的本意其实是想把晁盖、宋江等众多好汉全部出卖掉，让官方一网打尽！今天我们再接着分析宋江的计划，他的本意无非是想怎样成功逃脱。

1. 是宋江安排了李逵劫法场。

宋江后来对晁盖说了这样一番话："这个便是叫做黑旋风李逵。他几番就要大牢里放了我。却是我怕走不脱，不肯依他。"

李逵是监押宋江的狱警，最有条件私放宋江，可宋江为什么不跑呢？这有两个原因：一是怕又被抓回来，就真的走不脱了！

二是如果越狱成功，宋江往哪里去呢？还上梁山吗？那还不如当时就留在梁山，何必来江州后再越狱去梁山！那还不留人笑柄。

黑水浒

如果在刑场上被救，"血染浔阳江口"后，再上梁山，宋江就牛了。只有闹的事越大，"祸及梁山"才越深，官府围剿就越紧，大伙就被迫越团结，宋江的价值就越大！

这就是宋江先不跑的用意。李逵几次要放他跑，他都说怕走不脱，不走。但是，待在牢里，就只会更加走不脱！所以，有机会跑，他却不跑，那就一定是：宋江在想一个最佳的方案跑！

劫法场很冒险吗？一点也不！我们还是先来看看宋江的这个金牌打手的街斗实力：

第三十七回中说，李逵去抢鱼，那七八十个渔人，都拿着竹篙来打李逵。李逵大怒，脱了衣服，赤条条的，"见那乱竹篙打来，两只手一驾，早抢了五六条在手里。一似扭葱般都扭断了。渔人看见，尽吃一惊"。接着，李逵又追上岸来，赤条条地拿两截折竹篙，赶着鱼贩子打，鱼贩们都乱纷纷地挑了担走。

李逵的街斗水平一流！仅徒手就可以打败七八十个持械的人！那么，他再提上那两把厉害无比"挨着便死"的板斧，你说，他能对付多少人？！

所以，毫不夸张地说，劫法场，其实只需李逵一个人，足矣！

让我们再回到现场：

当时，监斩官宣布，午时三刻！斩首！

只见茶楼上，李逵脱得赤条条的，握两把板斧，人猿泰山般跳了下来，大吼一声，晴空霹雳，手起斧落，早砍翻了两个行刑的刽子手。便往监斩官马前砍将来。众士兵哪里拦挡得住。众人且簇拥蔡九知府，逃命去了。

你看看李逵杀败官府救出宋江，到底用多长时间？秒杀！

知府逃命去了之后，"梁山派"东组才率先"掣出尖刀，看着士兵便杀"。车子里的弓箭才取出来（可见，并没安排花荣去射刽子手）。

第六　李逵篇

大撤退的时候，"江州派"李逵一人，血染浔阳江口，杀人不计其数！而"梁山派"这么多人却没杀人，仅只四张弓放了箭。

现在清楚了，"梁山派"这么多人仅仅只杀了少许的士兵狱卒，并且还是在宋江得救之后才开始行动的！那么，可以说，即使没有"梁山派"来劫法场，李逵一个人还是完成了工作。

2. 宋江早已安排好了撤退计划。

李逵只顾砍人，大伙只顾紧紧地跟着他，结果他这个脑残把大家带向了死地！到了白龙庙，"前面尽是滔滔一派大江，却无了旱路，晁盖看见，只叫得苦。那黑大汉方才叫道：不要慌！"

万分危急之时，李逵居然胸有成竹地说，不要慌！而宋江也没慌，还在闭目养神。

李逵道："寻那庙祝，一发杀了。叵耐那厮不来接我们，倒把鸟庙门关上了！"

请注意李逵对宋江说的这番话，"叵耐那厮不来接我们"，什么意思？就是说，那厮本来是应该来接我们的。这就暴露了：李逵并不是随心所欲走来的，而是按计划走来的，因为这里事先安排了人接应！

只有走这一条路，才是最好的脱险方案！

晁盖始终不明白，李逵为什么要沿着江边走边杀老百姓？因为江边的路本身不宽，用老百姓的尸体正好可以阻止、延缓官兵的追击！并且，杀群众最简单，又能以最快的速度制造混乱！杀人越多，宋江、李逵将来在梁山的地位就越高！

3. 陷入绝境，实际上是最安全的逃脱方法。

有的朋友要问了，既然李逵是有计划地在撤退，可他为什么要走到这条死路上来呢？

我们还是来看看江对岸的情况：

江对岸早埋伏了水上的好汉：张顺、张横、穆弘、穆春、薛永、李俊、李立、童威、童猛，九位头领，全部都是宋江"江州派"的兄弟！驾着船来接！

张顺一见面就格外强调了两点：一是这几天没和李大哥见过面；二是今日我们正要杀入江州去劫牢。

这暴露了什么信息呢？又没人问他，他却首先申明没和李逵见过面，纯属此地无银三百两。又说今天准备去救宋江的，可时间早过了多时了！试问：谁不知道砍头的时间是午时三刻？

张顺他们为什么不混进现场呢？难道他们仅仅只是做做样子而已吗？不是，他们的任务，就是待在这里接应！这九个好汉都带齐了各自的人马，绝不可能偶尔出现碰巧聚一起了，分明是有计划地在等候，严阵以待！

这样一看，就很清楚了：由李逵一人独自突然袭击，再边撤退边杀老百姓阻挡，来到白龙庙碰头，由张顺等人来接，从水路逃亡！

为什么说走这条"死路"，才是最安全的逃脱方法呢？

因为当李逵突然袭击，救出宋江后，官军虽然一时大乱，但很快就会纠集大量兵马追杀过来。这时，李逵走到死路，官军也必然追到此死路！

最后，李逵宋江因为预先有船，才能从容渡江而去！而官军无论派出多少兵马，都必将陷于此死地而不能过河，就只有望洋兴叹了！

这才是宋江金蝉脱壳的唯一高招！虽然把晁大哥吓坏了。

闹江州劫法场，看起来吴用出了一个妙计，而实际上什么计谋也没有出现过！看起来是"梁山派"救了宋江，而实际上"梁山派"既无功劳，也无方案，去不去都是一样的！

真正救宋江的，是"江州派"的李逵和众水上的好汉，他们行动迅捷，配合默契，不露痕迹。足见宋江技高一筹。这也是为什么宋江一上梁山，吴用就甘愿弃晁靠宋的原因。

⑪业务能力最强的梁山好汉

在所有的梁山好汉中，如果要搞一个业绩排行榜，究竟是谁可以排第一呢？

也许有人会认为，武松、鲁智深才是武艺最高的。但我们今天不是搞武艺排行榜，我们要看的是业绩排行榜。

当强盗的，主营业务是什么？是杀人！所以不看本事，只看业绩，杀的人越多，则业务水平越高！

武艺，是指个人技能的"专业水平"；业绩，是指对敌作战时的"业务水平"。这两者不是一回事。

比如说林冲，他的武艺不一定最高，但严格来说，他就最应该上武艺排行榜第一名，因为他是梁山唯一有证的武师，是国家认定的A级教头。但他胆量小，只敢杀单身客人，所以他业绩就不行。

再看李逵，他的武艺并不怎么专业，根本不是燕青、焦挺的对手，如果让李逵与鲁智深或者武松进行单挑独斗，结果自不必说，李逵差技术含量。

但如果讲业绩比杀人，则鲁智深和武松加起来，也抵不上李逵的一个零头！因为李逵杀人的数量太多，是所有强盗中最嗜血的大魔头，所以他就稳居业绩排行榜第一名。

为什么会这样呢？因为李逵嗜血，动物般的嗜血。在鲁智深、武松的身上，是有英雄气的，而李逵则只是痞子气。鲁智深、武松在杀人的时候，心情是出于愤怒的，杀人是一种泄恨，谈不上什么愉快。

李逵则完全相反，他在杀人的时候，心情是欢快的，杀人是一种快活，没有任何理由，仅仅只是为了杀得快活！

所以，鲁智深、武松一旦杀人，不满情怀得到宣泄释放后，兴奋度随即就降下来了。而李逵一旦开了杀戒，兴奋度才刚刚被点燃，随后急剧暴增！杀起人来，如切瓜割菜，不把人杀光不罢休。

李逵一人对多人的场面比比皆是，作战时极其疯狂！经常会见到他一个人杀败一支队伍。不止一回两回。

比如讨方腊时，敌军一千人，李逵仅四人，斩敌三四百人。而李逵部下五百人并未参战，因为怕被李逵误伤了。

还有一次，敌军五百人，李逵跳出来就是一通乱劈，结果"一连砍翻十数个，那五百军人走了"。

为什么梁山上那么多的好汉，没一个能比得上李逵这般疯狂这般凶残的呢？我们在《水浒传》的细节中寻找一些心理层面的蛛丝马迹，发现李逵的心，并非人心。

因为李逵是所有的好汉中最喜欢吃人肉的一个！

一个人吃另一个人的肉，是很恐怖的事。

《水浒传》中时不时就会出现些吃人肉的场景。比如孙二娘卖人肉包子赚钱，那是卖给外人吃的，王矮虎要喝人心醒酒汤——也只是汤。都远不如李逵变态。

第四十回，宋江捉到了仇人黄文炳，剥了他的衣服，把他绑在柳树上，要杀他报仇。

宋江问道："哪个兄弟替我下手？"

只见黑旋风李逵跳起身来，说道："我与哥哥动手割这厮！我看他肥胖了，倒好烧吃。"

宋江要杀黄文炳，李逵异常兴奋，为什么？因为李逵要吃黄文炳！他看黄文炳长得胖胖的，就估计这家伙的肉很好吃。李逵吃人是有癖好的，喜欢把人肉一片片割下来，烧烤了吃。

晁盖道："说得是。"

李逵拿起尖刀，看着黄文炳，笑道："你这厮在蔡九知府后堂且会说黄道黑，拨置害人，无中生有，掇撺他！今日你要快死，老爷却要你慢死！"

便把尖刀先从腿上割起。拣好的，就当着黄文炳的面，炭火上炙来下酒。割一块，炙一块。无片时，割了黄文炳，李逵方把刀割开胸膛，取出心肝，把来与众好汉做醒酒汤。

李逵将黄文炳腿上的肉拣好的割，一块块地放到炭火上烧烤了吃，下酒。而黄文炳就眼睁睁地看着李逵吃自己的肉！李逵把好的坐头肉一个人吃了独食，才把内脏分给众好汉们喝汤。

这一段文字，好不触目惊心！绝对不适合小朋友阅读。而李逵的崇拜者，恰恰就是一些未成年的小朋友们（因电视剧对李逵的美化，而且很多小朋友没看过原著）。

李逵喜欢吃人肉，绝非孤证，后面紧接着还有。那就是大家非常熟悉的"真假李逵"的故事。

假李逵名叫李鬼，他冒充李逵的威名，躲在大树丛中抢劫过往客商，"得这些利息"。"但有孤单客人经过，听得说了黑旋风三个字，便撇了行李奔走了去。"

　　小时候看"真假李逵"动画片，非常痛恨李鬼竟敢冒充败坏英雄好汉的名声。后来再看，不觉对李鬼有些同情。因为李鬼的结局，许多人并不清楚——他最后是被李逵吃了！第四十二回：

　　李逵捉住李鬼，按翻在地，身边掣出腰刀，早割下头来。……再入屋内来，去房中搜看，只见有两个竹笼，盛些旧衣裳。底下搜得些碎银两，并几件钗环。李逵都拿了。又去李鬼身边搜了那锭小银子，都打缚在包裹里。

　　却去锅里看时，三升米饭早熟了，只没菜蔬下饭。李逵盛饭来吃了一回。看着自笑道："好痴汉！放着好肉在面前，却不会吃！"拔出腰刀，便去李鬼腿上割下两块肉来，把些水洗净了，灶里扒些炭火来便烧。一面烧，一面吃。吃得饱了，把李鬼的尸首拖放屋下，放了把火，提了朴刀，自投山路里去了。那草屋被风一扇，都烧没了。

　　还是在大腿上割好的坐头肉，还是用炭火烧烤了吃。

　　这就是《水浒传》中真实的李逵，不仅喜欢杀人，还喜欢吃人，你还觉得他可爱吗？你希望成为他这样的人吗？你希望你的子女成为他这样的人吗？

　　从生物学来讲，99%的生物是不会吃自己同类的。同类吃同类的恶果是非常严重滴！

　　大家都听说过"疯牛病"吧，牛死了，扔了可惜，就把牛的尸体碾碎了，做成饲料，再去喂给其他的牛吃，既节约成本，又增加营养，结果，却导致了疯牛病蔓延开来，愈传愈多。

　　从这个角度来看，李逵发起狂来，没人制止得了，他极有可能是梁山好汉中的"疯牛病"患者。

第七 晁盖篇

01. 揭秘宋江晁盖兄弟情下的太极推手

02. 宋江为什么要三打祝家庄

03. 美女扈三娘为何要嫁醍醐下流的王矮虎

04. 梁山好汉残忍杀害四岁儿童事件

05. 逼上梁山何其多：富豪柴进的悲催

06. 晁天王离奇死亡之谜

07. 晁盖遗嘱之谜

08. 晁盖究竟死于谁人之手

09. 你知道宋江是哪路神仙下凡吗

01 揭密宋江晁盖兄弟情下的太极推手

话说梁山众好汉与江州众好汉们，劫了法场，救了宋江。

宋江："哥哥，莫不是梦中相会？"

晁盖："恩兄不肯在山，致有今日之苦。"

宋江叫晁盖"哥哥"；晁盖称宋江"恩兄"……兄弟情深。

成功脱险后，众好汉都来草堂上与宋江贺喜，宋江突然对着众兄弟跪了下去。众头领也慌忙跪下道："哥哥有甚事，但说不妨。"

宋江便道："……今日如此犯下大罪，闹了两座州城，必然申奏去了。今日不由宋江不上梁山泊，投托哥哥去。未知众位意下若何？如是相从者，只今收拾便行。如不愿去的，一听尊命……"

原来，宋江是在跪着求大家一起上梁山，投晁盖哥哥。

众人议论：如今杀了许多官军，闹了两处州郡，朝廷必然起军马来擒获。今若不随哥哥去，却投哪里去？

没地方去了，大家本来就是准备上梁山去的呀！所以，宋江根本就没有必要跪着求大家上梁山。那宋江为什么还要煞有介事地多此一举呢？

这就是宋江的水平了，其背后真实的用意就是：愿去的，就是相从我宋江去梁山的，都是跟着我去的！不是跟着他晁盖去的！（兄弟们，请站好队。）

否则的话，缺少了这一个环节，那便是这样一种稀里糊涂的结局：是晁盖把宋江救上了梁山；是晁盖把众好汉带上了梁山。都是晁盖的大恩大德了。

于是，众好汉都纷纷表态"随哥哥去"（宋江哥哥）。宋江大喜，谢了众人。

至此，宋江系的好汉有：清风山一伙、清风寨一伙、江州一伙、江州水上一伙，等等，一路上还又收了不少小弟。总之，在人数上要远远多于晁盖系的好汉了。

宋江带着大队人马上山，不是来投奔晁盖乞求收留的，而是带着雄厚的资本来入股的。所以宋江的腰板硬了。他骑在马上，与晁盖并行，后面跟着花荣、戴宗、李逵。宋江面露得意之色，对晁盖说道：

"小弟来江湖上走了这几遭，虽是受了些惊恐，却也结识得这许多好汉。今日同哥哥上山去，这回只得死心蹋地，与哥哥同死同生。"

这回，死心蹋地与哥哥同死同生，是因为我手下有了这许多好汉。上回，为什么死活不肯同哥哥上山？只因当时我的实力还不够。

一路上，晁盖一句话也没说，他一直在默默地听宋江说话。

就这样，来到了山寨聚义厅上，焚起一炉好香。原文中这样写道："晁盖便请宋江为山寨之主，坐第一把交椅。"

晁盖是主，宋江是客。什么理由都没有，什么理由也都不说，他就直接叫宋江做老大。这什么意思？！

晁盖已经受够了。

今天的局面，他又何尝不是王伦的角色！新来的人，又何尝不想鸠占鹊巢。他要反击！此时故意试探说让位，宋江肯定要推辞，我主动让了，你又推辞了，那我还是老大！我叫你当老大！

宋江哪里肯，便道："哥哥差矣！感蒙众位不避刀斧，救拔宋江性命。哥哥原是山寨之主，如何却让不才坐？若要坚执如此相让，宋江情愿就死。"

宋江岂不知道晁盖是在有意试探为难自己，当然不能接。哥哥，你原本就是山寨之主，为什么要让给"不才"我坐呢？你说个理由出来听听。如果你还坚持要让，我情愿去死。

放心，宋江死不了。

晁盖道："贤弟如何这般说！当初若不是贤弟担那血海般干己，救得我等七人性命上山，如何有今日之众！你正是山寨之恩主。你不坐，谁坐？"

晁盖以这个理由让位，说明晁盖并非真心谦让。

因为你救过我，你有恩，所以才让你。晁盖完全不提宋江有当老大的才干、优点、资质。不是因为你有才，而是有恩，才让的。

这样说的意思就是：你宋江其实不能当老大。因为你救过我，我也去救过你呀！你对我有恩，我对你也有恩呀！一样的，抵了。

宋江道："仁兄，论年齿，兄长也大十岁。宋江若坐了，岂不自羞。"

宋江以这个理由推拖，也同样说明了宋江并非真心推辞。

因为宋江也完全不提晁盖对梁山的首创贡献、领导才能。不是因为你先来，你有才，你有恩，而仅仅只是因为你的年纪大些。你不过是按年龄排的老大。

宋江的意思是：仁兄，你除了大我十岁，你简直一无是处。

两个太极高手就这样"仁兄、贤弟"地再三推让，一团和气地比试内功。最后，晁盖坐了第一位。宋江坐了第二位。吴学究坐了第三位。公孙胜坐了第四位。

注意：宋江只不坐第一，但第二的位置，并没做任何谦让，就大咧咧地直接坐上去了。

其他的好汉们怎样排座次呢？

宋江道："休分功劳高下，梁山泊一行旧头领，去左边主位上坐。新到头领，去右边客位上坐。待日后出力多寡，那时另行定夺。"众人齐道："哥哥言之极当。"

今天暂时不排座次，排名不分先后，等以后再排。

大家都没意见，大吹大擂，吃庆喜筵席。但是，晁盖一看，心里又很不是个滋味了。

因为宋江叫旧头领（晁盖原来手下的人）坐左边；叫新头领（宋江新带上山的人）坐右边。这样两派一分开，晁系的人，宋系的人，一目了然，泾渭分明。（兄弟们，请站好队。）

左边是：林冲、刘唐、三小阮、杜迁、宋万、朱贵、白胜、吴用、公孙胜，9人。

右边是：花荣、秦明、黄信、戴宗、李逵、李俊、穆弘、张横、张顺、燕顺、吕方、郭盛、萧让、王矮虎、薛永、金大坚、穆春、李立、欧鹏、蒋敬、童威、童猛、马麟、石勇、侯健、郑天寿、陶宗旺，27人。

你看，晁系的才9个，宋系的27个，整整三倍！宋江他还不牛呀。

筵席上，宋江突然与众人说道：

"叵耐黄文炳那厮，事又不干他己，却在知府面前胡言乱道，解说道：'耗国因家木'，耗散国家钱粮的人，必是家头着个木字，不是个宋字？'刀兵点水工'，兴动刀兵之人，必是三点水着个工字，不是个江字？这个正应宋江身上。那后两句道：'纵横三十六，播乱在山东。'合主宋江造反在山东。以此拿了小可……"

这一番话，原本是黄文炳用来陷害他的。现在，却变成宋江吹嘘炫耀的资本了。当着所有英雄好汉的面，向大家宣布：虽然我推辞了不做老大，但实际上，我才是真正的老大！

因为我的出现，是有天象的——这乃是上天的安排！连黄文炳都说是我。

02 宋江为什么要三打祝家庄

宋江上梁山后的第一战，就是三打祝家庄。

祝家庄以前并没有和梁山结怨，而梁山也从没把攻打祝家庄列入日程。可以说是井水不犯河水。

有一天，石秀、杨雄、时迁这三个人，相约一同去投奔梁山入伙。他们在经过祝家庄的时候，把酒店的一个报晓公鸡偷吃了。

报晓的公鸡是很贵的，相当于现在的钟表。石秀的态度十分恶劣："老爷不赔你，便怎地？"然后亮出梁山好汉的名号（此时他们还不是），打了店小二，点一把火烧了鸟店！拽开脚步，望大路便走。

这样一来，在石秀等人的冒充之下，梁山和祝家庄就结仇了。

石秀、杨雄来到梁山，又说祝家庄十分无礼，要来捉山寨里的好汉。但酒后失言，被晁盖听出了端倪，原来是他们以梁山的名义偷人家鸡吃，还想要梁山帮他们出头。于是：

不说万事皆休，才然说罢，晁盖大怒，喝叫："孩儿们，将这两个与我斩讫报来！"

晁盖是梁山的老大，现在，有人竟敢假冒梁山好汉，偷鸡摸狗，放火烧店，嫁祸于梁山，这还了得！如果晁盖把这两个人杀了，也是很正常、很常规的一种处理方式。并且还有三个好处：

1. 可以树立自己老大的威信；

2. 可以约束手下众兄弟们的行为；

3. 可以有效化解梁山与祝家庄的误会。

晁盖的处理方式本来并没错。因为这是"山寨号令"，也就是梁山的"制度"。"如今新近又立了铁面孔目裴宣做军政司，赏功罚罪，已有定例。"

但是老二宋江却有不同意见，他跳出来反对："哥哥息怒！两个壮士不远千里而来，同心协助，如何却要斩他？"

无论晁盖怎样处理，宋江都很容易找一个充足的理由出来，和他唱反调！

哥哥，你说的根本就不对嘛！你要这样，我就那样；你若那样，我便这样。反正……都是你的不对嘛！你看看我的意见：

"不然！……非是我等要去寻他，那厮倒来吹毛求疵。因而正好乘势去拿那厮。若打得此庄，倒有三五年粮食。非是我们生事害他，其实那厮无礼。哥哥权且息怒，小可不才，亲领一支军马，启请几位贤弟们下山，去打祝家庄。若不洗荡得那个村坊，誓不还山。一是与山寨报仇，不折了锐气。二乃免此小辈，被他耻辱。三则得许多粮食，以供山寨之用。"

宋江说的，也有三个好处：

1. 同样也是为了树立自己的威信，与晁盖争锋；

2. 可以拉拢更多的弟兄们，都跟着自己跑；

3. 灭了祝家庄，可以壮大梁山，丰厚利润，使大家都能受益。

很容易想得到，要是晁盖先说帮石秀他们去扫平祝家庄，那宋江仍会唱反调，搬出"制度"来压晁盖：哥哥，不然！这厮两个把梁山泊好汉的名目，去偷鸡吃，连累我等……

任何组织、团体，都是痛恨他人假冒自己的，尤其痛恨假冒自己去干坏事，还和别人结仇！冒充梁山好汉的后果，是相当的严重滴！这一点，我们可以从后文找到佐证。

第六十六回写了一条好汉，名叫韩伯龙，原在江湖上打家劫舍，做了半世强人。遇见李逵时，韩伯龙说："我对你说时，惊得你尿流屁滚！老爷是梁山泊好汉韩伯龙的便是！"

李逵道："我山寨里哪里认得这个鸟人！"望面门上只一斧，胳地砍着，可怜韩伯龙不曾上得梁山，死在李逵之手！

韩伯龙上梁山，是有元老级朱贵的介绍信的，尚且如此，又何况冒名充数的？！

石秀他们冒充梁山好汉，偷人家鸡吃，烧人家房子，已经错了，宋江还再帮他们去打人家，就是错上加错了！

祝家庄，不是好人不是坏人，不是官府不是强盗，就一普通老百姓家族山庄。梁山没有任何理由去打他，也不符合江湖道义。宋江不顾理屈，反正要打他！祝家庄的钱粮实在太多了啊。这行不行得通呢？

行得通。因为谁的拳头硬，谁就是真理。你看：

吴学究带头表态："兄长之言最好。"（倒向宋江。）晁盖无语。

戴宗紧跟着道："宁可斩了小弟，不可绝了贤路。"晁盖无语。

众头领也都跟着起哄，力劝晁盖。晁盖无语。

攻打祝家庄，通过了。

接着，宋江开始调兵遣将。

派出攻打祝家庄的人，分为两拨。第一拨：宋江、花荣、李俊、穆弘、李逵、杨雄、石秀、黄信、欧鹏、杨林。第二拨：林冲、秦明、戴宗、张横、张顺、马麟、邓飞、王矮虎、白胜。

这里面有什么玄机呢?

除了林冲、白胜这两人外，全部都是宋江的嫡系!

晁盖的嫡系（七人）中，都不安排他们去打仗，仅仅只有一个分量最轻的白胜! 宋江要瓦解、分化、孤立晁盖的"七星"，首先从他们最薄弱的白胜开始。

而林冲并非晁盖"七星聚义"时的嫡系，所以是一个值得拉拢的对象。

这时，我们不妨再回过头来看看宋江曾经说过的话，关于好汉们怎样排座次："休分功劳高下……待日后出力多寡，那时另行定夺。"

要排名在前，就要有功劳;

要想有功劳，就要去打仗。

宋江把他的人都安排去打仗立功。而晁盖的人则不予安排，就不能去打仗，当然就立不了功了。从而分化、打压、架空晁盖。

晁盖有没有意见呢? 当然有。但有也没办法，因为宋江理直气壮地说了："哥哥是山寨之主，不可轻动!"

03 美女扈三娘为何要嫁龌龊下流的王矮虎

梁山攻破了祝家庄，收获非常之大。不算金银财宝，仅粮食就是50万石。按当时的粮价来算，每石2贯，宋江这一票，光粮食就是100

万贯！而晁盖劫的生辰纲，也不过是号称10万贯而已。

宋江一出手，就是晁盖的十多倍！

在攻打祝家庄的时候，旁边的扈家庄曾与梁山私下达成协议，协助宋江攻破祝家庄。因此，扈家庄其实于梁山是有贡献的。

但在事成之后，却突然杀出个黑李逵来！

"且说李逵正杀得手顺，直抢入扈家庄里，把扈太公一门老幼，尽数杀了，不留一个。叫小喽啰牵了有的马匹，把庄里一应有的财赋，捎搭有四五十驮，将庄院门一把火烧了。"

就这样，对梁山有贡献的扈家庄，被李逵眨眼间给灭了。

李逵帮宋江擦屁股。宋江再把李逵呵斥一顿，造成一种都是李逵滥杀无辜的假象，这完全是李逵的个人行为，而并非梁山的意思，一切也就OK了。

不过，李逵有点脑残，他居然不顾领导的感受，当着那么多人的面，跑来对宋江说："扈太公一家都杀得干干净净。兄弟特来请功！"

毫无理由把人家杀绝了，他还来请功。

宋江发火了，喝道："你这厮，谁叫你去来！你也须知扈成前日牵牛担酒，前来投降了。如何不听得我的言语，擅自去杀他一家，违了我的将令？"

格外强调：谁叫你去。违了我的将令。

李逵道："你便忘记了，我须不忘记！……"

扈家庄有一个漂亮的女儿，名唤"一丈青"扈三娘，早被擒上了梁山。宋江就把这美丽如花的扈三娘嫁给了龌龊下流的王矮虎。

我们先来看扈三娘的原配未婚夫：祝彪。

祝彪的出场是："中间拥着一个年少的壮士，坐在一匹雪白马上，全副披挂了弓箭，手执一条银枪。"人才俊杰，相貌堂堂，武艺也不错，大户人家的三公子，与扈三娘是从小青梅竹马。

再看看扈三娘现在的丈夫：王矮虎。

王矮虎是个押车的伙计出身，见财起意，杀死雇主，落草为寇。在清风山拿住宋江时，不问青红皂白，残忍地要喝人心汤。且好色如命，猥亵不堪，武艺也远不如一个女流扈三娘。

如果说扈三娘看不上青梅竹马、门当户对、男般女配的祝彪，则绝对没有任何理由会突然爱上一个又丑又下流又猥琐的矮男人。那她又为什么要嫁给王矮虎呢？书上原文：

"宋江主张一丈青与王矮虎作配，结为夫妇。众头领都称赞宋公明仁德之士。"

原来是宋江的主张。

是宋江要把这朵鲜花插在牛粪上。连宋江自己也曾说过，王矮虎贪女色，不是好汉的勾当。可他现在为什么还要把扈三娘嫁给这个不是好汉的家伙呢？不是在故意糟蹋作践扈三娘么。

扈三娘，是梁山的战利品。而绝大多数梁山好汉都是光棍，随便嫁个人，准比那王矮虎要强得多！

不过，嫁给谁合适呢？大家都是光棍，嫁给甲光棍，则乙光棍会有意见，嫁给乙光棍，则丙光棍又有意见。没法办。

嫁给林冲可不可以呢？扈三娘是被林冲擒住的，按说扈三娘会服他，林冲长得也可以，级别也高，配扈三娘不差。但宋江又有意见了，宋江不喜欢看到强强联合，对自己构成威胁。

按强盗的规矩，捉住的美女，送给老大当压寨夫人，则小弟们一般没啥意见。所以，扈三娘最应该配的人是晁盖（或宋江）！

宋江从没有说过要把扈三娘送给晁盖哥哥当压寨夫人的话，这就不用具体分析了，这样的好事，哪能让给他呢？

而扈三娘被捉到梁山之后，关押的地方也很奇怪——是在他老爹宋太公的房里！这就确保了扈三娘不会落到晁盖手里，不会成为晁盖的压寨夫人；而只会落在宋江的手里，就只会成为宋江的压寨夫人。

宋江究竟有没有这个意思呢？他当然是不可能说出来让你知道的。但是他不说，并不等于他没这种想法。

还是那黑鬼李逵，快人快语，顶撞宋江说："你又不曾和他妹子（扈三娘）成亲，便又思量阿舅丈人！"

宋江喝道："你这铁牛，休得胡说！我如何肯要这妇人？我自有个处置。"

在李逵看来，宋江的确是有这个意思的。

扈三娘关在宋太公房里，这一关，就是一个多月。等她被放出来的时候，身份已经是宋江的妹妹、宋太公的女儿了。

这一个多月发生了什么？我们相信宋江、宋太公都不是那种耍低级流氓的人。大概就是：

他们是在做扈三娘的工作，做思想工作。劝她，反复地劝她，自愿做宋江的压寨夫人。宋江根本不用出面，只要扈三娘自愿做他的压寨夫人，保证谁都没有反对意见。

扈三娘就是不愿意。所以宋江也不便用强，所以当他的父亲引着扈三娘出来的时候，宋江在不征求任何意见的情况下，就直接当众宣布道：

"今天是个良辰吉日，贤妹与王英结为夫妇！"

自己得不到的东西，只有毁灭掉，心里才舒服。所以就像"张大户"赌气一样，宁愿倒贴钱，也要把潘金莲嫁给武大郎！叫她一辈子恶心痛苦！就这样，貌似潘金莲的扈三娘，嫁给了貌似武大郎的王矮虎。

扈三娘见宋江义气深重，推却不得。俩口儿只得拜谢了。

扈三娘的全家被宋江杀干净了，不共戴天之仇。"义气深重"又从何而来？又为何还要谢宋江？这是在谢他总算放过自己，不逼她了。否则不存在义气之说。

嫁给最差的人也凑合，总比嫁给灭门仇人强。

从这以后，《水浒传》的作者就再不安排扈三娘开口说话了。无力抵抗强暴，就只能无可奈何地用死一般的沉默来寄托仇恨。

04 梁山好汉残忍杀害四岁儿童事件

宋江做了梁山好汉的首领，又破了祝家庄，狂赚一大笔，现在没啥事了，便开始回忆和自己作梗的人来。

好像没几个人。曾经有个黄文炳，但已经被处理了。还有谁呢？宋江细细往前回忆：哦，还有原来的同事——朱仝。

朱仝和宋江，同是郓城县老乡，同在一个衙门上班，他们俩的恩恩怨怨，在前文相关章节中已经讲过了。

宋江的第一次逃亡，就是因朱仝而起。表面上看来，是朱仝私放了宋江，而实际上宋江心里清楚得很，朱仝其实是晁盖的人，我宋江还需要你朱仝来放吗？

还有更气人的。

那就是朱仝的长相。朱仝潇洒，而宋江猥琐。两个人的外貌品相简直不可同日而语。朱仝一表人才，宋江又黑又矮。宋江把自己和朱全暗暗比较，心理上会越来越不舒服。

这一天，雷横因公差路过梁山，宋江置酒管待，一连住了五日，动问朱仝的消息时，雷横答道："朱仝现今参做本县当牢节级，新任知县，好生欣喜。"

朱仝呀，他现在已经升职了，并且还很受新任领导的欣赏。

宋江听后，宛曲把话来劝说雷横上山入伙。

"宛曲把话来"，就是把话题岔开，不说朱仝了，说朱仝做什么。宋江听到朱仝越混越好的消息后，心理上又不舒服了。

雷横回去后，打死了人，关在牢里，被朱仝放了。因此，朱仝受牵累吃了官司，被刺配沧州牢城。

来到沧州衙门，正值知府升厅。两个公人押着朱仝站在厅阶下。

知府一看，只见朱仝长的仪表非俗，貌如重枣，美髯过腹，知府先有八分欢喜。便说：这个犯人不要发到牢营去了，就留在本府听候使唤。

朱仝是美男子、美髯公。和知府大人素不相识，就因为他这个长相，就可以不用坐牢了。这在《水浒传》中，可以算是待遇最好的犯人了。

忽一日，这知府大人正在与朱仝说话时，知府的儿子小衙内（方年四岁），从屏风背后转出来，见了朱仝，特喜欢他的胡子，便走过来，要他抱。

朱仝只得抱起小衙内在怀里。又抱到街上玩耍，又买糖和果子给他吃。

这个小朋友只有四岁，乃是知府的亲生儿子，知府爱惜如金似玉。见他特别喜欢朱仝，就不安排朱仝做别的事了，专门帮他带孩子。

朱仝道："恩相台旨，怎敢有违。"自此为始，朱仝获得了一份最安全、最轻松的工作，成为知府大人家里的男保姆。

到现在为止，可以说朱仝是水浒里"运气"最好的一个犯人了。他的好运，皆来自于他的长相、胡子。

就这样天天带孩子到街上玩，饿了买了吃，累了回来睡，多舒服呀。比原来上班强多了。

这一天，朱仝带着小朋友出去看灯。背后有人拉朱仝袖子，朱仝回头一看，吃了一惊，却是雷横。雷横说是特地和吴军师前来看他的。

朱仝问："吴先生现在何处？"

背后转过吴学究道："吴用在此。"然后就劝他上梁山入伙，岂不比在这里当保姆强。"望仁兄便那尊步，同赴山寨，以满晁宋二公之意。"

朱仝道："先生差矣！这话休题……我却如何肯做这等事！……今日你倒来陷我为不义！"

吴学究道："既然都头不肯去时，我们告退。"

他们也就说了那么几句话的工夫，小朋友就突然不见了。

朱仝急呀，四处寻不到。雷横吴用说，多半是被李逵抱走了，你跟我们来，包还你小朋友。

朱仝跌脚直叫苦，只见李逵在前面叫道："我在这里！"

朱仝抢近前来，问道："小衙内放在哪里？"

李逵唱个喏道："小衙内有在这里。"

朱仝又问时，李逵就说，这个小朋友呀，他现在正在树林子里睡觉呢，睡着了，你自己过去看吧。

朱仝逐抢入林子里寻时，只见小衙内倒在地上。朱仝便把手去扶时，只见那小朋友的脑袋已被劈做两半个，死在了那里。

正是：只为坚心悭入伙，更将婴孺劈天灵。

把朱仝逼上梁山的，居然是李逵。

朱仝大怒，咬牙切齿道："若要我上山时，你只杀了黑旋风，与我出了这口气，我便罢。"

李逵听了，大怒道："教你咬我鸟！晁宋二位哥哥将令，干我屁事！"

李逵说得很清楚，他是奉命行事，上级指示。

这李逵一激动，就又开始脑残了。

不过还好，李逵并没完全说透。究竟是晁盖的将令呢？还是宋江的将令呢？他不说。

而吴用、雷横的解释是："兄长，望乞恕罪！皆是宋公明哥哥将令分付如此。若到山寨，自有分晓。"

点明了，都是宋江的意思。并且，到了山寨，自有分晓。

朱仝道："是则是你们弟兄好情意，只是忒毒些个！"

为了逼朱仝当强盗，就残忍地杀害一个无辜的四岁的小朋友，以断朱仝的后路。这，这还有"义"可言吗？

结果，朱仝来到山寨后，宋江却又是这样说的：

"前者杀了小衙内，不干李逵之事。却是军师吴学究因请兄长不肯上山，一时定的计策。今日既到山寨，便休记心……"

宋江竟然推脱说，杀害小朋友是吴学究的意思。

而吴学究当时就在场，居然不做任何反驳。

最后，宋江说了一句非常具有领导艺术的话来：你既然已经上山来了，就不要再把这件事记在心里，我们要"同心协助，共兴大义"！

05 逼上梁山何其多：富豪柴进的悲催

柴进，人称柴大官人，沧州富豪，仗义疏财，喜欢交结天下英雄，曾资助过王伦、杜迁、林冲、武松、宋江、石勇等人，是江湖上早期的"大哥"级人物。

柴进的出身，可以说是最高贵的。

他是后周皇帝柴世宗柴荣的嫡派子孙。当时担任禁军指挥使的赵匡胤，发动"陈桥驿兵变"，从柴家夺了皇位，欲善待柴家孤儿寡母，赵匡胤就赐给了柴家一块丹书铁券，也就是免死金牌。

这丹书铁券，在柴家代代相传，长子的长子的长子的长子……最后，就传到了柴进的手中。

在小说《水浒传》中，柴进一再强调自己的身家地位："小人是柴世宗嫡派子孙，家间有先朝太祖书铁券。"

第八回，当地人这样评价他："俺这村中有个大财主，姓柴，名进，此间称为柴大官人，江湖上都唤做小旋风。他是大周柴世宗子孙。自陈桥让位，太祖武德皇帝敕赐与他'誓书铁券'在家，谁敢欺负他。"

柴进手里有皇帝发的免死牌。

他吃的、穿的、用的，都是朝廷给的。如果大宋朝廷兴旺，柴进的日子就会好过；如果大宋朝廷垮台，柴进的"誓书铁券"就必定作废，利益将得不到保护。（而想复辟大周是不太可能的事。）

也就是说，在所有的梁山好汉中，只有柴进的利益是和大宋朝廷的利益捆绑在一起的。所以柴进最没理由，也最没必要与大宋朝廷对着干。

那他又为什么要上梁山呢？

话说李逵奉宋江之命下山。下山做什么呢？宋江后来曾亲口说过："兄弟！若是上风放火，下风杀人，打家劫舍，冲州撞府，合用着你。这做细作的勾当，你性子又不好，去不的。"

就是说，李逵这个人，安排他去杀人放火，是最适合的人选。

李逵下山后，第一件事是把朱全带的那个小孩杀了，把朱全逼上绝路，被迫上了梁山。"晁宋二位哥哥将令，干我屁事！"紧接着，李逵就待在柴进家里不走了，说怕朱全要和他过不去。

其实呢，李逵这次下山，并非只有逼朱全上山一个任务。赖在柴进家里不走，也是有所企图的。

李逵住了一个月还不走，直到有一天，柴进接到一封信：

原来柴进有个叔叔，名叫柴皇城，住在高唐州，与人怄了气，卧病在床，性命不保。有遗嘱言语要吩咐柴进，特来叫他过去一下。

李逵道："既是大官人去时，我也跟大官人去走一遭，如何？"

李逵要求与柴进同去。柴进答应了。

来到高唐州，问明了原因，原来本州新任知府高廉的舅子殷天锡，想强占柴皇城的后花园，因此柴皇城受了这口气，一卧不起。

柴进道："小侄自使人回沧州家里去取丹书铁券来，和他理会。便告到官府，今上御前，也不怕他。"

到了第三天，殷天锡骑着马，带着人，来看花园，口放狂言："限你三日便要出屋。三日外不搬，先把你这厮枷号起，先吃我一百讯棍。"

柴进道："直阁休恁相欺！我家也是龙子龙孙，放着先朝丹书铁券，谁敢不敬！"

殷天锡喝道："你拿出来我看。"

柴进道："现在沧州家里，已使人去取来。"

殷天锡大怒道："这厮正是胡说！便有誓书铁券，我也不怕。左右，与我打这厮。"

黑旋风李逵听得，机会来了，二话不说，大吼一声，把殷天锡揪下马来，一拳打翻，拳脚一起上，看那殷天锡时，呜呼哀哉，当场死了！

看起来，李逵是在帮柴进，实际上反害了他。

为什么这样说呢？我们不妨从正反两个方面来看：

如果李逵不打死殷天锡。则房产纠纷按常规方式演变，柴进上京城向皇帝告御状，不要说高廉，即便高俅也奈何不得！皇室还是承认"誓书铁券"的。

也许有的朋友会固执地认为那个"誓书铁券"未必能起作用。好吧，就算如此，那么最坏的结果，也无非是柴皇城的后花园被殷天锡强占去了。也罢，怄一肚子气罢了。

而柴进的财产，则是分文不会受损的。那么，柴进依然还是过着和原先完全一样的生活，他100%没任何理由丢掉吃皇粮的铁饭碗，跑去梁山落草为寇。

也就是说，殷天锡、高廉并不能把柴进逼上梁山。

而一旦李逵打死了殷天锡，则变数增加。紧接着，李逵、宋江再带着梁山的大部人马过来"抢救"，实际上就是变相地出卖了柴进通匪！勾结梁山反贼，从而必将柴进陷于死地！

柴进的处境，要么死掉，要么就只有上梁山这一种选择了。

所以说，真正把柴进逼上梁山的人，其实是兄弟李逵、宋江。

那么，宋江又为什么要逼柴进上梁山呢？

说得好听一点，是兄弟们够义气，是要救你啊。说得难听，就是宋江心太黑，也想和殷天锡一样，霸占柴家的财产！

这是有先例的。在三打祝家庄的时候，李家庄的李应是个大富豪，对梁山有贡献。宋江却派人冒充政府，以李应勾结梁山为由，把他抓走。再把李家庄的巨额财产洗劫一空，一把火烧了。最后再假意派人抢救李应。李应别无选择，只有逼上梁山。

现在，李逵打死人命，连累柴进，梁山方面乘机抢夺柴进的巨额财产，再救出柴进，与上面的手法何其相似！（所以，柴进和李应这两大富豪后来在梁山担任了同样的职务。）

当柴进被救出之后，书上原文写道：

"宋江就令众人把柴进扛扶上车睡了。先把两家老小并夺转许多家财，共有二十余辆车子，叫李逵、雷横，先护送上梁山泊去。"

两家，就是沧州的柴进家和唐州的柴皇城家，他们柴家的两处家财，统统都被先行送上了梁山泊，宋江笑纳了。

06 晁天王离奇死亡之谜

"休分功劳高下，待日后出力多寡，那时另行定夺。"这是宋江说的话。兄弟们的排名，要看日后的出力状况而定。谁的功劳大，谁当然就可以排名居前。

到了要立功的时候：

晁盖欲打祝家庄，则宋江劝：哥哥山寨之主，不可轻动也。

晁盖欲打高唐州，则宋江又劝：哥哥山寨之主，不可轻动也。

晁盖欲打青州，则宋江又劝：哥哥山寨之主，不可轻动。

晁盖欲打华州，则宋江又劝：哥哥山寨之主，不可轻动也。

晁盖欲打曾头市，则宋江又劝：哥哥是山寨之主，不可轻动。

如此一来，只要是有立功的机会，就老是宋江带着他的兄弟们在立功，并且又收编许多新的小弟，而晁盖和他的兄弟们就永远也没有立功的机会了。

宋江壮大越来越牛，晁盖不能坐以待毙！

晁盖要反击了，看了宋江就烦，所以他格外强调了这么一句话："不是我要夺你的功劳！……"

又听到宋江劝他。"晁盖忿怒，便点起五千人马，请启二十个头领相助下山。"

"忿怒"。晁盖忿怒了。多么准确的词汇。

"请启二十个头领相助"。晁盖已经成了花瓶摆设，威望全无，下山还要请人。哪像宋江，一提到下山，众兄弟们齐声吆喝："愿随哥哥前往！"

所以，晁盖忿怒了，晁盖要反击了。这次我一定要去，兄弟，不是我要夺你的功劳。

就是这一次，也就只这一次，晁盖一下山就把命丢了，死了。

你说巧不巧？

晁盖每一次要求下山，都没让他去，偏偏这次一下山就死了。这也太蹊跷了吧。这究竟是个意外呢？还是必然呢？

今天，我们就来探讨这个问题。

（一）起因之谜

梁山与曾头市本无冲突，起因只为一匹马。

有个叫"金毛犬"段景住的人，只闻得宋江大名，要宋江收他做个小弟。他偷了一匹好马，特来献给宋江，作为进身之礼。在半路上，马被曾头市的史文恭夺去了。

宋江见了这段景住，顿时"心中暗喜"。他在喜什么呢？

接着，宋江叫戴宗去曾头市看马。戴宗一回来，事态就变得格外严重了。

戴宗说："他与我们势不两立，定要捉尽俺山寨中头领，做个对头。……更有几句言语唱道：'扫荡梁山清水泊，剿除晁盖上东京。生擒及时雨，活捉智多星。曾家生五虎，天下尽闻名'。"

段景住对史文恭说过，马是送给宋江的，并非给晁盖的。晁盖的名声其实没有宋江大。而曾头市却偏偏只要"剿除"晁盖一个人！

这一切都是出自宋江的心腹戴宗之口。他回来后就是这样说的。

那么，戴宗是不是故意夸大其词，激怒晁盖呢？有这种可能。因为曾头市并不知有晁盖，也没人认识晁盖。

总之，晁盖就是在听了戴宗的这几句话后，才大怒道："这畜生怎敢如此无礼！"执意要下山。

（二）征兆之谜

晁盖下山，宋江相送。

"饮酒之间，忽起一阵狂风，正把晁盖新制的认军旗，半腰吹折。众人见了，尽皆失色。"

在许多古代小说中，都把出征前折了军旗视为"凶兆"！

旗杆子竖那里，一阵风突然吹来，把旗杆吹倒、把旗帜吹掉，这些都是有可能的。但是，如果说一阵风刮来，就把一根旗杆子从半中腰里刮断了，有这种可能吗？

偏偏，这种不符合物理学逻辑的怪事就发生了。一阵风吹来时，就硬是把一根直挺挺的旗杆子从半中腰里吹断了。

为什么会有这样奇怪的事发生呢？与晁盖之死真的有必然联系么？

（三）中箭之谜

晁盖带着人马与曾头市交锋后，曾家一连三日闭门不战。

到第四日，忽有两个和尚，到晁盖寨里来投拜，带晁盖晚上去劫寨。

晁盖将人马分一半，点了十个头领同去，分别是：刘唐、阮小二、呼延灼、阮小五、欧鹏、阮小七、燕顺、杜迁、宋万、白胜。加上晁盖本人，共计十一名头领。

大家都跟着两个和尚前进，黑夜疾走，行不到五里多路，黑影处不见了两个僧人。

军士慌起来，大家便又急回旧路走。不到百十步，只见四下里金鼓齐鸣，喊声振地，一望都是火把。晁盖众将引军夺路而走。才转得两个弯，撞出一彪军马，当头乱箭射将来。

不期一箭，正中晁盖脸上，倒撞下马来。急拔得箭出，看那箭时，上有"史文恭"字。

中了埋伏不奇怪。但奇怪的是，史文恭既然想要偷袭晁盖，又何必要在箭上刻"史文恭"的名字？既然是用"乱箭"射，又何必要在箭上涂毒呢？

并且，在场的一共是十一名头领，乱箭齐发射过来时，其他的十个人都屁事没有，恰恰就只一箭射中了晁盖一个人！你说巧不巧？

晁盖究竟是中了敌人的埋伏，还是被自己人暗算了呢？

欲知后事如何，且听下回分解。

07 晁盖遗嘱之谜

晁盖在攻打曾头市的时候，不期中了一支毒箭，拔出来看那箭时，上有"史文恭"字。当日众头领闷闷不已，也无恋战之心，人人都有还山之意。就把晁盖抬回了梁山。

虽然射中晁盖的箭上，刻有"史文恭"的名字，但却未必就是史文恭放的箭。原因有三：

1. 晁盖偷袭的是北寨，北寨是由曾涂与副教师苏定把守的。而史文恭把守的是总寨。因此，史文恭并不在现场。

2. "急回旧路走，不到百十步，只见四下里金鼓齐鸣。"晁盖并未到达目的地，是在回去的路上中的埋伏。史文恭作为统帅，更没理由在敌后冒险当射手。况书中从未提到过史文恭善于射箭的描述。

3. 交战之初，曾家说道："我曾家府里，杀你死的不算好汉。我一个个直要捉你活的，载装陷车里，解上东京。"声称是要捉活的。

晁盖中毒后，已经不能说话了，但到最后，还是挣扎着对宋江说了这样一句话："贤弟保重。若哪个捉得射死我的，便叫他做梁山泊主。"

这是晁盖最后的遗嘱，颇令人深思。

老大死了，老二接班，本来就是天经地义的事。但晁盖偏偏要说

"哪个捉得射死我的，便叫他做梁山泊主"，什么意思呢？

因为山寨中能捉住史文恭的人不少，偏偏只有宋江的功夫最差，力气只娘们大小，所以最没有可能捉住史文恭的人，就是宋江。

这就等于直接否定了让宋江接班继任，一下子推翻了晁盖以前所有的推让之举。究竟是什么让晁盖做出了这么大的转变呢？晁盖是不是在临死之前发现了什么呢？

下面，我们再来看看宋江的表现：

宋江见晁盖死了，哭得发昏。众头领都请宋江为山寨之主。

宋江道："却乃不可忘了晁天王遗言。临死时嘱道：'如有人捉得史文恭者，便立为梁山泊主。'此话众头领皆知，亦不可忘了。又不曾报得仇，雪得恨，如何便居得此位？"

这一番话，表面上看起来，是宋江在假意推辞，不肯当山寨之主。

而实际上，宋江是在有意偷换概念，故意混淆兄弟们的视听。

宋江说，晁天王死的时候交代了：如有人捉得"史文恭"者，便立为梁山泊主。此话众头领皆知，亦不可忘了。

尤其强调：众头领皆知，亦不可忘了。要求大家牢牢记住。

你看，晁盖是这样说的吗？晁盖说的是"射死我的"，他有说是史文恭射的他吗？根本就没有！

但宋江不止一遍地向众兄弟门反复灌输强调这一概念，有意给大家造成了这样一种错觉：是史文恭射死了晁盖。

宋江聚众商议，要与晁盖报仇。

军师吴用谏道："哥哥，庶民居丧，尚且不可轻动。哥哥与师，且待百日之后，方可举兵，未为迟矣。"

不与晁盖报仇的原因是"居丧"期间，不可用兵。这完全是屁话，因为他们照样还是在用兵打北京城、打大名府，打了好几仗，就是不打曾头市报仇。为什么？因为没仇。

黑水浒

后来，一直到了第二年的春天，宋江才兴兵去打曾头市。

为什么打曾头市呢？是为晁盖报仇吗？并不是。

是因为段景住又买了二百余匹好马，被郁保四劫夺，又解送曾头市去了。宋江听了，大怒道："前者夺我马匹，今又如此无礼！晁天王的冤仇，未曾报得，旦夕不乐。若不去报此仇，惹人耻笑。"

先抢我的马，今又抢我的马（属大额资产），这是主因。而晁盖的仇，只是勉强排在最后的次因（借口）而已。

所以，宋江要打曾头市，其目的是要"夺马"。

大家在看《水浒》的时候，总会一厢情愿地想象：梁山二打曾头市，是去为晁盖报仇。

可是，当双方交战的时候，曾家从未宣传过前次击毙敌方首领的辉煌战绩；而梁山方面，宋江也从未提出过曾家有杀晁盖之仇。宋江只说要马，不说有仇，这难道不是很奇怪吗？

交战之后，曾家不愿再打了。曾长官写信过来讲和：

"曾头市主曾弄，顿首再拜宋公明统军头领麾下：日昨小男倚仗一时之勇，误有冒犯虎威。向日天王率众到来，理合就当归附。奈何无端部卒，施放冷箭。更兼夺马之罪，虽百口何辞。原之实非本意。今顽犬已亡，遣使讲和。如蒙罢战休兵，将原夺马匹尽数纳还，更赍金帛犒劳三军。此非虚情，免致两伤。谨此奉书，伏乞照察。"

宋江看了，回信写道：

"梁山泊主将宋江，手书回覆曾头市主曾弄帐前：国以信而治天下，将以勇而镇外邦。人无礼而何为？财非义而不取。梁山泊与曾头市，自来无仇，各守边界。奈缘尔将行一时之恶，惹数载之冤。若要讲和，便须发还二次原夺马疋，并要夺马凶徒郁保四，犒劳军士金帛。忠诚既笃，礼数休轻。如或更变，别有定夺。草草具陈，情照不宣。"

曾家似乎并不知道晁盖死了。提出讲和的条件只是：归还马匹；犒劳三军。

而宋江也承认说，"梁山泊与曾头市，自来无仇。"似乎晁盖死了，和他们根本就没什么关系。答应讲和的条件是：归还马匹；交出夺马的郁保四；犒劳军士。

比曾家提出的条件，只增加了一条，交出夺马贼郁保四。偏偏没有要求交出射死晁盖的凶手史文恭！你说离谱不离谱？！

这就怪了，曾头市没认为晁盖是他们杀的，宋江也认为晁盖不是他们杀的，与曾头市，自来无仇。那么，晁盖究竟死于谁手？

08 晁盖究竟死于谁人之手

晁盖出征的时候，一阵风吹过，就把旗杆子从半中腰吹断了，真不可思议！接着就是，"众人见了，尽皆失色。——此乃不祥之兆"。

晁盖中了箭后，大家又七嘴八舌地都说："今番晁天王哥哥下山来，不想遭这一场，正应了风折认旗之兆。"

这就是要叫大家都相信：晁盖的死，乃是天意。

偏偏金圣叹不相信。

金圣叹说，通篇都是用的深文曲笔，以深明宋江弑杀了晁盖。理由是什么呢？金老先生解释道：今我不能知其事之如何，然而"观其书法，推其情状"，便可以知道是宋江弑晁盖。

也就是说，他是根据作者的写法，推理出来的。他从十个方面进行了逻辑推理，基本上还是比较合其情状的，这里我就不再一一复述了。

宋江弑晁盖，说得通。用最客观、最准确的说法就是"晁盖死于权力路线之争"。晁盖路线与宋江路线相悖，于梁山无所发展，于兄弟们无所利润。所以晁盖的失败，是注定的事，是迟早的事。

这个结论，相信多数人能够接受，应该争议不大。

那么，如果真是宋江弑晁盖，又是由谁去执行的这个绝密计划呢？所以，又有许多人接着金老先生的推理，继续往下推理——是宋江的心腹花荣射死了晁盖！帮宋江哥哥清除绊脚石。

可是，花荣的箭术虽然高超，但他不在场啊，找不到花荣在场的证据。哪怕是勉强找一个捕风捉影、牵强附会的证据出来也好，可根本就找不出！所以，花荣的嫌疑其实非常轻。

再说了，以花荣的神射，用得着下毒吗？

这么说来，梁山方面的花荣，和曾头市的史文恭，其实都是应该排除的对象。那么，凶手究竟是谁呢？

下面，我们不妨也来个"观其书法，推其情状"，结合上下文的意思来推理推理。只是推理而已。

曾头市方面的信件中承认"奈何无端部卒，施放冷箭"。说明与晁盖中箭还是有一定关系的。史文恭是统帅，也不在场，放箭的是一些"无端部卒"。

在战场上放乱箭是一件很正常的事，并不是专门只针对某一个人的，晁盖带着队伍，走在前面，不期中了一箭，也很正常。

"都回到帐中。众头领且来看晁盖时，那枝箭正射在面颊上。急拔得箭，出血晕倒了。"

按这段文字的描述，箭是射在脸上，应该不是致命部位。晁盖先还是清醒的，拔箭出血后才晕倒的。

　　紧接着："林冲叫取金枪药敷贴上。原来却是一枝药箭。晁盖中了箭毒，已自言语不得。"

　　注意看，是在林冲敷了药以后，才发现晁盖中了毒的。

　　那么，试问林冲怎么就知道他中了毒呢？

　　从夜里中箭，到天明回寨，没发现他中毒；从回寨后到拔箭时，没发现他中毒；从拔箭后晕倒了，也没发现他中毒。偏偏一敷药，就发现中毒了。这难道不可疑吗？

　　因此，在下斗胆推测：是林冲就此敷药机会，毒杀了晁盖！

　　看官先莫要惊讶。因为推测林冲，总要比推测花荣恰当得多。因为在梁山好汉中，也只有林冲才有敢杀老大的胆量！

　　"这梁山泊便是你的？不杀了，要你何用？你也无大量之才，也做不得山寨之主！"

　　这是林冲的经典语录。

　　用在第一代领导人王伦身上恰当，用在第二代领导人晁盖身上同样也恰当！

　　却说当时，晁盖推辞时，林冲把晁盖推在交椅上，叫道："请勿推却，若有不从者，将以王伦为例！"

　　你看，作者早在晁盖登基之时就埋下了伏笔：林冲居然说过要把晁盖以王伦为例的话！

　　林冲杀老大，为梁山前途考虑。因为王伦与晁盖比，无大量之才，做不得山寨之主；而晁盖与宋江比，同样也是无大量之才，做不得山寨之主！

　　宋江路线要明显优于晁盖路线。不需要吴用一个眼色，他也会自愿去干。把不成器的老大做掉，推有实力的人当老大，这才符合林冲的想法。

　　你看，晁盖一死，"林冲与公孙胜、吴用并众头领，商议立宋公明为梁山泊主"。又是林冲带头。

"次日清晨，林冲为首，与众等请出宋公明在聚义厅上坐定。"
还是林冲带头。

林冲一惯不出头，恰恰每逢换届时，出头最积极。

09 你知道宋江是哪路神仙下凡吗

这回说个题外话，关于《水浒传》里的神话故事。

水浒开篇第一回，写的是妖魔下凡，祸害人间！细细揣摩，这则
神话也颇耐人寻味。

话说洪太尉在信州龙虎山伏魔殿前，听说这殿里关押着许多魔
王，心中惊怪，半信不信，便想打开门来看看魔王究竟是什么模样。

真人答道："子子孙孙，不得妄开，走了魔君，非常利害！"

太尉笑道："胡说！我不信有魔王在内！快与我打开，我看魔王
如何。"

真人三回五次禀说："此殿开不得，恐惹利害，有伤于人。"

太尉大怒，指着道众说道："你等不开与我看，回到朝廷，先奏你
们众道士阻当宣诏，违别圣旨，把你都追了度牒，刺配远恶军州受苦！"

真人惧怕太尉权势，只得把封皮揭了，推开看时，中央一个石
碑，碑上凿着四个大字："遇洪而开"。

洪太尉大喜，便对真人说道："'遇洪而开'，分明是教我开
看。我想这个魔王，都只在石碑底下。汝等从人，与我多唤几个火工
等，将锄头铁锹来掘开。"

第七　晁盖篇

真人慌忙谏道："太尉！不可掘动！恐有利害，伤犯于人，不当稳便！"

太尉哪里肯听，叫人掘起来看时，却是一个万丈地穴，穴内刮刺刺一声响亮，非同小可！恰似一风撼折千竿竹，十万军中半夜雷。响亮过处，只见一道黑气，从穴里滚将起来，掀塌了半个殿角。

那道黑气直冲上半天里，空中散作百十道金光，望四面八方去了。众人吃了一惊，发声喊都走了，惊得洪太尉罔知所措，面色如土。

那一道黑气，便是关押在伏魔殿里的一百零八个妖魔，来到世上，化做了梁山泊一百零八条好汉。

原来，这梁山泊一百零八条好汉，都是些是妖魔下凡！那么，宋江呢？他又是什么下凡呢？

《水浒传》第四十一回，诗曰：

为人当以孝为先，定省应须效圣贤。

一念不差方合义，寸心无愧可通天。

路通还道非侥幸，神授天书岂偶然。

遇宿逢高先降谶，宋江元是大罗仙。

注意这最后一句话："宋江元是大罗仙。"

"大罗仙"是什么呢？大罗仙是道教中的神仙，道教中的万神之神是玉皇大帝，他手下的神仙可以归纳约分五类（按级别由高到低）：1.大罗金仙；2.天仙；3.地仙；4.人仙；5.鬼仙。

所以，这大罗仙就是级别非常之高的神仙。

《三教源流搜神大全》，卷七中记载：

哪吒本是玉皇驾下大罗仙，后被封为三十六员第一总领使、天帅元领袖，永镇天门。玉皇大帝叹息人间魔怪太多，所以派大罗仙下凡收服。即转生为李靖之三子：哪吒。

现在看来，这宋江先生，很有可能就是可爱的哪吒转世下凡的！

哪吒本是大罗仙，宋江元是大罗仙；

哪吒排行三太子，宋江排行宋三郎；

哪吒声称与父亲断绝父子关系,宋江也有文书与父亲断绝父子关系;

哪吒其实并没断绝父子关系，宋江其实也没断绝父子关系；

哪吒三头六臂，宋江三刀两面；

哪吒原是造反的魔头，宋江亦是强盗的头领；

哪吒改邪归正了，宋江投降招安了；

哪吒是三十六员第一总领使，宋江是三十六天罡第一总头领；

哪吒最后帮玉帝把妖魔都收拾干净了。难道，宋江也是专来帮皇帝收拾那些个好汉们的?

难怪宋江装疯的时候会说是玉皇大帝派他来造反的，来杀人的，玉皇大帝给了他一颗金印，八百斤重……

一比较，嘿！这宋江与哪吒还真有着极其相似的出身和经历，两人身上的相似点还真多，看来绝非偶然。

从这个角度来看，就可以很好地解决晁盖晁大哥的户口问题了。

有许多朋友问：为什么梁山108条好汉里面没有晁盖呢? 怎么说，晁盖也是一条响当当的好汉啊，没有他，只怕说不过去吧。甚至有人说应该算109条好汉。

现在，我可以很充分地告诉你了，排108好汉之首的，就是晁盖! 而不是宋江!

因为"宋江元是大罗仙"，是玉皇大帝派出来的奸细! 是来害他们的! 因为宋江并不是从地下的那道黑气里窜出来的呀,所以没有他。

而从伏魔殿的那道黑气里窜出来的，又的确是108个，所以老大就必是晁盖无疑! 而宋江混进来要害他们，说108将的名单上根本就没有晁盖! 于是，晁盖的名分就被宋江冒顶去了。

第八 招安篇

01. 揭谜《水浒传》里隐藏的一段同性恋

02. 解读《水浒》："梁中书"之谜

03. 宋江为什么要走招安路线

04. 揭密《水浒传》中神异的"玄女下凡"事件

05. 破译《水浒传》里神秘的"天书"之谜

06. 朝廷为何要"招安"

07. 解读《水浒》：看宋江如何做思想工作

08. 梁山108好汉的排名究竟有何玄机

09. 《水浒传》究竟说什么

10. 读《水浒》：不可思议的招安之路

11. 人在江湖，身不由己

01 揭秘《水浒传》里隐藏的一段同性恋

梁山好汉，不近女色。一近女色，便不是好汉的勾当。

《水浒传》写到一半（六十回），引出了卢俊义。这卢俊义也是个于女色上不十分要紧的人，却与燕青的关系非同一般。

你先看"燕青"这个名字，男不男，女不女的。你再看他的绰号，不叫别的，偏偏唤做"浪子"。

"浪子"是什么意思呢？浮浪子弟的意思。一般是指不受道德约束的人，尤其是指不务正业过着放荡生活的人。

燕青是这种人吗？一点也不像。那他究竟浪在哪呢？

小说第八十一回，说大宋第一美女李师师看上了燕青，就用酒灌他。燕青被央不过，只得陪侍。

"原来这李师师是个风尘妓女，水性的人。见了燕青这表人物，倒有心看上他。酒席之间，用些话来嘲惹他。数杯酒后，一言半语，便来撩拨。燕青是个百伶百俐的人，如何不晓得。"

燕青晓得归晓得，就是不动心。

李师师又与他同吹一箫，之后一定要他裸露身体，看他的花绣。

燕青笑道："怎敢在娘子跟前掀衣裸体！"李师师定要看。燕青只得脱了下来。李师师看了，十分大喜，把尖尖玉手，便摸他身上。燕青慌忙穿了衣裳。

燕青与第一美女独处一室，在裸体被摸的情况下，依然还能不为所动。这个定力非同一般。可见他与"浪"毫不沾边。所以作者赞道：

"因此上单显燕青心如铁石，端的是好男子！若是第二个在酒色之中的，也坏了大事。"

梁山那么多好汉，若是派第二个人来，就要坏事了，只有燕青真正抵得住美女的诱惑。莫非他这个男人不正常？

尽管花魁师师有情，怎奈浪子燕青无意。细读《水浒》，燕青做事一直小心谨慎，一直忠于主人。却是半点浮浪也没有的。

所以，"浪子"这个绰号起在燕青身上，就真是有些蹊跷了。

那么，他这"浪"又是从何说起的呢？燕青究竟浮浪在哪儿呢？我们先来看燕青在卢俊义家里的地位。

"原来这燕青是卢俊义家心腹人。"可见燕青与卢俊义的关系非同一般。

燕青自小父母双亡，卢员外家中把他养大。家中所有人"做两行立住。李固立在左边，燕青立在右边。"可见李固、燕青这两个人是卢俊义的左膀右臂。一人之下，众人之上。

李固、燕青，同样的级别。李固在卢员外家里是做什么的呢？

这李固原是东京人，冻倒在卢员外门前。卢俊义救了他性命，养他家中。能写会算，教他管顾家务。五年之内，抬举他做了大都管，手下管着四五十个行财管干。

那么，燕青在卢员外家里又是管什么的呢？很奇怪，不知道他做什么。既不跟卢俊义外出做生意，也不在家里管账目财务。白养了一个漂亮小伙。成为他的心腹人，与大都管平起平坐。

卢员外这样称呼他："怎生不见我那一个人？"称燕青为"我那一个人"，这关系真是太微妙了。

卢员外不高兴的时候，"一脚踢倒燕青，大踏步便入城来"。又完全没把他当数。

看到这里，读者朋友大概也猜出来了，这燕青莫不是卢员外养的一个"娈童"？是的。燕青正是卢员外养的"娈童"。

娈童，为被猥亵的美少年之意，是给主人性侵犯的对象。也作男妓解。为一种不良的同性性行为。

不过，在明朝并不以"好男色"为耻。玩弄男童，既可以满足畸形的性欲，又可以以道德楷模自居（所谓不近女色），不受法律惩罚，不受道德谴责，在当时是一种时尚。娈童长大到一定年纪后，可以自然脱离关系，也并不特别受歧视。

这燕青，就是卢员外家养的"娈童"。从哪可以看出来呢？你看：

燕青出场时的描写：

"带一顶木瓜心攒顶头巾，穿一领银丝纱团领白衫，系一条蜘蛛斑红线压腰，着一双土黄皮油膀胛靴。脑后一对挨兽金环，护项一枚香罗手帕，腰间斜插名人扇，鬓畔常箏四季花。"

"唇若涂朱，睛如点漆，面似堆琼。有出人英武，凌云志气，资禀聪明。仪表天然磊落，梁山上端的驰名。伊州古调，唱出绕梁声。果然是艺苑专精，风月丛中第一名。"

这两首词，具有很浓烈的脂粉气。燕青喜欢女装，红线压腰，香罗手帕，鬓上插花，唇涂口红。分明描摹的是个女人，卢员外把他当女人养的。尤其是"风月丛中第一名"。"风月"是什么意思，就不用我再多解释了吧。

不是说燕青喜欢出入风月场所，而是说他是风月场所（丛）中的一员：男妓。他在风月场中排第一。

再看燕青都学了些什么：

"见他（燕青）一身雪练也似白肉，卢俊义叫一个高手匠人，与他刺了这一身遍体花绣……不则一身好花绣，那人（燕青）更兼吹的，弹的，唱的，舞的，拆白道字，顶真续麻，无有不能，无有不会。"

燕青跟卢员外学了武艺自不必说。但除了武艺外，都是学的风月场中艺妓的本事。

燕青会吹萧，会唱歌。那我们就看他都是学的些什么歌。第八十一回，燕青见到了皇帝。李师师叫燕青唱个歌子，伏侍皇上饮酒。燕青奏道："所记无非是淫词艳曲，如何敢伏侍圣上！"

他所学的些歌，都是风月场所里污七八糟的黄段子，淫词艳曲。所以不敢在皇上面前唱。

富豪卢员外，二十七岁才结婚，结了婚，也很少碰老婆，因为同性恋倾向，当然就不怎么喜欢女色。这也就难怪他老婆与李固偷情了。

燕青对卢俊义说："主人平昔只顾打熬气力，不亲女色。娘子旧日和李固原有私情，今日推门相就，做了夫妻。"

你看，燕青早就知道娘子和李固原有私情，却从不对卢俊义说。可见并非绝对的忠诚，而是对主人同性恋情结的一种变态依恋。因为主人不亲女色，燕青在家中的地位才高，那当然是好。

这样就好解释，卢俊义外出，为什么一定要带走李固，留下燕青，燕青不会管账，即使请一个人来管账，也要留下燕青，因为燕青的同性恋倾向（也说不定卢员外已经把他弄坏了），对女人无正常反应："心如铁石，端的是好男子！"自然不会后院失火。

明代小说，对同性恋描写，普遍多是夸张式的。施耐庵写的，应该算是比较隐晦文明的了。

02 解读《水浒》："梁中书"之谜

卢俊义被他的管家李固告密谋反后，被官府抓捕了。

该案由梁中书亲自审理。

梁中书大喝道："你这厮是北京本处百姓良民，如何却去投降梁山泊落草，坐了第二把交椅？如今到来，里勾外连，要打北京！今被擒来，有何理说？"

卢俊义道："小人一时愚蠢，被梁山泊吴用，假做卖卦先生来家，口出讹言，扇惑良心，啜赚到梁山泊软监。过了四个月，今日幸得脱身归来，并无歹意。望恩相明镜。"

梁中书叫打，卢俊义打熬不过，只得招了。被判为死刑。

堂堂梁中书在没有任何证据的情况下，就凭李固说的那首反诗判了卢俊义死刑！也没有去现场核对字迹笔迹，更何况卢俊义若真的要反，又怎么可能自己在自家墙上写"卢俊义反"呢？荒唐。

梁中书不管那些，就这样判了他死刑。

判了死刑，就只等着砍脑袋了。可那个李固居然又偷偷跑去贿赂刽子手，要他们处死卢俊义。这不是多此一举、自我暴露吗？离谱。

可奇怪的是，梁中书居然又突然改变了主意，不判他死刑了。这次的理由是：虽有原告，却无实迹，改判他脊杖四十，刺配沙门岛。

董超、薛霸，押着卢俊义，还是李固又偷偷跑去贿赂，要害卢俊义。董超、薛霸被燕青射死后，卢俊义第二次被捕了。

做公的人都来看了："论这弩箭，眼见得是浪子燕青的。"

卢俊义此时完全不能走路，根本不可能对付两个公人，而杀人工具又已被确认为燕青的了，也就是说，该袭警杀人案，与卢俊义无关。（再派人押送他去沙门岛就是了。）

可梁中书不管这些，又再次判了他死刑，这次什么理由？难道是连坐？反正就是要判他死刑！

当石秀孤身一人救下了卢俊义时，梁中书带来的大队人马，将两个当场捉住。卢俊义第三次被捕了。这次，梁中书还是判他死刑。

第一次有燕青救，第二次有石秀救，第三次没人救了。按说这次就真的只有等着砍脑袋了。

可梁中书他又突然改变主意了，不要将这两个一时杀坏，并交代押牢节级蔡福："若是拘束得紧，诚恐丧命。若教宽松，又怕他走了。你弟兄两个，可紧可慢。……"一直关了四个月，也一直再也没有说要杀他了。

真是奇怪，不知道这梁中书反反复复地在做什么！这一节的逻辑关系十分混乱。

在《水浒传》里，有关梁中书的故事，主要出现了两次，分见于小说第十二、十三回和第六十二至六十六回间。

第一次，即生辰纲，把晁盖送上了梁山。

第二次，即现在，又把卢俊义送上了梁山。

因为梁中书这个人在小说中出现的次数较少，又并非梁山好汉，所以大家虽然都知道有这么个人，却没有给予足够的重视。

可梁中书的出现，却是水浒全书非常重要的一个环节。因为梁山之前的一位头领晁盖以及最后一位头领卢俊义，都与梁中书有着莫大的关系。

那么，梁中书究竟是什么人呢？在他刚一出场时就有交代：

"原来北京大名府留守司，上马管军，下马管民，最有权势。那留守唤做梁中书，讳世杰。他是东京当朝太师蔡京的女婿。"

朝廷在东京，北京则相当于陪都。东京在开封府，北京在大名府。留守，是隋唐以来所设的一种特殊的官称，专指皇帝暂离首都或陪都时委派的最高军政长官。所以最有权势，"上马管军，下马管民"。

"那留守唤做梁中书，讳世杰。"

讳，即名讳之意。"讳世杰"这三个字，就足以说明了"世杰"是名字，他的姓名叫做："梁世杰"。

不便直呼其名，以职务相称，则准确的称呼应为："梁留守""留守相公""梁府尹"等等。偏偏都不，《水浒传》要称他为"梁中书"。

因此，这"梁中书"三个字，就颇有些令人寻味了。

为什么要这样称呼他呢？再结合他在小说中起到的最关键的作用——第一次，把晁盖弄上梁山，第二次，把卢俊义弄上梁山。两次都与梁山有着密切重大的干系！

那么，作者是不是有意在暗示我们："梁中书"三个字的寓意，其实就是"梁山里面的内幕故事"呢？所以才唤做"梁中书"。

03 宋江为什么要走招安路线

在语文教材中，《水浒传》一直都被定义为"讲述农民起义"。可是，在梁山108条好汉中，究竟又有多少好汉是"农民"呢？

答案是：只有一个农民。

这个人，名叫陶宗旺，"庄家田户出身，惯使一把铁锹"，在梁山排名第75位。

因为只有他一个人是真正的农民，而他的排名又太低，所以，梁山的路线，是绝不可能以他这个农民为中心来发展的。

那么，和农民比较接近的、近似的阶层，还有哪些呢？

还有渔民和猎户。把打鱼的、打猎的和种田的，归为同一个阶层，应该不会错吧。如此一来，就有了6个人：

渔民：阮小二、阮小五、阮小七，三兄弟。

猎户：解珍、解宝，两兄弟。

农民：陶宗旺。

这6个人加起来，还抵不上零头，在梁山的分量依然太轻。所以，梁山的路线，也是绝不可能以他们这个农民阶层为中心来发展的。

我们再看历史上农民起义的口号纲领，无非都是些"分田地""均贫富""免杂税"之类，都是些实实在在的，与自身生活息息相关的东西。

而梁山的口号，则与此相去甚远。他们要"替天行道"，是与自身的生活毫不相关的东西。且表达得含糊其辞，这替天行道的"天"，究竟是指"上天"呢？还是"天子"呢？或是"天下"呢？不清楚。

这样一比较，我们不难发现，宋江领导的梁山义军，其实很难与"农民起义"扯得上边。

梁山，一共经历了三代领导人。每代领导人的路线纲领，都各不相同。

王伦时期的梁山，是他的小农自留地，小打小闹，捉个单身客人，发点小财，就可以满足了。

晁盖的班子是"七星"。他们劫了"生辰纲"，并非杀富济贫，而是为了自己的"这一趟富贵"。

他们向往有钱人的生活，眼红梁中书的金珠宝贝，羡慕梁山王伦过的逍遥日子。

因为他们都很穷，又不务正业。阮小七好赌，输得赤条条的。阮小五也好赌，输红了眼，找他老妈要钱，没有，就把他老妈头上的钗儿拔了，又去赌。

阮小五道："他们（梁山王伦）不怕天，不怕地，不怕官司。论秤分金银，一样穿绸锦。成瓮吃酒，大块吃肉。如何不快活！我们弟兄三个，空有一身本事，怎地学得他们！"

你看，这里没有官逼民反，只有好逸恶劳。

因此，晁盖时期的梁山，也就是流氓强盗的销金窝。他们追求的是过上有钱人的生活，追求的是一种"快活"！他们要"大碗喝酒，大块吃肉"，他们要"论秤分金银，成套穿绸锦"。

到了宋江时期的梁山，新加盟的好汉越来越多。人员的阶层结构，也在悄然变化。

第八 招安篇

梁山的主流阶层，大致可以分为这么几种：朝廷降将、政府公务员、地方名流、庄园财主，等等。他们逐渐占为大多数。高于"小吏"这个层次以上的人员，至少占到了70%以上。

他们才是梁山的主流阶层。宋江则是他们的代言人。

这些人，平日穿的吃的，哪一个不是锦衣玉食？哪一个家里不是要多少酒有多少酒，要多少肉有多少肉？他们会很稀罕跑到梁山上来"大碗喝酒，大块吃肉"的快活吗？这样的生活，早就过腻了，这样的快活，对于他们来说，绝无吸引力可言。

甚至是要鄙视。

根据马斯洛的需求层次来看，他们需要的是"尊重需求"和"自我实现需求"。因为已经满足了的需求，再不会是激励因素。而宋江的"招安路线"，则正好给大家提供了一个"自我实现需求"的平台。

宋江究竟是从什么时候开始决定走招安路线的呢？

早在晁盖时期，活捉了呼延灼后，宋江拜见道：

"小可宋江，怎敢背负朝廷？盖为官吏污滥，威逼得紧，误犯大罪，因此权借水泊里随时避难，只待朝廷赦罪招安。……宋江情愿让位与将军；等朝廷见用，受了招安，那时尽忠报国，未为晚矣。"

梁山，不是反政府组织，而是随时准备投靠政府的组织，正在等待朝廷的招安。这一点才打动了呼延灼决心归顺。

后来收伏降将，几乎都是如此。

可是，招安大事，并不是宋江说了算的，那得皇帝说了才算啊。宋江又凭什么知道招安就一定成功？别人又凭什么听他一说就马上相信了？凭什么跟着他就可以招安呢？

04 揭密《水浒传》中神异的"玄女下凡"事件

《水浒传》中宋江的故事，可以分两个部分：上梁山前；上梁山后。其转折点就在闹江州救宋江，见小说第三十九回《梁山泊好汉劫法场 白龙庙英雄小聚义》。

李逵、晁盖等人，劫了江州刑场，把宋江救上了梁山。也就是从这个时候开始，宋江才正式的成为了一名山大王。

宋江做了山大王之后的第一件事是什么呢？把父亲接上山来。

很奇怪：他坚持要一个人独自回乡去接，身犯弥天大罪的宋江，他居然不怕被抓，拒绝要任何人（包括心腹）陪同。而他的父亲最终却并不是他接来的。

也就是说，宋江白跑了一趟。他回不回去，结果都是一样的。那他又为什么会白跑一趟呢？书上写道：

宋江刚回到乡里，只听得背后有人发喊起来："宋江休走！早来纳降！"宋江叫声苦！又没第二条路，背后赶来的人，火把照曜，如同白日。

宋江只得躲进一所庙里，钻入神厨里藏着。气也不敢喘，屁也不敢放。暗暗祷告道："我今番走了死路，望阴灵遮护则个！神明庇佑！"

说来也怪，神明真的就显灵了。

只见那赵能、赵得二都头带着众士兵赶来。一个叫道："都头，你来看，庙门上两个尘手迹，定是却才推开庙门，闪在里面去了。"

（赵能、赵得二都头，是官府在抓捕宋江时专门临时换过来的。为什么突然调他们来呢？）

大家便进庙来搜。一个士兵拿着火把，赵能一手揭起帐幔，五七个人伸头来看。不看万事俱休，才看一看，只见神厨里卷起一阵恶风，将那火把吹灭了。

然后，只听得殿后又卷起一阵怪风，飞砂走石，滚将下来。吓的众人毛发竖立，一哄而散，都奔望庙门外逃命去了。

真是怪诞，眼看宋江就要被捉住，这殿后居然会刮来一阵莫名其妙的怪风救了他的性命。

只听外面几个士兵说道，我们只去守住村口等他，不怕他飞了去。众人都望村口去了。

宋江正在寻思逃脱无计，只听得后面有两个仙童走来，道："小童奉娘娘法旨，请星主说话。"

宋江钻将出来，吃了一惊，却是庙里的两个泥神。

真的是神仙下凡来了。

宋江暗暗惊诧，随着那两个仙童往后殿走去，转过后殿侧首一座角门，穿过一片茂林修竹，跨过一座青石板桥，来到一所世外桃源般的宫殿。

在这里，宋江见到了《水浒传》里最神秘的人物——"九天玄女"娘娘。

九天玄女档案：性别：女。出生年月：不详。她是殷商王朝的祖先，一位法力无边的女神，曾经帮助过黄帝打败了蚩尤，被玉皇大帝敕封她为九天玄女、九天圣母。

这样一位神话中的女神，今天下凡来了，救了宋江一命。

黑水浒

宋江肌肤战栗，毛发倒竖，俯伏在地，哪里敢抬头。

玄女娘娘赐酒给他喝了，赐枣给他吃了，又送了他一套"天书"，和一番话。最后，宋江醒来的时候，依然还是躲在原先那个庙里的神厨里。原来，却是南柯一梦。

有的朋友要说了，古人写书，写着写着喜欢把神仙附会进来，所以不必太当真，也就是一段神话故事而已。真是这样吗？

首先，宋江遇到"玄女娘娘"，究竟是梦境呢？还是实境呢？答案是：实境。并非白日做梦。

宋江的确实实在在地见到了"玄女娘娘"！

因为娘娘赐枣子给宋江吃，宋江"战战兢兢，怕失了体面，尖着指头，拿了一枚，就而食之。怀核在手。"他把枣核捏在手里，结果他醒来的时候，枣核还是在手里。

所以，这绝不是梦，而是真实的事情。

你再看，表面上好像是娘娘救了宋江。可是，宋江他凭什么要孤身一人跑来这个鬼地方让娘娘救他呢？

在这一回故事中，宋江从梁山来到这里，又从这里返回梁山，中间什么事也没做啊！就是见到了九天玄女！

所以，我们有理由认定，宋江其实是专程秘密地来与这位"娘娘"联络接头的。这"九天玄女"应该只是个对方的联络暗号而已，而不可能真是什么神仙。

所以宋江才要坚持一个人独自去，拒绝任何心腹人陪同，不能让任何人发现。

你再看"娘娘"对宋江开口说的第一句话：

"星主别来无恙？"

说的是别来无恙。只怕先就认识。

那么，这个"娘娘"究竟又是什么人呢？宋江为什么一上梁山就匆匆赶来与她秘密相见呢？她与宋江之间又究竟商讨了些什么机密呢？

下回接着再讲。

05 破译《水浒传》里神秘的"天书"之谜

在一个最秘密的地方，宋江面见了最神秘的人物："九天玄女"娘娘。娘娘赐给了宋江四句"天言"，和三卷"天书"。

娘娘法旨道："宋星主！传汝三卷天书，汝可替天行道，为主全忠仗义，为臣辅国安民，去邪归正。他日功成果满，作为上卿。……"

天书啊。天书。

一看到天书，我们马上会想到武侠小说、神话小说里的秘笈。凡获得秘笈之人，要么武功盖世，天下无敌；要么运筹帷幄，神机妙算；要么一统江山，千秋伟业；要么脱胎换骨，羽化成仙。

总之，秘笈是个好东西。各派正邪人物总要为秘笈争个头破血流，你死我活。

宋江获得天书，可谓得来全不费功夫。并且，也没有任何人要与他争夺。那么，这天书里面究竟都是写的些啥好东西呢？

有朋友要说了，很遗憾，《水浒传》一直到写完，也没有交代，所以这天书究竟有何玄妙之处，就不得而知了。

真的吗？今天，我们就来破译这玄奥的"天书"之谜。

　　首先，我们来看宋江的结局。如果天书真的是无所不能的神仙写的，那么，天书结尾应该这样写："宋江，最后给你一杯毒酒！"很显然，宋江并不知道他会是这种结局。

　　那么，这只能说，写天书的人，要么是不想让宋江知道这种结果；要么就是写天书的人也不知道会是这种结果。就这两种情况。

　　再看，宋江获得什么好处没有？

　　宋江得了天书之后，武功没有任何提升，并没使他成为东方不败、任我行，功夫仍还是原来的三脚猫。可见，天书并不传授神功。

　　打仗呢？也从未见过宋江神机妙算，并没使他成为诸葛亮再世、张良第二。宋江所有的胜仗，并没有任何一次是靠该"天书"的指导打胜的。可见，天书也不传授兵法。

　　难道天书里记载的是法术？乾坤大挪移？太搞笑了，第五十一回，与高廉斗法，"宋江听罢，打开天书看时，第三卷上有回风返火破阵之法。宋江大喜，用心记了咒语并秘诀。"结果呢？100%无效，"宋江撇了剑，拨回马先走。众头领簇捧着，尽都逃命。"

　　差点把他吓死了。宋江就只试过这一次，以后再也不敢用了。

　　可见，这天书里面也不传授法术。或者只传授假法术。

　　难道天书里记载的是成仙得道的修炼法门？我们从没见过宋江有什么修炼，他也从没练成过什么长生不老七十二变。

　　这就奇怪了，这天书不传神功，不传兵法，不传魔法，不传仙术。那还能叫什么天书呢？并不具备半点天书的功效啊。

　　所以，有的专家学者就说了，宋江并没有从天书里获得任何好处。作者写天书一节，完全是多余的败笔。即使把天书这一段拿掉，也不会影响整体故事的走向。

　　因为有和无是完全一样的，因为天书从来也没有发挥过它任何应有的价值或意义。

可是，这不对。因为宋江凭此天书，确实获得过一个好处。唯一的一个好处。

那就是：玄女娘娘告诉宋江"他日功成果满，作为上卿"。要宋江按天书行动，才能功成果满，才能作为上卿。而宋江后来"功成果满"的时候，也的确被皇帝招安，封了他一个大官。

这就是宋江获得的唯一的一个好处。

因此，我们可以肯定地说，这天书传授的不是别的东西，乃是一本"升官秘笈"！

这"天书"对宋江的指导，是从他"上梁山当大王"起，到后来"作大官为上卿"止，只在这个时间范围内有效。以后，娘娘就与他"从此永别"了！

好了，性质和时间范围都搞清楚了，我们就再来推"天书"里面究竟写的是些啥内容。

首先，这天书绝不是什么蝌蚪文，而是标准汉字。因为宋江经常在看啊，若读不懂，他还怎么看啊。

应该说，任何一个认得字的人都能看懂。因为娘娘格外强调："其他皆不可见。"绝不能让其他无关的人看到了！"功成之后，便可焚之，勿留在世。"完事之后，马上烧了，毁灭证据。

所以说，这天书，宋江是看得懂的。

天书的页面其实很小，比我们现在的一般图书小多了，长五寸，阔三寸，长宽大概只在15厘米×9厘米左右。也就是说，天书的长度还没有我们的手掌长，宽度也只在手掌宽，巴掌大小，有字典那么厚。

奇怪了，这么小的页面，一页也写不了几个毛笔字吧。

那是什么呢？

大胆地推测，这"天书"，并非什么神仙秘笈，而是天子书、朝廷书。（后文天子下诏招安时，有诗为证："天书特地召将来。"与此相应。所以，天书应该理解为天子书，而非神仙书。）

这位所谓的"九天玄女"娘娘，其实是来向宋江传达上意的。

"天书"，就是指导宋江的行动计划书！宋江要以梁山为基地，收编社会上各个阶层中人生失意的、孔武有力的、容易摆布的好汉们，组建一支有战斗力的特殊队伍！

利用他们的兄弟义气，一网打尽！卖给朝廷。

那玄女娘娘非常神秘地重点交代道："此三卷之书，可以善观熟视。只可与天机星同观，其他皆不可见。功成之后，便可焚之，勿留在世。"

娘娘居然叫他与"天机星"同观！简直太不可思议了！这天机星是谁呀？！又有谁知道天机星是哪个呀！天机星是什么时候出现的？

那是在很久以后108条好汉都聚齐了，在地下挖出的一块石碑上发现的！碑上刻着"天机星吴用"的名字。直到这个时候，所有的好汉们才知道自己是什么星，某某人是某某星。

此时，宋江刚上梁山，根本不可能知道天机星是谁，娘娘居然叫他与"天机星"同观！绝不能与外人看！宋江把天书一带回梁山，便"每日筵席，饮酒快乐，与吴学究看习天书。不在话下"。

那么，宋江与玄女娘娘只见了这一次面，他又是如何准确无误地知道：从玄女娘娘嘴里说出来的"天机星"，其实就是吴学究这个人的呢？

所以，真相只有一个，那就是：

神秘的天书，其实并非什么神仙法术。而是一本花名册，朝廷开出的一份黑名单！在这份名单上，早已备案了梁山好汉主要领导人的名字及行动方略！

当宋江把九天玄女送给他的天书翻开一看时，哦，天机星，他的名字就叫吴学究！

06 朝廷为何要"招安"

上回说到，宋江其实是个奸细。朝廷派出"九天玄女"娘娘暗中联络收编，并传天书（实为名册、计划书），下达旨意，并许诺道：

"传汝三卷天书，汝可替天行道，为主全忠仗义，为臣辅国安民，去邪归正。他日功成果满，作为上卿。"

也就是说，宋江所谓的"替天行道"，并非全是他自己的意思，乃是上意。是玄女娘娘授权于他替天行道——替天子行道。

一旦招安成功（功成果满），就可以封官拜爵，贵为"上卿"。

所以，宋江才会乐意拿众兄弟们的性命，作为自己升官的筹码。

有的朋友可能会有疑惑，朝廷，那是正规军队！他们又怎么会把这些"乌合之众"招安成正规军呢？没有这个先例呀，朝廷冒的风险是不是太大了？

其实呢，这个很正常。因为招安的成本最低，并且回收再利用的价值极高。而剿灭的成本太高，并且毫无回收再利用的价值可言。

有的朋友可能还是不信，那好，我们就到第七十八回，看一看朝廷的正规军：

皇帝派出了他的心腹，重量级的人物，高太尉，高俅。由高俅率领十路节度使，各领所属精兵一万，前赴济州取梁山，听候调用。是哪十路军马？

河南河北节度使王焕，上党太原节度使徐京，京北弘农节度使王文德，颍州汝南节度使梅展，中山安平节度使张开，江夏零陵节度使杨温，云中雁门节度使韩存保，陇西汉阳节度使李从吉，琅牙彭城节度使项元镇，清河天水节度使荆忠。

那十个节度使非同小可！

高太尉这样评价他们："前者有十节度使，多曾与国家建功。或征鬼方国，或伐西夏，并大金、大辽等处，武艺精熟。"

武艺高强，对外作战，为国建功。武官做到节度使，可以说晋升到了"极致"！

那么，这十个节度使，又是什么来路呢？书上写道：

"原来这十路军马，都是曾经训练精兵，更兼这十节度使，旧日都是在绿林丛中出身，后来受了招安，直做到许大官职，都是精锐勇猛之人，非是一时建了些少功名。"

原来，这十路军马，早先都是"宋江"，都是绿林出身，都是曾经训练的精兵。受招安后，已经做到了节度使！你看，朝廷这一招，至少也用过十次了，都是成功的。

正应了古人一句名言："要做官，杀人放火受招安！"

由此可见，招安之计，朝廷并非第一次破例，也非冒险，因为朝廷早有先例，甚至可以说已经形成了惯例。

后来，朝廷用宋江一伙"训练的精兵"去征辽打方腊，其实就是这次用十节度使打宋江的惯性翻版。

从这个角度来看，还可以解释为什么梁山好汉不多不少恰好只为108人。

梁山泊地域宽阔，水陆相交，易守难攻，是天下好汉心中的向往之地，于是，纷至沓来。存心来入伙的，或犯了法来躲避的，或是战败了的，宋江都一力收留，热情款待。人数不断增加，蔚为壮观。

可是，到了第七十一回排定了座次之后，就再也没有发展一个新成员了，梁山头领的人数，被永远的定格在了108的数字上。

这是一个非常奇怪的现象。为什么从这之后，前来投诚的都不再收留了？为什么是108位，而不是109或者是其他呢？从梁山的发展理念和规律来看，这是不合情理的。

任何团体，只要还在发展，就一定还会有源源不断的新人加入。梁山也一样，那么，是什么原因阻止了他们再吸纳新成员呢？

这就只有一种解释，梁山的规模，是早就被圈定、限制好了的。按照"天书"上的要求，梁山的编制名额，只能是108个。因为朝廷也要防范风险啊。所以，人数一到齐，梁山泊的大门从此也就关闭了。

07 解读《水浒》：看宋江如何做思想工作

"做思想工作"，这个词很有意思。因为"做"的是"他人"的"思想工作"。用最通俗的话来解释，就是：改变他人脑子里的想法。

为什么要改变人家脑子里的想法呢？因为他不听我的话，不按我的意思去做，我就要做他的思想工作。其手法有三：

一用高尚的正气大义压之；

二用利益诱之；

三用恐惧吓之。

最终，改变了他脑子里的想法。让他乖乖按照我的意思去做。

在英雄排座次之后，宋江就要带领大伙儿招安了。

招安，是一个大事，决定着梁山未来的政治路线。怎么和大伙儿说这个事呢?

宋江既没有在大会上直接宣布，也没有搞个民主投票，而是悄悄地来个"摸底试探"。因为宋江很清楚，任何一项决定，总会有一部分人要对着干的。

于是，宋江摆下特大宴席，叫所有的兄弟们，务必都要过来吃酒。

吃到天黑的时候，宋江醉了，叫拿笔来，写了一首歌词，叫乐和唱这首歌助助兴。歌词写道:

"统豺虎，御边幅。号令明，军威肃。中心愿，平虏保民安国。日月常悬忠烈胆，风尘障却奸邪目。望天王降诏，早招安，心方足。"

歌词里的一句"望天王降诏。早招安"，就是在有意试探大家的意图。果然，当唱到这里时，反对的声音出现了。

1. 只见武松叫道: "今日也要招安，明日也要招安去，冷了弟兄们的心!"

2. 黑旋风便睁圆怪眼，大叫道: "招安，招安! 招甚鸟安!" 只一脚，把桌子踢起，攧做粉碎。

3. 鲁智深便道: "只今满朝文武，俱是奸邪，蒙蔽圣聪。就比俺的直裰，染做皂了，洗杀怎得干净! 招安不济事! 便拜辞了，明日一个个各去寻趁罢。"

宋江的路线: 招安 —投靠朝廷。除此之外，就是不愿招安的了。用这首歌子一试，不愿招安的人就自动地跳出来了。

　　而不愿招安的人，又分几种情况：造反的和不造反的。

　　最具有造反精神的人是李逵，李逵经常叫喊要"杀去东京，夺了鸟位，在那里快活，却不强似这个鸟水泊里"。招安没有造反快活！

　　但李逵的造反精神是不值得鼓励的，因为他并不能代表先进和进步，与"革命"不是一个概念，并且他也不能给大家带来什么好处，更重要的是，他是个脑残弱智，你愿意跟着他跑？

　　而武松、鲁智深则是既不愿招安，也不愿造反的人。

　　鲁智深承认"圣聪"，只是满朝文武奸邪。招安了没用，不如散伙。因为他们已经失去了升官的欲望，只追求"大碗喝酒，大块吃肉"的快活。不招安，不造反，随便到哪，都能够满足这种快活。

　　招安不如造反、招安不如不招安、招安不如散伙。这三种意见都不如招安好，因为这只是少数派的意见。

　　而梁山的主流阶层，是朝廷降将、政府公务员、地方名流、庄园财主，高于"小吏"这个层次的，占到70%以上的大多数。他们都是愿意走招安当大官之路的。

　　于是，对于这种情况，宋江开始做思想工作了。

　　1. 宋江便叫武松："兄弟，你也是个晓事的人。我主张招安，要改邪归正，为国家臣子，如何便冷了众人的心？"

　　这"改邪归正"，就是说自己以前做的都是"邪"，众兄弟们也都是"邪"。现在要改邪归正。包括后面说的皇上至圣至明、替天行道、同心报国，等等，都是在拿高尚的正气大义压人。

　　因为正义必然战胜邪恶。要做通一个人的思想工作，首先就要占领道德制高点。

　　2. 宋江道："我等替天行道，不扰良民，赦罪招安，同心报国，竭力施功，有何不美。"

赦了罪，招了安，立了功，做大官。同为国家良臣。这是用利益诱人。并且，这也是符合梁山绝大多数人的利益的。

3. 宋江大喝道："这黑厮怎敢如此无礼！左右与我推去斩讫报来。"

故意要杀李逵，杀鸡骇猴，这是利用恐惧吓人。

这三招极为厉害！深得做思想工作的要领。

所以一使出来，就再没有人反对招安了。即使心里一百个不愿意，也只有憋着的份了。

08 梁山108好汉的排名究竟有何玄机

中国人最讲究排座次，定名分。无论是在庙堂，还是江湖。

这也是具有中国特色的文化吧。

在《水浒传》里，这些被排斥在体制外的好汉们，虽然再不能按原先的官职一排高低，但依然要按照他们自己的规则来排个座次。

因为好汉们人数众多，关系复杂，要照顾到各方面的利益，其难度可想而知！据说，这座次是按一块神秘的石碑上的顺序来排定的。

位于领导层的36天罡星是：

宋江，卢俊义，吴用，公孙胜，大刀关胜，豹子头林冲，霹雳火秦明，双鞭呼延灼，小李广花荣，小旋风柴进，扑天雕李应，美髯公朱仝，花和尚鲁智深，行者武松，双枪将董平，没羽箭张清，青面兽杨志，金枪手徐宁，急先锋索超，神行太保戴宗，赤发鬼刘唐，黑旋风李逵，九纹龙史进，没遮拦穆弘，插翅虎雷横，混江龙李俊，立地太岁阮小二，舡火儿张横，短命二郎阮小五，浪里白条张顺，活阎罗阮小七，病关索杨雄，拼命三郎石秀，两头蛇解珍，双尾蝎解宝，浪子燕青。

这里面有什么玄机呢？我们可以将梁山好汉的构成先来分个类：

1. 梁山以前的元老：

林冲、宋万、杜迁、朱贵。

2. 晁盖的人马：

吴用、公孙胜、刘唐、三阮、白胜。

3. 宋江的心腹：

花荣、戴宗、李逵、孔明、孔亮。

4. 有实力的大户：

卢俊义（心腹：燕青）、柴进、李应。

5. 朝廷的降将：

关胜、秦明、呼延灼、董平、张清、索超、黄信、宣赞、郝思文、韩滔、彭玘、单延圭、魏定国、凌振、龚旺、丁得孙。

6. 宋江的同乡同事：

宋清、朱仝、雷横。

7. 收编的其他山头：

二龙山：鲁智深、武松、杨志、曹正、施恩、张青、孙二娘。

少华山：史进、朱武、陈达、杨春。

揭阳镇：穆弘、李俊、张横、张顺、童威、童猛、穆春、李立。

饮马川：裴宣、邓飞、孟康。

黄门山：欧鹏、蒋敬、马麟、陶宗旺。

清风山：燕顺、王英（妻扈三娘）、郑天寿。

对影山：吕方、郭盛。

枯树山：鲍旭。

芒砀山：樊瑞、项充、李衮。

桃花山：李忠、周通。

8. 散户：

徐宁、杨雄、石秀、解珍、解宝、孙立、乐和、杜兴、邹渊、邹润、朱富、孙新、顾大嫂、郁保四、萧让、安道全、皇甫端、金大坚、杨林、侯健、薛永、汤隆、蔡福、蔡庆、李云、焦挺、石勇、王定六、时迁、段景住。

分析这八大类型的好汉，可以看出：

1. 任何社团组织，都有他的心腹。因为只要有人的地方，就有拉帮结伙的现象。宋江和卢俊义作为最高领导，他们的心腹自然位高权重，像燕青、花荣、戴宗、李逵，都进入了天罡星团体。

2. 原本就势大名响的人，即使武艺不高，也进入了天罡星团体。比如：柴进、李应等。

3. 主动抛弃原来团体，积极投靠宋江团体的，也进入天罡星，如：吴用、林冲、公孙胜、刘唐、三阮等。

4. 朝廷降将地位比较高的，也进入天罡星，如：关胜、秦明、呼延灼、董平、张清、索超，等等。

5. 原本武艺特别出众的，也进入天罡星，如：鲁智深、武松、杨志、史进等。

6. 其他的，没有社会背景的，本事又不突出的，名号又不响的，
　　成为最可怜的牺牲品，永远也只能当后面的垫脚石。

座次排名是座次排名，而岗位职务是岗位职务。这两者看起来差不多，其实差别还是很大的。

比如说，吕方的排名是 54，郭盛的排名是 55，孔明的排名是 62，孔亮的排名是 63，他们都没有进入天罡星系列，在梁山上是属于中等偏下的位置。

但是，他们的岗位职务却要比林冲、鲁智深、武松都要好。

因为吕方、郭盛、孔明、孔亮，是梁山安全部门的警卫团，他们只保卫头领的人身安全，并非对外作战。

有的好汉在排名上无法靠前，但在岗位上，却可以占据非常好的要职，这就完全要取决于与宋江的私人关系了。

09 《水浒传》究竟说什么

《水浒传》是一本宣扬暴力、崇尚暴力的书，是一本不讲道理、不讲逻辑的书。

虽然有的好汉也讲道理，但他讲的道理往往经不起逻辑的推敲；虽然有的好汉也讲逻辑，但他讲的逻辑往往又是强盗逻辑。

虽然有的好汉也行侠仗义，但更多的好汉却是作奸犯科之辈。

虽然有的好汉是被逼无奈，但更多的好汉却是主动为非作歹！

虽然也讲义，却又少了正义。虽然讲了忠，却又尽是伪忠。

唯有暴力，贯穿始终。

作者叙事，用笔一贯简练，而每遇暴力情节之时，则必定大书特书。一桩暴力事件结束，一桩暴力事件又起，布满通篇前后。

无论有理无理，无论是非对错，这都不是重点，重点只有一点，那就是：好汉们解决问题的方式，最终则必然是用"铁"（拳头或刀）来实施暴力！而对方则一定是要付出"血"的代价！

谁狠，谁就牛，谁就受人尊敬。

作者似乎不是在教你如何做人做事，而是在教你如何使用暴力，或者，熏陶你欣赏接受暴力。

《水浒传》的版本，非常之多，简而言之，百回以上的版本基本上大同小异，可以看作施耐庵的"原版"（另有其他作者进行了加减）。而七十回的本子，则是金圣叹把《水浒》腰斩之后的"金版"。

这两个版本最明显的区别就是：结局不同。

在原版里，写到第七十一回梁山泊英雄排座次之后，再继续写接受招安、征战辽国、剿灭方腊，一直到朝廷御赐毒酒，全伙统统覆灭。

金圣叹觉得后面的故事多余，就从原版第七十一回英雄排座次处斩断了，将后面所有的故事全部删除。

这样一来，《水浒传》就变成两种子然不同的结局了：

1. 原版的结局很悲惨，大伙基本上被一网打尽了。

2. 金版的结局就很好，大伙聚在一起喝酒吃肉。

原版是个悲剧，金版则明显不是。

《水浒传》居然有着两种大相径庭的结果，这只能说明：两个不同的作者，对于同一个水浒故事，有着两种不同的看法。

第八　招安篇

（一）施耐庵

施耐庵对水浒里的好汉，最终持了否定态度。他把好汉们都抛弃了，毁灭了。（只有武松等极少数人没有抛弃。）为什么？因为他觉得这些好汉就应该是这样的一种结果！

这种结局，和他的开头是吻合的。因为他开头第一回《洪太尉误走妖魔》，写的是妖魔下凡，祸害人间！梁山泊一百零八条好汉，都是些妖魔下凡来的！没有这些妖魔，也就没有后面的好汉。

因为他们本来就是坏的，来到世上就是干坏事的。所以他们杀人放火，打家劫舍，犯上作乱，最终就该这种下场。开头、经过、结果都是一致的。

（二）金圣叹

而金圣叹认为，水浒里的好汉们，不应该招安，更不能被剿灭。而是快活地啸聚山林，替天行道！应该是这种结局。

这种结局，和他的开头也是吻合的。因为他把《洪太尉误走妖魔》一篇拿掉不用，改成了契子、引子，而把后面高俅的出场，编成了"金版"水浒的第一回。

这样一改，第一回一开始，就是在写不该当太尉的高俅当上了太尉。如此则"一高俅"之下还有"百高廉"，是这些不务正业的人弄得民不聊生，天下沸腾。好汉们也就官逼民反，应运而生。

开书先写高俅，是"乱自上作"，正因为乱自上作，所以才有一百零八魔君下界行凶杀戮，替天行道。若不先写高俅，便写一百零八人，则是乱自下生也。

因为天下是被贪官污吏们弄坏了，所以好汉们杀人放火，打家劫舍，就该以这种结局收场，而不能把他们都写死。开头、经过、结果，也都是一致的。

这样一看，就很清楚了。两位作者的用意不同，结局也就不同，但又都各是一个完整的整体。

无论哪个版本的《水浒传》，在结尾部分，其实都显得十分迷茫。

因为《水浒》提出了这样一个极其尖锐的话题，那就是：对于腐朽黑暗的封建专制王朝，究竟是忠他，还是反他？虽然提出了问题，却没有给出答案，并且永远也无法给出答案，无论施耐庵还是金圣叹。

痛快交织着无奈，洞彻交织着迷茫，这就是水浒。

❿ 读《水浒》：不可思议的招安之路

话说108好汉到齐之后，宋江力主要招安。

按照书上的描述，宋江一伙能征善战，厉害非常，两赢童贯，三败高俅，打得朝廷找不到北，朝廷最终答应招安了。

我们来看朝廷对宋江下的三次诏书，其中究竟有何奥妙。

第一次：朝廷要求梁山方面拆毁巢穴，把钱粮军器马匹船只纳官充公，所有好汉赴京免罪。否则鸡犬不留。"诏书到日，即将应有钱粮军器马正船只，目下纳官。拆毁巢穴，率领赴京，原免本罪。倘或仍昧良心，违戾诏制，天兵一至，龃龉不留。"

并没有说要招安的意思。

第二次：朝廷答应赦免梁山所有罪恶，各自归乡，只要求宋江、卢俊义等为首者赴京谢罪。也完全没有说要招安的意思。

"朕闻梁山泊聚众已久，不蒙善化，未复良心。今差天使颁降诏书，除宋江，卢俊义等大小人众所犯过恶，并与赦免。其为首者，诣京谢恩。协随助者，各归乡闾，毋违朕意，以负汝怀。"

直到第三次，朝廷才略微松了点劲儿，终于有了点招安的意思。

"切念宋江、卢俊义等，素怀忠义，不施暴虐。归顺之心已久，报效之志凛然。虽犯罪恶，各有所由。察其情恳，深可悯怜。朕今特差殿前太尉宿元景，赍捧诏书，亲到梁山水泊，将宋江等大小人员所犯罪恶尽行赦免。给降金牌三十六面，红锦三十六匹，赐与宋江等上头领，银牌七十二面，绿锦七十二匹，赐与宋江部下头目。赦书到日，莫负朕心，早早归降，必当重用。"

要招安，就要开出条件，给出报酬，否则谁干啊。那么，朝廷开出的什么条件呢？一个人发了一块证明投降的牌牌，和一匹锦，就是这些。封的什么官呢？什么都没有。只有四个字"必当重用"。

这"必当重用"，也就只是个空口许诺——待日后再重用。

那么，对于梁山方面来说，这简直就是一种欺骗，谁知道你会不会兑现啊。但是，就这空口许诺，梁山方面竟一片三呼万岁，也没有一个人反对招安了。这明显不符合逻辑。

不符合逻辑不可思议的情况还非常之多。

如果说宋江不反皇帝只反贪官吧，可是，当他打这个旗号终于能够与贪官污吏同朝共事了，更有条件与贪官较量一番了，可他却再也不反贪官了！这就把他前面的旗号全部都否定了！

如果你说宋江是斗不过贪官吧，可宋江根本不与他们相斗，反而是很配合他们。

奸臣们反复使用最简单最低级的一箭双雕之计，以寇制寇，以贼灭贼，不停地把他们送去当炮灰，一次又一次。居然没有一个好汉发现这是在消耗他们，他们每一次去当炮灰，都是大喜，很乐意接受这些贪官的支配与迫害。简直太不可思议了。

这样是为了说明宋江忠心吧。为了帮朝廷剿灭"反贼"，梁山好汉情愿与方腊好汉鱼死网破同归于尽，为朝廷立下汗马功劳。可是在作者眼里，却是持否定态度的，受招安的宋江依然和方腊没有什么区别！因为在剿方腊的时候，作者用一首诗写道：

宋江重赏升官日，方腊当刑受剐时。

善恶到头终有报，只争来早与来迟。

宋江升官，方腊受剐。善恶有报，只是迟早。什么意思呢？作者终究还是把宋江定性为"恶"，是个坏人。方腊为早报，宋江不过为迟报而已，迟早终究还是方腊的下场！

宋江立功之后，奸臣们送来毒酒一杯。"宋江已知中了奸计，必是贼臣们下了药酒。"

你看，他既然已经知道了是奸臣们下的毒酒，他不仅不做任何反抗，反而最先想到的是要在临死前赶着毒死掉自己的兄弟！免得坏了自己的"一世清名忠义"！难道这就是所谓的"忠义"？！

既然作者是否定宋江的，可当宋江毒死了兄弟李逵之后，作者居然又肯定起宋江来，说他是个可怜的忠义之人，难容于世上。

受命为臣赐锦袍，南征北伐有功劳。

可怜忠义难容世，鸩酒奸谗竟莫逃。

宋江叫李逵死，李逵很干脆地就死了，宋江没叫吴用、花荣死，他们也陪着自缢而死，等等等等，尽是些不合理、不真实、经不起推敲的虚构。

所以后面的内容，所能看到的，尽是迷茫！

《水浒传》就是一部迷茫的小说。前半部，叫人热血沸腾，后半部，越看越糊涂。前半部的生龙活虎，后半部再也找不到了。混乱的逻辑关系，实在让人很难琢磨出他的主旨究竟是什么。

那么，这施耐庵干吗要写这样一本书呢？

⓫ 人在江湖，身不由己

《水浒传》是一本写什么的书呢？写强盗的书。

古人云："少不读水浒。"原因很简单：不利于统治阶级；破坏安定团结；违背人伦道德。

《水浒传》宣扬的是强盗逻辑，教唆青少年参加黑社会，作者将抢劫说成聚义，分赃说成济贫，包庇说成义释，杀人说成除害。为违法活动寻求借口，为犯罪分子歌功颂德。

经过"义"的美化包装之后，达到了这样一种效果：读者往往会自觉不自觉地接受这些好汉们的行径，承认他们的豪气侠气义气，而忽略了他们非理性的想法和非人道的行为。

作者是以赞许欣赏的态度来描写的，既然这样，为什么后来又写他们要招安呢？招安在小说中居然被宋江称为"改邪归正"。既然已经改邪归正了，为什么又要把他们写得不得好死呢？

所以，《水浒》越读越让人迷茫，难以琢磨他的主旨。

其实，我们只要看看《水浒传》的写作成书时间与施耐庵的生活时代背景，就不难得知。

黑水浒

施耐庵生活在元末明初，做过三年元朝的官，突然就弃官走了，隐居乡间，专心写书。当时既没有版权，也没有稿费，他干吗要做这个费力不讨好的事呢？

他恨那个社会。

在异族人的高压统治下，他受不了制度化的强盗行径，受不了上司达鲁花赤的骄横欺凌。蒙古人统治汉人，并非先进取代落后，而是野蛮摧毁文明。过惯农耕生活的汉人，就像绵羊一样，任人宰割，任人屠杀，不知道反抗。"斯时之民，冥冥沈沈，杀之剐之不知痛，犬之马之不知羞。"

于是，施耐庵愤然拿起笔来，要激起汉人心里深埋N年的，哪怕仅存的一丁点兽性！不平之事，不要讲道理，不要计后果，大胆地使用暴力！敢杀人就是好汉，敢杀人就受人尊敬，敢杀人的人就是大家崇拜的偶像！

梁启超说过："施耐庵之著《水浒》……因外族闯入中原，痛切陆沈之祸，……以雄大笔，作壮伟文，鼓吹武德，提振侠风，以为排外之起点。"

因此，《水浒传》的创作，乃是被刺激的结果，乃是救民族于水火之计。唤醒民众以牙还牙，以暴制暴，因为他们就是这样干的。而并非是施耐庵本人阴暗冷酷嗜血，也并非他本意喜欢劝人作恶，喜欢唆人犯罪。

相传，当时有人看了这书稿，拍案大叫："足以亡元矣！"而施耐庵之心事，于此一语，跃跃然如见焉。

"不数十年，淮南豪杰并起，……施耐庵以百零八之英雄，产出无量劫无量数之英雄，而朱元璋为魁。"

不久，蒙元被打败了，天下归了朱家。

时代已经变化了，天下已经太平了，《水浒传》的问题也就出来了。

朱元璋看了《水浒》抄本后，很生气。不和谐的内容惹恼了朱元璋，当即批示："此倡乱之书也。此人胸中定有逆谋，不除之贻患。"下令逮捕了施耐庵，将他关进天牢一年多。

后经多方周旋，施耐庵免于一死。于洪武三年出狱，回归途中染病而终。

施耐庵死后，其弟子罗贯中将他的遗作加以整理、增删成书。故后人曰：《水浒》是施耐庵本、罗贯中编次。

罗贯中（或者还有其他作者）在原稿上生硬地植入与前文风格大相径庭的几十回，再冠名以"忠义"，虽然破坏了原作，实则是挽救了原作，也才有机会与更多的读者见面，否则难于问世。

因此，《水浒传》后面的招安忠义部分，乃是被和谐的结果。

中国古典名著的通病是，前半部精彩，后半部衰萎，称为"半部名著"现象。因为名著的里面，说的都是封建专制社会最现实最敏感的话题。这里面多少心酸，多少无奈。

人生看起来有着许多选择，其实大多都是"被"的结果。

宋江在宋江的江湖里，身不由己。施耐庵在施耐庵的江湖里，也身不由己。而我们在我们的江湖里，又何尝不是。

附篇一： 梁山108好汉结局一览表

梁山好汉108人，战辽国、剿王庆，久经沙场，未折一将。可一遇方腊，就厄运不断，好汉们一个个相继去世。

（一）攻打方腊时阵亡59人

1. 秦明：被方腊侄子方杰一戟刺倒马下，死于非命。

2. 董平：攻打独松关，炮火伤了左臂，被一刀剁成两段。

3. 张清：一枪搠在松树上拔不出，被厉天闰一枪刺腹而死。

4. 徐宁：走到杭州城东新桥时，被毒箭射死。

5. 索超：攻打杭州城，被石宝一锤打落马下，死于非命。

6. 阮小二：正要跳水逃跑却被挂钩搭住，不愿受辱自刎而亡。

7. 阮小五：随李俊去诈降，结果被守城丞相活活杀死。

8. 刘唐：攻打杭州城，被闸板闸死在候潮门下。

9. 雷横：遇上方腊护国大将军司行方，单挑三十回合而死。

10. 史进：攻打昱岭关时，被方腊大将庞万春用连珠箭射死。

11. 李忠：攻打大昱岭关，突然箭如雨下，当场毙命。

12. 石秀：攻打昱岭关时，被方腊大将庞万春用连珠箭射死。

13. 张顺：孤身潜水时，被城上滚石、擂木砸死在湖底。

14. 解珍：从小路上山，被挠钩搭住发髻，遂割断发髻坠崖身亡。

15. 解宝：急退下山时，被滚石乱箭齐下，活活砸死在乱山丛中。

16. 王英：征方腊时，被会妖术的"魔君"郑彪一枪戳死。

17. 扈三娘：去救应王英时，被郑彪掷来的钢砖打中面门而死。

18. 张青：方腊神箭手庞万春率军掩杀，张青战死于乱军中。

19. 孙二娘：攻打清溪县时，死于敌将杜微的飞刀之下。

20. 施恩：跟随宋江征讨方腊，在打常熟时，落水而死。

21. 陶宗旺：双臂力抗千斤闸，被敌将刺死。

22. 李立：身负重伤，不治而死。

23. 郭盛：被巨石连人带马砸死。

24. 郑天寿：被磨盘砸死。

25. 吕方：摔下悬崖而死。

26. 项充：被剁为肉泥。

27. 孟康：被打作肉泥。

28. 丁得孙：被毒蛇咬死。

29. 单廷珪：掉进陷坑而死。

30. 魏定国：掉进陷坑而死。

31. 龚旺：掉进陷坑而死。

32. 段景住：落水淹死。

33. 孔亮：落水淹死。

34. 侯健：落水淹死。

35. 李云：战死。

36. 汤隆：战死。

37. 邹渊：战死。

38. 蔡福：战死。

39. 宣赞：战死。

40. 李衮：战死。

41. 郝思文：斩首。

42. 邓飞：被砍死。

43. 周通：被砍死。

44. 马麟：被砍死。

45. 鲍旭：被砍死。

46. 石勇：一枪刺死。

47. 彭玘：一枪刺死。

48. 郁保四：死于飞刀。

49. 燕顺：被流星锤打死。

50. 欧鹏：被连珠箭射死。

51. 王定六：被毒箭射死。

52. 曹正：被药箭射死。

53. 韩滔：被冷箭射死。

54. 杨春：被乱箭射死。

55. 薛永：被乱箭射死。

56. 陈达：被乱箭射死。

57. 焦挺：被乱箭射死，马踏身亡。

58. 宋万：被乱箭射死，马踏身亡。第一个战死。

59. 杜迁：被乱箭射死，马踏身亡。最后一个战死。

（二）征方腊途中病死11人

60. 林冲：征方腊结束后，在杭州中风，瘫痪半年而死。

61. 鲁智深：回军途中，圆寂六和寺。英年早逝。

62. 杨志：征方腊时，在丹阳病故。英年早逝。

63. 杨雄：背部毒疮发作，全身溃烂而死。

64. 张横：在途中病故。

273

65. 穆弘：在途中病故。

66. 孔明：在途中病故。

67. 朱贵：患上瘟疫，死在杭州。

68. 朱富：被朱贵传染，死在杭州。

69. 白胜：在途中，因误食而病死。

70. 时迁：在返程途中因绞肠痧发作而死。

（三）回去后又死5人

71. 卢俊义：回朝后，奸臣赐毒他吃，失足落水而死。

72. 宋江：回朝后，被奸臣高俅等人用毒酒害死。

73. 李逵：被宋江一杯毒酒毒死。

74. 吴用：在宋江墓前上吊自尽。

75. 花荣：在宋江墓前上吊自尽。

（四）还余33人得以善终。善终分三种情况

有特殊技能的5人被留在朝廷，没有出征：

76. 安道全：人称"当世华佗"，留在宫中为皇帝治病，未出征。

77. 皇甫端：著名兽医，医道高明，留在京城听用，未出征。

78. 金大坚：著名金石雕刻家，被圣旨召回御前听用，未出征。

79. 萧让：著名书法家，留在京师听用，未出征。

80. 乐和：著名音乐家，留在京师听用，未出征。

有6人自愿脱离组织：

81. 公孙胜：征方腊前，功成身退，修道去了。最先脱离组织。

82. 燕青：情愿退居山野，为一闲人。独自隐退而去。

83. 李俊：从太仓港乘驾出海，另霸海滨，后来为暹罗国国王。

84. 童威：随李俊出海，做了化外官职，自取其乐。

85. 童猛：随李俊出海，做了化外官职，自取其乐。

86. 武松：断左臂。最后一个脱离组织，出家六和寺，八十岁终。

有22人为官：

87. 呼延灼：归京后授予御营指挥使，每日随驾操练。

88. 凌振：封武奕郎都统领，受火药局御营任用。

89. 关胜：被封为大名府正兵马总管。

90. 朱仝：被封为保定府都统制。

91. 裴宣：被授武奕郎兼都统领。

92. 杨林：被封武奕郎兼都统领。

93. 蒋敬：被封武奕郎兼都统领。

94. 朱武：被封武奕郎兼都统领。

95. 黄信：被封为武奕郎。

96. 孙立：被封为武奕郎。

97. 宋清：被封为武奕郎

98. 邹润：被封为武奕郎。

99. 孙新：被封为武奕郎。

100. 顾大嫂：被封为东源县君。

101. 蔡庆：被封为武奕郎。后返乡为民。

102. 穆春：被封为武奕郎。又回乡做了良民。

103. 樊瑞：封武奕郎兼都统领。后拜公孙胜为师学道。

104. 李应：中山府郓州都统制。假称风瘫，回乡做了富豪。

105. 杜兴：封为武奕郎。后随李应回乡，一同做富豪而善终。

106. 戴宗：封兖州府都统制。戴宗不受，到泰安岳庙了此一生。

107. 柴进：授武节将军。推称患病，回乡为民，无疾而终。

108. 阮小七：封盖天军都统制，因穿龙袍被贬为民。又打鱼去了。

附篇二：读《水浒》，要有正常、健全的头脑

明代文学家袁中道在他的《游居柿录》（日记）里讲过这样一个故事：

万历二十年的某一天，袁中道去拜访大名鼎鼎的李卓吾先生。李卓吾曾点评过《西游记》一书——即流传后世的《李卓吾先生批评西游记》。

当时，李卓吾对《水浒传》大感兴趣，他请了一个叫常志的和尚帮他抄写《水浒传》，自己逐字逐句进行点评。

常志和尚原先是个书吏，后来出家为僧。李卓吾欣赏他的一手好字，所以才叫他来抄写《水浒传》。

常志和尚比李卓吾先生更喜欢《水浒传》，可以说已经达到了痴迷的状态。他经常和李卓吾探讨《水浒》里的谁谁谁是个人物，是个豪杰。尤其崇拜花和尚鲁智深，认为鲁智深才是真正的修行者，而那些不吃狗肉的长老们则是迂腐之人。

他认为《水浒传》里鲁智深的一切行为都是正确的，所以一直信

以为真，并刻意模仿。久而久之，常志和尚的性格，便越来越像鲁智深了，而他自己却浑然不觉。

直到有一天，与人发生了一点小摩擦，常志和尚便大喊起来："一把火烧了你的鸟屋子！"并去搬柴火准备下手。

因为小说里的鲁智深就是这样的人，鲁智深最后能成正果，就因为他"平生不修善果，只爱杀人放火"而《水浒传》却说，最后只有鲁智深一个人能成正果。

所以常志和尚也要模仿着去做。

李卓吾突然听说他要烧人家房子，大吃了一惊。但转念一想，他也是这么大一个人了，也应该是个有正常脑子的人，也许，他只是说说气话而已呢？

所以也就没太当回事，只是稍微把他责备了几句（原文"微数之"），也就作罢。

可是，常志和尚却说："李老子，你比五台山的智真长老差远了！智真长老尚能容得了鲁智深，李老子竟容不下我吗？"

并且，从这以后，常志和尚更是变本加厉，事事都要效仿鲁智深的行径，搞的到处都不得安宁，并动不动就以鲁智深的口吻语气对人怒目大骂曰："汝有几颗头？"

作者写到："其可笑如此。"

李卓吾见常志和尚执迷不悟，屡教不该，十分气恨，以至厌恶到了极点。本来是欣赏他的，后来就越来越受不了他，没办法，书还没抄完，只好付了点工钱，就把他辞退，赶滚蛋了。

此后，常志和尚便开始闯荡江湖，也想像鲁智深那样。

但总有些东西是模仿不了的。比如人的"际遇"，你能模仿得了？

同僧不同命，常志和尚的结局，与鲁智深大相径庭。他孤身北走，流落长安，再也没有好转过，最后，在饥寒交迫中，死掉了。

鲁智深是常志的偶像，但这个偶像却害得他丢了饭碗，混得惨不忍睹。学鲁智深，学成了这个样子。

你说，这究竟是怪鲁智深呢？还是要怪他自己有问题呢？

读过《水浒》的人那么多，像常志和尚那样中毒的，恐怕也找不出几个来。可见，问题的根源，并不在《水浒》本身，而是在于读者本人。

所以，作者总结了一句："痴人前不得说梦"。对于痴呆的人，你不要跟他讲梦里（编造）的故事，因为他会当真的。

后 记

《水浒传》是我国古代最著名的长篇小说之一。有意思的是，社会上对它的评价，历来说法不一，甚至大相径庭。

同一部《水浒》，有人看到了忠义，有人看到了叛逆，有人看到了光明，有人看到了陷阱，有人看到了人生的起起伏伏，有人看到了人性的勾心斗角。

其实一切都出自同一部《水浒》，其实一切都可以有全新的解读。

对于名著的解读，历朝历代有之，向来是仁者见仁，智者见智。"一千个读者，就有一千个哈姆雷特"，每个人的生活体验不一，思维方式不同，对文本的解读当然也就不会完全一样。这是很正常的事。

时代是变化的，不同的时代，理应有不同的新解。或许有人会担心，重解名著之风已泛滥，多得令人应接不暇，其实这根本不是什么坏事，而这恰恰正是大众对文化饥渴的一种表现，因为读者大众需要多元化、多样化的文学形式。

我们今天这个时代的方方面面，都已和过去发生了很大的改变，站在今天的立场上，用今天的观念，去重新审视、解读我们古代的名著，我们所要做的就是颠覆！当然，我们要做的颠覆，并不是故意要把黑的说成白的，而是要找出问题，颠覆掉那些不合时宜的虚伪的、那些看起来很好实际上不好的东西。

　　只有找出问题，才是最有意义的，这能够提醒我们，去重新思考我们现在所要面对的问题。重新解读名著，不是为了陶醉过去，而是为了思考现在与将来。

　　感谢各位读者、网友及出版社编辑的无私指点。

吴闲云

2014年·春